Ouvrage publié sous la direction de
Anne-Marie Livoti & Olivier Tourtois

Pour être tenu régulièrement informé de nos publications,
il suffit de nous faire parvenir vos nom et adresse à :
H&O éditions 20, rue G. Clemenceau 34290 Montblanc
ou de consulter notre site web : www.ho-editions.com

ON ÉCRASE BIEN
LES CAFARDS

Dans la même collection

Meurtre au Nightwood Bar
de Katherine V. Forrest

Leçons de meurtre
de Claire McNab

Remerciements de l'éditeur à Stéphanie Baratange.

Titre original :
The Beverly Malibu
Éditeur original : Naiad Press

ISBN 2-84547-030-4

Katherine V. Forrest

ON ÉCRASE BIEN LES CAFARDS

traduit de l'américain par Valérie Leclercq

H&O ÉDITIONS

Remerciements

Je voudrais exprimer ici toute mon affection et ma gratitude à Montserrat Fontes, Janet Gregory, Jeffrey N. McMahan, Karen Sandler et Gerald Citrin, du Third Street Writers Group. Amis chers et collègues respectés, ils ont su faire preuve d'un sens critique aigu et constructif à l'égard de mon travail pendant les années où nous avons évolué ensemble.

La reconnaissance est hors de propos, mais je ne peux rien offrir d'autre à Monserrat Fontes, qui m'a tant appris, grâce à son témoignage sur les blessures jamais refermées d'une famille mise en pièces par les événements historiques évoqués dans ce roman.

Ce livre est dédié à la mémoire de Naomi Sloan, que nous chérissions tous et qui nous manque tant.

À « Jason », pour ses conseils techniques, sa patience et son humour... Son professionnalisme et son dévouement font partie intégrante de ce roman. Elle a considérablement élargi ma compréhension de son difficile métier.

À Mary F. Otterson, Superviseur des Équipes d'Investigation de Madison, Wisconsin, qui elle aussi a contribué à renforcer mon admiration pour le personnel féminin des forces de police. Son amitié et sa générosité hors du commun me permettent chaque jour davantage de mieux comprendre la nature de Kate Delafield.

Je dois beaucoup à certains ouvrages de recherche essentiels. Tout d'abord au brillant et effrayant *Naming Names* (The Viking Press, 1980) de Victor Navasky. Mais aussi à *City of the Nets* (Harper and Row, 1986) de Otto Friedrich ; *The Celluloïd Close*t (St. Martin's Press, 1987) de Vito Russo ; *Woman and the Cinema* (Dutton, 1977) de Karyn Kay et Gerald Peary ; *The Role of the Script Supervisor in Film and Television* (Hasting House, 1986) de Shirley Ulmer et C. R. Sevilla ; *Citizen Cohn* (Doubleday, 1988) de Nicholas Von Hoffman ; *Timebends* (Grove, 1987) de Arthur Miller ; *Hollywood Red* (Ramparts, 1981) de Lester Cole ; *A Life* (Knopf, 1988) d'Elia Kazan.

Et bien entendu à *The Scoundrel Time* (Little, Brown, 1976) de Lillian Hellman, qui a fait entendre la voix de la droiture à sa génération et continue de la faire entendre à la nôtre.

1

La détective Kate Delafield quitta Burton Way vers Arnaz Drive puis engagea la Plymouth sur la Colgate Avenue et l'unique voie laissée libre par la douzaine de voitures pies garées en double file et dont les rampes lumineuses criblaient la nuit de leurs pulsations fulgurantes. Ed Taylor, son équipier, était déjà sur place, l'avant de sa Caprice coincé entre les fourgonnettes de deux chaînes de télé. Elle dépassa le halo blafard dispensé par les spots installés pour les caméras ainsi que les quelques dizaines de badauds agglutinés derrière les barrières et les bandes de sécurité déployées par la police. Parvenue au bout d'Arnaz Drive elle vit un panneau annonçant :

LIMITES TERRITORIALES DE LA VILLE DE BEVERLY HILLS
STATIONNEMENT NOCTURNE INTERDIT

Elle se gara au coin de Clifton Way, ligne de démarcation sud du District 701 situé aux confins nord-ouest de la Division et la ville de Beverly Hills. C'était la première fois qu'elle était appelée à enquêter sur un meurtre aussi près de ce quartier chic de la Division Wilshire.

Elle fourra ses mains dans les poches de son coupe-vent gris et se dirigea d'un pas vif vers la cacophonie glapissante des radios de police, observant au passage les immeubles d'habitation cossus à un ou deux étages qui bordaient la rue des deux côtés. Elle portait un pull ras du cou blanc, un pantalon de velours côtelé noir et des Nike, bref une tenue tout à fait inadaptée. Mais elle n'avait pas eu le temps de passer chez elle se changer, son bipeur lui avait enjoint de se ruer sur un téléphone puis on l'avait dépêchée ici.

Elle s'arrêta un instant parmi la foule massée autour du lieutenant Bodwin baignant dans la lumière crue tandis qu'une journaliste de KTTV vaguement familière à Kate l'interviewait. À quelques pas, d'autres journalistes de télévision et de radio attendaient leur tour avec impatience.

– …phases préliminaires, disait Bodwin d'une voix grave, une expression solennelle sur le visage. Nous ne disposons pas pour l'instant d'informations supplémentaires.

Dans les quartiers est, songea Kate avec tristesse, une fusillade entre gangs aurait à peine eu droit de cité aux informations, mais un homicide commis si près de Rodeo Drive ne pouvait qu'attirer tout un cirque médiatique.

Tournant le dos à ce spectacle, elle étudia les lieux du crime, un immeuble à un étage en stuc beige, orné d'une inscription tape-à-l'œil en lettres dorées : *Le Beverly Malibu*. L'entrée et les fenêtres de l'étage étaient encadrées d'une mosaïque turquoise incrustée d'or étincelant. La végétation se résumait aux deux massifs d'oiseaux de paradis qui flanquaient l'entrée.

Ce bâtiment constituait une anomalie, une incongruité, en comparaison de ses voisins, plus récents et plus élégants. Il occupait la totalité d'un terrain de dimensions modestes, bordé de chaque côté par une petite allée aboutissant à une barrière en bois fermée par un cadenas. Les six places de parking surplombées par le fronton ne suffisaient sans doute pas aux besoins de tous les occupants, ce qui indiquait ainsi que l'édification du Beverly Malibu remontait à plusieurs décennies, avant la loi de construction du comté de Los Angeles qui avait imposé un emplacement de stationnement par foyer d'habitation.

Kate sortit de son sac un calepin pour y consigner l'heure : 19 h 23, la date : 24 novembre 1988, et une première note : seulement trois véhicules garés devant l'immeuble. Puis elle épingla son badge sur sa veste et se glissa sous la bande jaune de sécurité des services de police.

Le sergent Fred Hansen contemplait d'un air impassible le lieutenant Bodwin et les deux agents de patrouille chargés de contenir la foule, posté devant l'entrée du bâtiment, pieds écartés, une main tenant un écritoire à pince, l'autre posée sur son étui de revolver. Il salua Kate d'un signe de tête, jaugeant sa tenue d'un œil sombre.

Il fit un geste en direction des caméras de télévision et ses traits doux se durcirent.

– C'est la proprio qui a appelé ces gens. Une vraie commère.

– Que s'est-il passé, Fred ? interrogea Kate en haussant les épaules.

– La victime est un certain Owen Sinclair, répondit Fred en consultant son bloc-notes. Soixante-trois ans, retraité. D'après la proprio, c'était un genre de metteur en scène, il y a un bail. On a reçu l'appel à 18 h 04. (Il leva les yeux vers elle.) Il a pas eu une belle mort, Kate. Vu le spectacle… (Il secoua la tête.) Ed t'attend là-haut, l'appartement du fond.

Kate n'avait pas besoin de détails supplémentaires, sauf si Fred avait une opinion à offrir, ce qui était rarement le cas. Elle constaterait par elle-même bien assez tôt.

– Les agents ratissent ?

– Quatorze occupants, approuva-t-il avec un hochement de tête, en plus de Sinclair, mais neuf seulement sont présents ce soir. C'est tout ce qu'on a pour le moment.

– Merci Fred, dit-elle machinalement pour ce rapport strictement factuel.

Elle emprunta l'allée, passa devant les oiseaux de paradis couverts de poussière et pénétra à l'intérieur du Beverly Malibu. Un alignement de boîtes aux lettres occupait un mur. Kate y jeta un coup d'œil, déchiffrant les noms sans les mémoriser. L'un d'eux s'accompagnait de la mention : METTEUR EN SCÈNE. Quinze appartements, occupés chacun par une seule personne…

Sur la gauche du vestibule, une arche donnait sur une pièce moquettée de vert, pourvue d'un évier et d'un plan de travail en formica, d'une longue table, de chaises pliantes et d'une télévision. Sur le plan de travail trônaient les vestiges d'un repas datant du jour même : un saladier de punch, des verres en plastiques épars, des assiettes en carton, des serviettes, des couverts. Curieux, songea Kate, qu'un immeuble aussi vieux et relativement petit dispose d'une salle commune.

Elle jeta un coup d'œil dans le hall. Deux agents qu'elle ne distinguait pas assez pour pouvoir les identifier se tenaient au seuil de la porte et discutaient avec un des occupants. Elle dénombra cinq portes sur la gauche et quatre sur la droite, y compris celle du metteur en scène. À l'évidence, ces appartements disposaient d'une ou deux pièces. Les six autres, à l'étage, avaient sans doute deux chambres. Elle gravit les marches recouvertes d'une moquette grise fatiguée qui menaient au premier.

Elle fit un signe de tête à Knopp, qui surveillait le couloir. Hollings, son équipier, se trouvait sans doute dans un appartement, en quête de renseignements. Taylor, vêtu d'un pantalon marron et d'une veste à carreaux marron sur un polo jaune, les bras croisés sur sa bedaine, se tenait appuyé contre le mur, tout au bout du couloir. Il agita son calepin en signe de bienvenue et vint à sa rencontre.

– Joyeux Thanksgiving, grommela-t-il.

– Tu as pu dîner en famille, au moins ? s'enquit-elle avec compassion.

– Ouais, Bert et sa femme sont arrivés d'Oceanside vers midi et on a mangé en milieu d'après-midi.

Le visage de Taylor s'était adouci en prononçant le nom de son fils aîné. Jetant un coup d'œil à sa tenue, il lui demanda :

– Et toi, Kate ? Tu étais de sortie, hein ?

– J'ai grignoté un bout de cuisse de dinde en venant, confirma-t-elle en hochant la tête.

C'était la pure vérité. Elle avait passé la journée en compagnie de quelques amies chez Maggie Schaeffer, dans la Vallée, et projetait de se rendre au Nightwood Bar après le dîner.

– L'enfoiré qui t'a foutu ton dîner en l'air, fit Taylor en pointant le pouce, je te garantis qu'il y en a un qui lui a foutu le sien en l'air.

Par la porte ouverte de l'appartement 13, Kate put contempler le fatras d'équipement stéréo qui emplissait le salon : platine pour vinyles, magnétophones, platine laser et baffles de toutes tailles, empilés sur des commodes ou posés sur la moquette épaisse mais usagée.

Deux baffles suspendues à un mur surplombaient de longues étagères croulant sous les disques et les cassettes. L'appartement était imprégné d'une odeur de cigare discrète mais tenace.

Taylor entra dans le salon.

– L'autre pièce est remplie de disques du sol au plafond, des tas de vieux quarante-cinq et soixante-dix-huit tours.

Kate avisa un canapé recouvert d'un jeté en coton frangé, une table en bois blond bon marché, des lampes de style indéfinissable et un fauteuil inclinable en cuir éreinté. Taylor emprunta le couloir. Kate lui emboîta le pas, les sourcils froncés devant sa démarche lourdaude, à la pensée de tous les indices fragiles écrasés sous ses grosses semelles de cuir.

Le couloir distribuait trois pièces : celle qui contenait les disques mentionnés par Taylor, une salle de bains, et enfin la scène du crime. Taylor s'écarta pour la laisser entrer.

Le corps d'Owen Sinclair, en caleçon, était tourné de côté, face à Kate. Ses jambes étendues raides et son dos formaient un arc rigide rejeté vers l'arrière. L'estomac comportait des marques de griffures, que la victime s'était infligées elle-même. Les ongles de la main tendue vers Kate étaient ensanglantés. L'autre était menottée à la barre de la tête de lit en cuivre. Le visage violacé était tordu en un rictus sardonique, les globes oculaires n'étaient qu'un amas d'hémoglobine solidifiée.

– Ces yeux, dit Taylor. Voilà ce que j'appelle une gueule de bois.

Se demandant qui était le malheureux à avoir pénétré le premier dans cette chambre de mort, Kate demanda :

– Qui l'a trouvé ?

– Paula Grant et sa nièce, Aimee Grant, répondit Taylor en consultant son calepin. La nièce était en visite. L'appartement d'à côté. Elles partaient dîner à l'extérieur. Notre séduisant cadavre leur a coupé l'appétit.

Sentant le regard sanguinolent d'Owen Sinclair peser sur elle, Kate fit avec précaution le tour de la chaise installée à côté du lit.

Dans son agonie, Owen Sinclair avait ravagé sa couche ; la couverture chauffante et le drap du dessus étaient inextricablement mêlés, le drap-housse déchiré à force de frottements des pieds.

– Sadomasochisme, suggéra Taylor en désignant les menottes. Il a dû faire une overdose ensuite.

– Je n'ai jamais vu une overdose produire ce résultat, contra Kate. Mais tout est possible.

Avec précaution, elle s'approcha du cadavre. Les chairs flétries du visage étaient marbrées de violet, mais aucune trace de piqûre n'était visible sur les bras. Elle toucha l'épaule et retira sa main avec stupeur.

– Il n'est même pas encore tout à fait froid. Mais regarde-le, Ed… la rigidité est totale.

– Ouais, moi non plus, j'ai jamais vu ça.

Taylor contemplait la table de nuit, sur laquelle étaient posés un lecteur laser, plusieurs verres et tasses, pas tous entièrement vides, une clef que Kate identifia comme étant celle des menottes et un téléphone, dont on avait coupé le fil.

– Cette chaise… dit-elle en observant le siège de métal et plastique rouge à trois sous près du lit.

– Ouais, j'ai déjà vérifié. Elle vient de la cuisine. (Taylor fourragea dans ses cheveux blonds clairsemés puis remit les mèches en place.) Voilà ce que j'en dis, Kate. Quelqu'un l'a attaché au plumard pour faire des galipettes sadomaso, lui a refilé un truc, a coupé le fil du téléphone, puis s'est assis là pour le regarder. Je parie qu'on a un cinglé sur les bras, quelqu'un qui s'éclate à torturer les autres et à les regarder crever à petit feu.

– Pour le moment, répondit Kate avec douceur, je n'ai rien à opposer à ton scénario.

– Il pourrait bien y avoir des empreintes sur la chaise.

Elle approuva de la tête en considérant la table de nuit. La clef comportait trop d'arêtes pour permettre un relevé d'empreintes.

– Sur le téléphone aussi. Si c'est bien comme tu le dis à un taré qu'on a affaire, notre tueur l'a peut-être soulevé pour montrer le fil coupé à sa victime. Pour le narguer.

– Alors, faudra passer le bigophone et la chaise à la superglue.

En sa qualité de détective de troisième classe de la brigade criminelle, c'était à Kate que revenait la gestion des lieux du crime et l'autorité pour ordonner tout procédé d'investigation qu'elle jugeait indispensable. En général, la poudre à empreintes donnait des résultats satisfaisants. La superglue, pulvérisée en spray puis colorée pour faire apparaître toute trace d'empreintes, était un procédé sophistiqué mais coûteux qui rendait les objets ainsi traités virtuellement inutilisables par la suite. Mais elle y recourait si nécessaire, comme il lui était arrivé d'exiger des analyses sanguines sur des fibres de moquette, ou le démantèlement complet de plusieurs pièces pour retrouver une arme, par exemple. C'était une intruse autorisée, habilitée à fouiller sans entrave dans la vie privée des autres.

– D'accord, répondit-elle, scannant du regard les composants de plastique et de métal de la chaise.

Peut-être la superglue permettrait-elle d'isoler une empreinte à haute résolution. Elle se détourna du lit afin d'examiner le reste de la chambre. Une simple commode, pas de miroir, une télévision portable sur support, deux cartons, l'un rempli de magazines sportifs, l'autre de livres de poche usagés aux couvertures craquelées et déchirées.

Au bout du lit, par terre, les vêtements d'Owen Sinclair : un pantalon de coton, une chemise de sport imprimée, des chaussures de toile.

Kate gagna la commode pour inspecter une demi-douzaine de flacons de produits de toilette pour homme, tous neufs, ce qui suggérait qu'il s'agissait de cadeaux ; une série de brosses anciennes usagées à dos argenté orné du monogramme OCS ; des clefs ; une montre Seiko en or ; quelques pièces placées à côté d'un portefeuille en cuir. Il y avait aussi deux photos dix par quinze encadrées et beaucoup d'autres accrochées au mur, audessus du meuble.

À l'aide de son stylo, elle ouvrit le portefeuille. Du plastique jauni brouillait la photographie d'un permis de conduire, mais le nom du titulaire, Owen Sinclair, était lisible, de même que sa date de naissance, le 10 juillet 1915. Une liasse de factures pliées dépassait du compartiment à billets.

Elle jeta un coup d'œil à la victime. Une chaîne en or brillait sans éclat sur la poitrine velue, et la main menottée au lit portait une émeraude enchâssée dans une lourde monture en or. A priori, le vol n'avait joué aucun rôle dans cet homicide, ce qui accréditait davantage la thèse de Taylor.

Sur l'une des photos au mur – un cliché en noir et blanc passé – un homme d'une trentaine d'années à peine, vêtu d'un pantalon repassé en pli et d'une chemise hawaïenne, une écharpe autour du cou, se tenait appuyé contre une voiture des années cinquante, les bras croisés sur son large torse. Le visage souriant était d'une beauté un peu rubiconde, les cheveux bouclés d'une épaisseur peu commune. Kate laissa son regard glisser de la photo au corps étendu sur le lit puis de nouveau à la photo. Les yeux injectés de sang de la victime et le rictus du visage rendaient la comparaison difficile, mais la silhouette était semblable et l'abondante chevelure grise à la Cesar Romero ne laissait aucun doute.

Le second cliché, en couleur, représentait un jeune homme brun en treillis de l'armée, deux ceinturons passés sur ses épaules minces, une gourde pendant à la taille. Fusil en main, une botte crottée posée sur le pare-chocs d'une jeep maculée de boue, il souriait à l'objectif par-dessus son épaule. Kate examina l'arme de plus près : un M-16. Elle avait vu tant de ces fusil et tant de ces jeunes gens durant sa seule année passée sur la base aérienne de Tan Son Nhut et à Da Nang ! Peut-être ce troufion au visage juvénile et au sourire sûr de soi était-il le fils de la victime – sinon une victime lui-même parmi les cinquante mille américains qui avaient trouvé la mort au Vietnam.

Elle regarda la première photo en noir et blanc accrochée au mur. Six hommes et deux femmes, la plupart en costumes de western, souriaient machinalement à l'appareil, devant un saloon – sans doute un décor de cinéma ou de théâtre. Sinclair, dont les bras entouraient les épaules des deux femmes, se tenait au premier rang, identifiable une fois de plus grâce à ses cheveux, à sa chemise et à son pantalon contemporains.

Il y avait au moins vingt autres photos de groupe du même acabit, toujours avec des visages différents, à l'exception de celui d'Owen Sinclair. Kate s'arrêtait parfois sur un visage familier, un acteur ou une actrice qu'elle ne parvenait pas à situer.

Hansen, se souvint-elle, avait précisé que Sinclair avait été metteur en scène. De films de série B apparemment, avec dans les premiers rôles des comédiens que la gloire n'avait jamais visités.

À l'écart de cette collection se trouvait une série de portraits dédicacés de platitudes du genre *Aux meilleurs* ou bien *À un type extraordinaire*, et signés de prénoms. Deux d'entre eux comportaient le nom en entier. L'un était dédicacé par Jack Warner *À un Américain de valeur.* Elle étudia avec intérêt l'homme au crâne dégarni, aux paupières tombantes et à la moustache en trait de crayon. Sur la photo jouxtant celle de Jack Warner, un vieillard au double menton avec une frange de cheveux blancs et un costume sombre à rayures échangeait une poignée de main avec Owen Sinclair, lui aussi vêtu d'un costume sombre. La photographie était sobrement signée : *J. Parnell Thomas.*

Kate nota ce nom dans son calepin. Si cette collection symbolisait les accomplissements professionnels de Sinclair, pourquoi n'occupait-elle pas une place d'honneur dans le salon ? Pourquoi restait-elle cachée ici, où l'on ne pouvait les voir que si l'on y était invité ?

Elle pivota vers Taylor, qui tournait le dos au cadavre et l'observait, les mains enfouies dans les poches de sa veste – un bon moyen d'éviter de toucher quoi que ce soit par inadvertance, mais qui chez lui, elle le savait, n'était qu'une question d'habitude.

Les techniciens arrivèrent : Baker, chargé des empreintes, Shapiro, le photographe, et Peter Johnson, le dessinateur. Le médecin légiste ne tarderait pas à entrer en scène. Laissant Taylor discuter avec Baker de la technique à adopter pour ses relevés d'empreintes, Kate sortit de l'appartement d'Owen Sinclair afin de dresser une carte des lieux. La présence policière à l'étage s'était accrue. Foster et Deems escortaient une femme d'âge mûr dont la pâleur témoignait de son état de choc dans l'appartement situé en décalé face à celui de Sinclair. Les agents y entrèrent afin de recueillir auprès d'elle des informations préliminaires.

La porte coupe-feu voisine de celle de l'appartement 13 ne disposant pas de système de fermeture, Kate la poussa avec prudence, d'une pression du pied au niveau du sol. Elle la franchit en la maintenant par l'arrête, puis l'ouvrit en grand à l'aide de la lampe de poche contenue dans son sac. Elle descendit lentement l'escalier, scrutant les marches et les murs. La volée et demie de marches aboutissait à un sous-sol situé sous les appartements du rez-de-chaussée, dans une buanderie pourvue de machines à laver et de séchoirs à pièces. Un étroit couloir au plafond duquel couraient des tuyaux gainés de plâtre menait à une porte de sécurité verrouillée de l'extérieur, que Kate ne tenta pas d'ouvrir pour le vérifier. Elle demanderait à Baker de pratiquer un relevé d'empreintes sur cette porte et les murs de la cage d'escalier au plus tôt, afin d'éviter qu'un locataire ou un policier n'en abîme par mégarde, si ce n'était déjà fait. Elle retourna dans la buanderie jeter un coup d'œil à travers les barreaux de la fenêtre. L'arrière du Beverly Malibu, faiblement éclairé par une ampoule orangée pendant au-dessus de la porte, faisait face à une haute clôture en séquoia où grimpait du lierre.

Elle ajouta cette accès supplémentaire de l'immeuble à ses notes puis remonta vivement le couloir pour se rendre à l'avant de la bâtisse. Elle regarda une fois de plus les boîtes aux lettres du vestibule, enregistra le nom des occupants de l'étage, appartements 10 à 15 : D. Kincaid, L. Rothberg, M. Marlowe, C. Crane et P. Grant, la femme qui avait découvert le corps. Celle qu'escortaient Foster et Deems à l'appartement 11 et qui semblait si bouleversée était probablement L. Rothberg. Sinclair occupait le 13.

Everson, le médecin légiste adjoint, franchit la porte d'entrée, sa trousse à la main.

– Que fait une gentille fille comme vous dans un endroit pareil ? s'enquit-il en guise de bonjour.

Avec un sourire, elle lui fit signe de la suivre dans l'escalier.

Chez Owen Sinclair, Everson enfila une paire de gants chirurgicaux, croisa les bras avec soin et attendit, observant Shapiro photographier le corps d'Owen Sinclair sous toutes les coutures, dans un déluge de flashes.

– Terminé pour ici, annonça Shapiro à Kate. Je suppose que vous voulez tout le tremblement habituel : une photo du moindre centimètre carré de cet appartement.

Le photographe barbu ne sourit pas, Kate non plus. Elle ne laisserait pas tourner en dérision ni critiquer la méticulosité de ses méthodes, aussi exaspérantes fussent-elles.

– Tout le tremblement habituel conviendra, répondit-elle d'une voix égale. Je voudrais un cliché de chacune de ces photos, ajouta-t-elle en désignant le mur.

Shapiro haussa les épaules et reporta son attention sur le mur. Everson, qui n'avait cessé de sourire durant toute cette conversation, chercha dans sa trousse un scalpel et s'avança jusqu'au lit.

– Ça ne vous fera aucun mal, assura-t-il gaiement au cadavre.

Puis il pratiqua une incision dans la partie supérieure droite de l'abdomen d'Owen Sinclair dans laquelle il plongea un thermomètre, jusqu'au foie, Kate le savait.

Il se retourna vers elle et Taylor et annonça avec un plaisir évident :

– Il arrive que la médecine s'avère une science aussi exacte que les mathématiques. Notre garçon a ingéré une dose de strychnine en même temps que son volatile de Thanksgiving.

– Comment vous épelez ça ? interrogea Taylor en écrivant dans son carnet.

– V.o.l.a.t.i.l.e, répondit Everson.

– Comment le savez-vous ? questionna Kate.

Se tournant à nouveau vers le cadavre, il récita :

– Cambrure tétanique du dos, rictus sardonique, yeux exorbités, cyanose de la peau due à une hausse extrême de la pression artérielle, rigidité instantanée. Classique. J'ai étudié un cadavre tout pareil à celui-ci en fac de médecine.

– Les victimes d'empoisonnement que j'ai vues étaient principalement des suicidés, dit Kate d'un air songeur. Il y avait des vomissures et...

Elle chassa les images de son esprit, les odeurs de sa mémoire.

– Parfois, avec la strychnine aussi, dit Everson en hochant la tête. Mais pas toujours. Ça s'attaque au système nerveux, à la moelle épinière et au cerveau. (Il fit un geste en direction du cadavre au dos arqué, aux yeux exorbités.) Il a eu de violentes convulsions et des contractions musculaires simultanées d'une telle ampleur que les vaisseaux sanguins des globes oculaires ont explosé. (Il prit le poignet menotté au lit.) Je parie qu'il se l'est cassé pendant une crise, dit-il en tâtant les os de ses longs doigts maigres. Et voilà. C'est l'étouffement, la cause réelle de la mort, Kate. L'intensité des convulsions l'a empêché de respirer.

Il ôta le thermomètre, le nettoya rapidement avec un coton et le plaça à hauteur de ses yeux.

– Ça remonte à deux heures. Le décès n'est donc pas antérieur à dix-sept heures trente, dit-il en consultant sa montre.

Kate fixa du regard la chaise à côté du lit.

– Combien de temps pensez-vous qu'il a mis à mourir ? demanda-t-elle calmement.

– Ça dépend d'un certain nombre de facteurs, répondit Everson en haussant les épaules, parmi lesquels le dosage. La dose devient fatale à partir de dix ou quinze grammes. Les premiers symptômes apparaissent au bout d'un quart d'heure à une heure, selon la quantité ingérée. Cet homme est grand et il pèse son poids. Il a d'abord senti sa poitrine se serrer, puis il a été pris de tremblements... Combien de temps pour mourir ? À vue de nez, de une à trois heures après les premiers symptômes, mais j'ai entendu parler de cas qui avaient plutôt pris dans les dix heures.

– Il a dû se marrer, le pauvre mec, marmonna Taylor.

– À moins que cet endroit soit parfaitement insonorisé, reprit Everson en secouant la tête, je pense qu'on a dû l'entendre. En cas d'empoisonnement à la strychnine, on perd rarement conscience plus de quelques instants, et la panique contribue largement au décès. Le processus est extrêmement douloureux et je pense que personne ne peut l'endurer en silence.

La femme au bout du couloir, se souvint Kate, venait juste de rentrer chez elle. Mais, et celles qui avaient découvert le corps ? Elles étaient sans doute dans l'appartement voisin alors qu'Owen Sinclair était en train de mourir...

– D'où peut provenir le poison, Walt ? demanda Taylor. Et sous quelle forme ?

– Organique. Généralement employé comme pesticide, je crois. C'est un alcaloïde. Au goût particulièrement amer.

Kate réexamina avec une attention accrue les tasses et les verres posés sur la table de nuit. Taylor lui aussi avait les yeux rivés sur les récipients.

– Vaudrait mieux ensacher ces verres, dit-il.

– Absolument. (Elle les ferait emporter au laboratoire pour un relevé d'empreintes et une analyse toxicologique.) Il faut aussi faire sceller la pièce commune du rez-de-chaussée. La nourriture servie au repas d'aujourd'hui est peut-être en cause. On verra bien ce qu'on trouvera, et le plus tôt sera le mieux.

Everson sortit son dictaphone de sa trousse.

– Je présume que vous avez des suspects à aller bousculer un peu ? Moi, j'ai un rapport à faire et j'aimerais rentrer chez moi passer un moment au coin du feu.

– Allons voir Paula Grant et sa nièce, dit Kate à Taylor.

2

La jeune femme brune qui ouvrit la porte de l'appartement 14 était habillée d'un pantalon noir et d'un chemisier de soie blanche brodé de fils d'argent. Elle étudia l'insigne que Kate lui tendait comme si elle ne l'avait pas entendue se présenter, ni son collègue. Puis elle leva lentement les yeux vers le visage de la détective.

Ils étaient d'un bleu violet intense, presque comme des ecchymoses. On aurait dit que du bleu suintait sur les joues lisses dénuées de tout maquillage.

Elle était jeune, dans les vingt ans, estima Kate. Et d'une beauté saisissante dans ces vêtements du dimanche qu'elle portait comme s'il s'agissait d'une robe de chambre.

Le regard bleu se concentra tandis que la jeune femme examinait le visage de Kate.

– Entrez, fit-elle d'une voix grave et douce, presque un souffle.

Une femme aux cheveux blancs d'une minceur extrême vint à leur rencontre, foulant la moquette grise d'une démarche pleine de grâce. Elle était vêtue d'une blouse de soie crème rentrée dans un pantalon de coupe large beige et des mocassins à pompons marron.

– Je suis Paula Grant. Et voici ma nièce, Aimee Grant.

Les épaules étaient droites, l'allure impérieuse, la voix possédait la même tonalité que celle de Lauren Bacall. Kate tendit à nouveau sa plaque d'identification.

– Je suis la détective Kate Delafield et voici mon équipier, le détective Taylor. Je suis navrée de vous rencontrer dans ces circonstances.

Les yeux noisette clair de Paula Grant ignorèrent sa plaque et glissèrent sur son coupe-vent et son pantalon de velours.

– J'étais en visite quand on m'a appelée ici, déclara Kate, prise d'un sentiment d'infériorité subit et insupportable, en se rendant compte que jamais au cours de sa carrière elle ne s'était conduite de la sorte et sentant sur elle le regard stupéfait de Taylor.

– Bien entendu, dit Paula Grant. Asseyez-vous, je vous prie.

Mais Kate savait qu'aux yeux de cette femme aristocratique, elle était diminuée. On ne s'habillait pas ainsi le jour de Thanksgiving, où qu'on soit, point final.

– Nous allons devoir vous poser quelques questions, à vous et à votre nièce, dit-elle. Et nous devrons vous interroger séparément.

– Détective Delafield, je comprends vos raisons, répondit la vieille dame en regardant sa nièce. Mais est-ce absolument nécessaire ?

Kate considéra Aimee Grant. Elle était visiblement sous le choc, et Paula Grant ne voulait pas qu'on les sépare. Mais tout aussi clairement, son devoir allait au mort dans la chambre voisine et l'entretien individuel était la procédure recommandée si on voulait recueillir les souvenirs personnels d'un individu. Taylor, qui l'avait précédée sur les lieux et avait discuté avec les agents, haussa presque imperceptiblement les épaules. Kate fit un signe de tête à Paula Grant. Elle lancerait l'entretien et verrait bien ce qui en sortirait.

Elle prit quelques instants pour détailler l'appartement. Le plateau de verre d'une table basse en forme de boomerang semblait à peine posé sur des supports chromés. Sa surface immaculée comportait un grand cendrier de cuivre, un étui à cigarette, un verre sur un sous-verre et une haute et fine sculpture représentant un nu féminin en étain, stylisé à l'extrême. Deux grandes tables basses à plateau de marbre et une table supportant des plantes étaient encombrées de livres et de magazines. Trois chaises à assise et dossier de cuir de qualité faisaient face à un canapé recouvert de tweed gris. Une quatrième chaise, en bois et toile, celle-là, semblait être un authentique siège de metteur en scène. Le nom DOROTHY ARZNER était imprimé au pochoir sur le dossier. Cette chaise n'était pas destinée à s'asseoir ; elle occupait la place d'honneur, sous une grande photographie encadrée de Joan Crawford dans un film dont Kate n'avait jamais entendu parler, *L'Inconnue du Palace*.

Plus de douze autres posters encadrés du même genre et de pêle-mêle de photos de cinéma ornaient les murs. Kate les parcourut de plus en plus vite du regard et fut stupéfaite de reconnaître Shirley McLaine et Audrey Hepburn dans *La Rumeur*. Candice Bergen dans le rôle de Lakey, dans *Le Groupe*. Susan Sarandon et Catherine Deneuve dans *Les Prédateurs*. Garbo et son androgynie sculpturale en noir et blanc dans *La Reine Christine*. Mariel Hemingway et Patrice Donnelly sautant par-dessus une barrière de chemin de fer dans *Personal Best*. Un décor de bar, avec les deux vedettes féminines de *Lianna*. Et sur un mur de la salle à manger, Helen Shaver contemplant d'un air médusé Patricia Charbonneau, adossée plus loin avec assurance contre une Chevrolet décapotable dans *Desert Hearts*.

Kate jeta un coup d'œil à Taylor pour voir s'il avait fait le lien existant entre la plupart de ces clichés. Il ne quittait pas des yeux le portrait de Joan Crawford.

– Vous avez quelque chose à voir avec tous ces films ? demanda-t-il à Paula Grant.

– Quelques-uns, répondit-elle de sa voix rauque. Celui que vous regardez a été mis en scène par Dorothy Arzner, en trente-sept. Ma mère était costumière à la MGM et j'ai eu le privilège de travailler sur son film. J'avais quatorze ans à l'époque.

L'explication de Paula Grant ne laissa pas vraiment transparaître son évidente adoration pour Dorothy Arzner, mais Kate la devina, ayant elle-même ressenti pour la première fois une attirance sexuelle à l'âge de quatorze ans, pour l'une de ses enseignantes ...

Paula Grant désigna les autres posters d'une main délicate et diaphane.

– La plupart de ceux-là sont postérieurs à ma carrière dans cette industrie. Mais je les apprécie pour... des raisons diverses.

Elle ramena son regard pénétrant sur Kate et celle-ci comprit que Paula Grant n'avait rien manqué de son examen des clichés.

Kate prit place sur une des chaises en cuir et Taylor à côté d'elle. Paula et Aimee Grant s'installèrent à leur tour, sur le canapé. Kate défroissa de son mieux son coupe-vent, sortit son carnet et s'obligea à se concentrer sur ses notes et les détails qu'elle voulait obtenir de cette conversation. Un parfum de lavande parvenait à ses narines, émanant de l'une des deux femmes ou de l'appartement lui-même – elle n'aurait su le dire.

– Je comprends que ce soit difficile, dit-elle. Mais mon équipier et moi devons entendre votre récit des événements d'aujourd'hui.

Elle leva la tête. Le regard bleu violet d'Aimee Grant était posé sur elle, mais vague et vulnérable.

– Nous pourrions peut-être commencer par l'heure à laquelle vous avez découvert la victime, suggéra Taylor.

Kate perçut de l'impatience dans sa voix, et la comprit. Ils avaient trop à faire, et trop vite, pour se permettre de gaspiller du temps.

– Dix-sept heures cinquante-cinq, répondit Paula Grant avec un calme royal. Aimee était arrivée plus tôt, aujourd'hui, et nous allions dîner à l'extérieur.

– Tante Paula a tenu à aller voir ce qui n'allait pas, ajouta Aimee Grant d'une voix douce.

– Et pourquoi vouliez-vous entrer dans son appartement ? questionna Taylor. Vous aviez entendu quelque chose ?

– Au contraire, répondit Paula Grant. Je crains que ce ne soit difficile à expliquer... C'est justement à cause de l'absence de bruit.

Elle secoua la tête, comme épuisée à l'idée même d'essayer de se faire comprendre.

– Madame Grant, dit Kate, le détective Taylor et moi serons chargés de cette enquête...

– Ah bien, coupa Paula Grant, considérant Kate avec intérêt.

– ...et il faut que vous nous décriviez tout cela très précisément, avec tous les détails dont vous pourrez vous souvenir.

– Puisque ma nièce et moi portons toutes les deux le même nom, il me semble que nous appeler par nos prénoms facilitera les choses. Je suis entrée chez Owen Sinclair parce que sa porte était ouverte... mais surtout parce que le walla n'était pas le même que d'habitude.

Kate et Taylor échangèrent un regard perplexe. Le visage d'Aimee Grant s'éclaira d'un faible sourire. Paula se pencha vers la table basse pour sortir une longue et fine cigarette de l'étui de cuir noir.

– Et pour vous expliquer ce que le walla signifie, il faut que je vous dise qu'à l'époque où je travaillais dans le cinéma, j'étais chef scripte. Connaissez-vous le rôle d'une scripte ? demanda-t-elle en s'adressant à Taylor, qui posa une cheville sur son genou et posa son calepin sur sa cuisse.

– Faire des trucs du genre s'assurer qu'un acteur ne porte pas une chemise bleue dans une scène où il est censé en avoir une blanche, déclara-t-il avec assurance.

– Oui. Mais c'est comme réduire le métier de policier à la distribution de contraventions, dit Paula avec la même aisance. Une scripte doit tout superviser : dialogues, maquillages, coiffures, accessoires, costumes, sans parler des plans-séquence et des angles de caméra pour le réalisateur.

– Une foule de détails, commenta Kate, impressionnée.

– Exactement. Sur un plateau de tournage, la scripte a tant de matériel qu'on dirait un sherpa.

Paula alluma sa cigarette à l'aide d'un fin briquet en or, qu'elle replaça ensuite dans l'étui à cigarettes.

– À moins qu'une scène ne soit tournée sans son, reprit-elle, elle doit aussi veiller à ce que nous appelons la présence, ou l'ambiance, comme le bruit de fond dans une salle de restaurant. Et il y a tous les éléments non inscrits mais constants qu'on enregistre pour conférer du réalisme à une scène. Par exemple les bruits de rue, d'oiseaux ou d'insectes nocturnes. C'est ce qu'on appelle le walla.

Elle fit un geste en direction de l'appartement d'Owen Sinclair ; des volutes de fumée s'élevèrent de sa cigarette.

– Il y avait de la musique dès son réveil. Il y a une autre pièce entre celle où nous sommes et son appartement, mais je l'entends quand même – je l'entendais – constamment. C'était le walla de ma vie quotidienne.

– Ça jouait vraiment fort, aujourd'hui, intervint Aimee. Ce type était un gros connard égoïste. Une nullité.

– Juste avant que nous ne sortions, Aimee et moi, poursuivit imperturbablement Paula, la musique s'est arrêtée. Et il n'y avait aucune raison à cela.

– Je ne saisis pas, dit Taylor en secouant la tête.

Kate non plus ne comprenait pas.

– Il aurait pu être sorti. Il n'éteignait jamais avant de sortir ?

– Si, bien sûr. Mais j'entendais toujours sa porte claquer, même sous la douche. Il ne partait jamais sans claquer la porte à la faire sortir de ses gonds.

– Jamais ? répéta Taylor avec scepticisme.

– Jamais.

– Paula, s'il vous plaît, intervint Kate, dites-nous exactement ce qui s'est passé lorsque vous êtes sorties dîner.

Elle aurait voulu lui poser d'autres questions au sujet du walla, mais Taylor se montrait prématurément pointilleux.

– Une sorte d'instinct… je ne sais pas exactement comment appeler cela, mais je sentais que quelque chose clochait. Quelque chose m'a poussé à aller voir chez lui. J'ai ressenti… Heu, la porte était ouverte, alors nous avons regardé à l'intérieur…

– Cette porte, coupa Kate en notant à toute vitesse, elle était grande ouverte ?

– À peu près comme ça, répondit Aimee en écartant les bras d'une soixantaine de centimètres.

– Oui, confirma Paula. Alors je l'ai appelé.

– Qu'avez-vous dit ?

Paula regarda Kate d'un air ennuyé.

– Ce que n'importe qui aurait dit : « Owen, vous êtes là ? » Ensuite, je suis entrée.

– Moi, je ne voulais pas qu'elle le fasse.

– Il le fallait, assura Paula. Je *savais* que quelque chose n'allait pas.

Elle épousseta une particule sur son pantalon beige immaculé.

– Puisque vous pensiez qu'un truc clochait, fit Taylor, vous n'avez pas pensé qu'un éventuel cambrioleur pouvait encore se trouver là ?

– Moi si, répliqua Aimee, et c'est ce que j'ai dit.

La fumée de la cigarette de Paula décrivit de nouvelles volutes lorsqu'elle repoussa cette hypothèse d'un geste de la main.

– La porte n'était pas endommagée et c'est le seul moyen de pénétrer dans un appartement situé à ce niveau. Il n'y a jamais eu d'incident de ce genre depuis vingt-cinq ans que je vis ici. Je me disais simplement qu'il avait eu un ennui.

– De quel genre ? questionna Taylor.

– Un malaise, évidemment, rétorqua-t-elle avec une impatience mal contenue. Ces derniers temps, il n'allait pas très bien. Je suis donc entrée.

– Et j'ai suivi, précisa Aimee.

Elle se tenait parfaitement immobile, le regard une fois de plus perdu dans le vague.

– J'ai longé le couloir jusqu'à la chambre… commença Paula d'une voix qui était encore descendue d'un ton.

– Je sais que c'est très difficile, la rassura Kate.

– Dès que j'ai vu ce qu'il y avait dans la pièce, j'ai essayé d'empêcher Aimee de voir…

– Ces yeux, murmura Aimee. Il était mort, je ne pouvais pas rester dans cette pièce…

Kate regarda la plus âgée des deux femmes tendre le bras vers la plus jeune pour lui caresser la main. Celle de Paula avait la même forme et la même finesse que celle de sa nièce, mais la plus grande complexité d'émotions qui se lisait sur son visage rendait soudain leur différence d'âge plus évidente. Un beau visage, travaillé comme une falaise par le soleil de l'été et les pluies de l'hiver.

– Je pense que j'ai hurlé, précisa Aimee. La propriétaire et les autres locataires sont arrivés en courant, j'ai voulu envoyer quelqu'un chercher Tante Paula, mais elle est sortie…

– Savez-vous si quelqu'un d'autre est entré dans l'appartement avant l'arrivée de la police ? demanda Kate.

– Non, répondit Paula. Je les en ai empêchés. Pas par sens du devoir envers la police, je ne voulais pas qu'ils voient ce que nous avions vu. J'ai refermé la porte et obligé tout le monde à attendre la police en bas.

– À ce moment-là, demanda Kate avec douceur aux deux femmes, pensez-vous que la victime était déjà décédée ?

– Je n'ai même pas… fit Aimee, l'air stupéfait.

Paula lui caressa la main une fois encore.

– Oui, il était mort. J'ai vérifié. J'ai… (Elle reposa sa cigarette dans le cendrier pour prendre le verre sur la table basse et boire une gorgée.) Je suis allée tâter son pouls, à la gorge.

Ses frêles épaules étaient droites et raides, la main qui tenait le verre légèrement tremblante. Au souvenir de l'apparition aux yeux noyés de sang de la chambre voisine, Kate la considéra avec un respect accru. La force de caractère de cette femme tenait davantage de la volonté pure que de sa nature profonde.

– J'ai vu qu'on l'avait menotté, reprit Paula d'une voix égale. Je suis tout de suite allée décrocher le téléphone pour appeler la police, mais j'ai constaté que le fil avait été sectionné. Je n'ai touché à rien, je n'ai plus rien fait… je suis simplement sortie. J'avais vraiment très peur.

– N'importe qui aurait eu peur, murmura Kate. Ce que vous avez vu… Qu'avez-vous dit aux autres locataires ?

– Seulement qu'il était mort, qu'on lui avait fait quelque chose d'affreux. Rien de plus.

– Paula, demanda Taylor, quand vous vous trouviez dans cet appartement, êtes-vous allée voir dans les autres pièces ?

– Non, répondit-elle. (Ses yeux s'agrandirent, son corps mince fut pris d'un tremblement à peine perceptible.) Voulez-vous dire qu'il aurait pu y avoir… quelqu'un ?

– C'est peu probable, intervint Kate. Vous avez trouvé la porte ouverte. Un criminel n'attirerait sûrement pas l'attention sur lui en laissant une porte ouverte alors qu'il se trouve à l'intérieur. Étiez-vous déjà entrée chez M. Sinclair auparavant ?

– En de rares occasions. Il a tenu une soirée ouverte pour le 4 juillet et je m'étais sentie obligée d'y faire une apparition. Je crois que c'était la dernière fois.

Tout en prenant note de cette trace d'animosité, Kate lui posa l'air de rien une question ouverte :

– Que pouvez-vous nous dire au sujet de M. Sinclair ?

– Que voulez-vous savoir ?

Kate réprima un sourire. Autant pour la propension supposée de Paula à leur livrer des informations.

– Depuis combien de temps le connaissiez-vous ?

Paula sirota sa boisson tout en réfléchissant. Aimee, qui avait à l'évidence décidé que sa contribution à cet entretien s'arrêtait là, se leva et se mit à arpenter la pièce, les mains dans les poches de son pantalon noir.

– J'habite ici depuis début soixante-trois, déclara Paula. Owen a emménagé après moi. Je n'en suis pas certaine, mais je dirais peut-être un ou deux ans après. Après tout ce temps, ce n'est pas facile de se rappeler avec exactitude.

– Vous avez toujours été voisins ? questionna Taylor.

– Pendant une courte période, j'ai occupé un appartement au rez-de-chaussée. Ensuite, Alice Goldstein et moi avons partagé celui-ci, plus grand, durant dix-neuf ans. Jusqu'à la mort d'Alice, il y a cinq ans.

C'était à Kate que ces paroles avaient été adressées, sur un ton plat et dénué d'expression qui interdisait toute question supplémentaire. Pensant que Taylor avait certainement remarqué le visage fermé de Paula, sa voix distante et le soin respectueux qu'elle avait mis à ne pas employer d'euphémismes tels que « amie » ou « colocataire », elle décida de changer de sujet.

– Vous avez parlé du walla généré par la musique de M. Sinclair. Cela ne vous dérangeait donc pas au point de vous plaindre ?

Paula se raidit, visiblement agacée par cette question.

– Bien sûr que cela me gênait au point de me plaindre. Pensez-vous que je passe mes journées à comater ? Les plaintes n'avaient aucun effet, ni sur lui, ni sur Hazel. Hazel Turner, clarifia-t-elle sur un ton glacial. La propriétaire.

– Vous êtes en train de nous dire que vous vous êtes accommodée du bruit de la victime pendant vingt-quatre ans, demanda Taylor d'un air incrédule.

– Bien sûr que non. Seulement depuis la loi sur le contrôle des loyers. C'est à ce moment qu'Owen a compris qu'il pouvait cesser sans risque de faire attention à qui que ce soit. (La voix de Paula était devenue ironique.) Maxine, qui habite en face, Mildred, qui occupe l'appartement du dessous et moi-même – il savait que le fait de déménager ailleurs nous poserait de sérieux problèmes financiers. Quant à Hazel, elle sait qu'elle pourrait augmenter considérablement les loyers si nous partions.

Encore un butor, songea Kate. Sinclair n'était qu'un butor abusant du peu de pouvoir dont il jouissait.

– Avez-vous jamais pensé à appeler la police ? s'enquit-elle.

– Mildred l'a fait. Une fois. On lui a répondu que nous étions une bande de vieilles toquées.

Kate était trop furieuse pour dire quoi que ce soit.

– Vous disiez que vous étiez sortie pour aller dîner à dix-sept heures cinquante-cinq… dit Taylor.

– Pas exactement pour dîner. Nous devions d'abord aller voir de la famille.

– Lorsque vous sortez de chez vous, demanda Kate, de nouveau calme, quel escalier empruntez-vous d'ordinaire ? Celui de devant ou l'autre ?

– Celui de devant, bien sûr. Je n'utilise celui de derrière que pour me rendre à la buanderie.

– En entrant chez M. Sinclair, avez-vous remarqué une odeur particulière ?

– Non, répondit Paula après réflexion.

– Rien que cette odeur putride de cigare, intervint Aimee.

– Paula, reprit Kate, connaissez-vous quoi que ce soit à propos de M. Sinclair qui pourrait nous aider à trouver le responsable de sa mort ?

– Je suppose que vous voulez parler d'ennemis personnels ? (Elle haussa les épaules.) Il s'en était fait plein, du simple fait de sa personnalité. (Elle haussa encore les épaules.) J'ai moi-même vivement souhaité sa mort. Mais je ne connais personne qui commettrait… une chose pareille. Je pense que nous tous ici avons à un moment donné souhaité la mort d'un tiers. Mais nous ne passons pas à l'acte.

– Certains d'entre nous, si, répliqua Taylor en consignant une note dans son carnet.

– Je n'ai jamais réussi à m'imaginer qu'on puisse en être capable. Mais à l'évidence, une personne qu'il connaissait bien lui a fait cela.

– Qu'est-ce qui vous le fait croire ? demanda Taylor sur un ton presque innocent qui ne trompa pas Kate, car elle savait qu'il suivait ses propres pistes au cours de cet entretien.

– Il a bien fallu que quelqu'un l'attache avec ces menottes. Et coupe le fil du téléphone. Mais il n'y a pas eu effraction. Donc Owen à ouvert la porte à une personne qu'il connaissait.

Taylor ne répondit pas, et Kate non plus. Il existait des méthodes permettant de s'introduire dans un lieu sans effraction, mais c'était le genre d'hypothèses qui devait rester entre elle et lui à ce stade de l'enquête.

– Avez-vous entendu frapper à sa porte ? questionna-t-elle.

– Non, mais il y a une sonnette. Et la télévision était en marche, Aimee a regardé un match de football très bruyant une partie de l'après-midi.

– Quand avez-vous vu M. Sinclair vivant pour la dernière fois ? s'enquit Taylor.

– En même temps que tout le monde, à la fête.

– La fête ? répéta Kate, se rappelant des signes évidents d'un repas collectif dans la salle commune du rez-de-chaussée.

– Celle que donne Hazel pour Thanksgiving. La plupart de ceux qui se trouvaient là aujourd'hui y sont restés un moment. Owen aussi.

– Combien de temps y êtes-vous restée ? demanda Taylor.

– Je ne suis pas sûre. J'ai discuté un moment avec Dorothy Brennan – elle habite ici depuis moins d'un an. (Paula leva la tête vers Aimee.) Combien de temps penses-tu que nous soyons restées en bas, ma chérie ?

Aimee se tenait appuyée au mur adjacent, les bras croisés.

– J'ai regardé presque toute la première mi-temps du match de Dallas en bas. Je dirais peut-être une heure et demie.

– M. Sinclair était-il présent durant tout ce temps, lui aussi ? demanda Kate.

– Je ne m'en souviens pas, répondit Aimee. J'ai essayé de l'ignorer.

Paula ferma les yeux pour se concentrer.

– Il est arrivé après nous. Et il est reparti avant nous. Je m'en rappelle, maintenant, il ne se sentait à nouveau pas bien.

Kate et Taylor échangèrent un regard. Il semblait plus nécessaire encore désormais de collecter les restes du repas. Elle tourna une page vierge de son carnet.

– Pourriez-vous nous dire qui assistait à la fête ?

– J'ai été scripte, vous vous souvenez ? dit Paula avec un tantinet d'aigreur dans la voix. J'ai une mémoire d'éléphant.

Elle fournit à Kate et Taylor le nom de huit personnes en plus d'elle et Aimee. Puis la fatigue sembla tirer ses traits et Kate décida de mettre un terme à leur entretien.

– Nous apprécions votre coopération, déclara-t-elle.

– Ce n'est que le début, n'est-ce pas ? s'enquit Paula avec lassitude.

– Je suis navrée, confirma gentiment Kate. Mais en effet, nous aurons sans doute d'autres questions à vous poser au fur et à mesure de la progression de l'enquête. Il faudra que vous fassiez une déposition.

Paula hocha la tête et Kate poursuivit :

– Il est très important que vous gardiez pour vous tous les détails que vous avez pu mémoriser chez M. Sinclair et tout ce que vous nous avez confié. Cela nous aidera réellement.

Paula Grant hocha encore une fois la tête. Elle se leva, imitée par les deux policiers. Aimee, toujours appuyée au mur, près du poster de *La Rumeur*, observait intensément Kate.

3

Deux assistants en combinaison marron marquée CORONER au dos attendaient placidement près d'une civière au seuil de l'appartement d'Owen Sinclair. Kate et Taylor revinrent dans le salon. Des éclairs stroboscopiques zébraient le coin salle à manger, échos visuels des flashes provenant de la cuisine, que photographiait Shapiro. Kate supposa que Baker était toujours en train de relever les empreintes dans la chambre, au bout du couloir.

– Qu'est-ce que tu en penses, jusqu'ici ? demanda-t-elle à Taylor.

– Ce sera du gâteau.

Surprise par l'assurance de cette réponse, elle se tourna vers son collègue.

– Comment ça ?

– Paula nous a donné la solution, répondit Taylor

Son large visage se durcit tandis qu'il balayait du regard le matériel hifi et vidéo encombrant la pièce.

– Avec tout le ramdam qu'il faisait jour et nuit avec sa musique ! reprit-il, la main tendue vers la scène du meurtre. Si cet enfoiré m'avait fait ça à moi, je décorais les murs de ce foutu appartement avec les morceaux de sa tronche. Il se figurait que trois vieilles dames ne pouvaient rien contre lui. Mais il y en a une qui a trouvé le moyen d'expédier ce trou du cul faire un tour au ciel.

Kate hocha la tête, non qu'elle approuvât cette hypothèse, mais elle approuvait le mépris furieux qu'il témoignait pour la grossièreté dont Owen Sinclair avait fait preuve de son vivant.

– J'aimerais bien connaître le nom du collègue qui avait pris l'appel de Mildred.

– Les plaintes pour tapage, c'est la plaie, Kate, dit Taylor en haussant les épaules. Moi, je détestais recevoir ce genre d'appels. En général, ces gens sont tellement bourrés qu'ils seraient tout à fait capables de te descendre. J'imagine que celui qui a répondu a pris ces trois vieilles pour des foldingues. Mais Paula dit n'importe quoi en affirmant qu'on ne tue pas pour de la musique trop forte.

Il fit bruyamment rebondir en rythme la tranche de son calepin sur une grosse baffle poussiéreuse en guise de démonstration.

– On peut aimer les chiens, reprit-il, mais s'il y en a un qui aboie suffisamment longtemps, je te jure qu'on finit par l'empoisonner pour le faire taire.

Kate hocha la tête d'un air sombre, au souvenir de violences perpétrées par des mères stressées qui avaient perdu toute maîtrise de soi en un instant à cause des pleurs incessants de leur bébé. Mais le meurtre avec préméditation était autre chose et s'asseoir pour assister à la mort abominable qu'avait souffert Owen Sinclair en était encore une autre.

– Ed, dit-elle, les menottes, la chaise à côté du lit…

– Ouais, je sais, Kate. Je suppose qu'il a dû faire entrer l'une de ces femmes avant de se sentir vraiment mal et que, quand il a commencé à avoir des convulsions, ça n'a pas été bien difficile de l'attacher et de le laisser crever. Maintenant, qu'on ait raison ou tort au sujet de la chaise, c'est cinquante-cinquante.

– Peut-être.

Mais tous ses instincts lui criaient le pourquoi de la présence de cette chaise à côté du lit. Que Taylor continue de nourrir son improbable théorie, elle ne discuterait pas avec lui, du moins pour le moment. Elle connaissait trop bien sa tendance à se désintéresser d'une affaire qui ne piquait plus sa curiosité et à se contenter d'effectuer les tâches administratives requises. Si elle le laissait suivre sa propre piste, son flair demeurerait en éveil.

– Paula a dit que Sinclair avait commencé son cirque à l'époque du contrôle des loyers, dit-elle d'une voix songeuse. Ça remonte à… 1980, quelque chose comme ça…

Elle s'interrompit un instant, effarée.

– Ed, ça fait huit ans !

Taylor faisait rentrer et ressortir ses lèvres charnues.

– Huit ans du supplice chinois de l'eau, Kate. On va finir par pincer une de ces trois vieilles, je te le garantis. Mais Paula, ajouta-t-il sur un ton qui impliquait une légère concession, ça c'est une femme classe.

Trop classe pour faire une tueuse perverse, fut-elle au bord de répliquer avant de se raviser. Les femmes tuaient peu souvent, mais cela arrivait. Et parfois, les assassins les plus enragés étaient des individus auxquels on s'attendait le moins.

– Et sa nièce, reprit Taylor. Celle-là, c'est une vraie bombe.

Kate leva les yeux vers lui.

– Un canon, renchérit-il.

Médusée, Kate se remit en mémoire les images d'Aimee Grant. Taylor lui jeta un regard abasourdi.

– Nom de Dieu, fit-il, exaspéré. Elle est *belle*.

– Je vois, dit-elle.

Mais elle n'avait pas vu. L'impression que lui avait fait Paula dominait tant le reste qu'elle n'avait eu qu'une perception nébuleuse du physique de la jeune femme.

Ses sourcils blonds en accents circonflexes, Taylor secoua la tête. Elle le regarda d'un air légèrement amusé. Comment avait-elle pu – elle surtout – ne pas remarquer une femme qu'il estimait exceptionnellement belle ? Bien sûr, cela venait du fait qu'il savait sans le dire qu'elle était lesbienne. Et s'il n'arrivait pas à gérer le malaise que lui valait sa sexualité, il ne pouvait bien entendu pas comprendre que des deux femmes, c'était Paula Grant que Kate trouvait exceptionnellement belle.

Elle se détourna et prit le temps de réfléchir aux derniers détails qu'elle venait d'enregistrer sur les lieux du crime. Les rideaux tirés et pas de fenêtre ouverte ; aucun appareil ménager en marche à part le réfrigérateur ; la lumière allumée uniquement dans le salon et dans la chambre. Les cendriers avaient été vidés, mais pas nettoyés. Aucune trace dans la cuisine d'absorption de nourriture ni de préparatif de repas. Sinclair avait été menotté à son lit, mais il n'y avait nulle part de trace de lutte.

Shapiro était accroupi dans le coin repas, le flash de son appareil crépitait. Kate passa près de lui pour se rendre à la cuisine. Elle y avait déjà remarqué une petite table en formica et une chaise en plastique rouge, jumelle de celle de la chambre. Elle examina un assortiment d'alcools sur le comptoir jouxtant le réfrigérateur. Une bouteille jamais ouverte et poussiéreuse de Cutty Sark, deux litres de Jim Beam dont l'un aux trois-quarts vide, une autre de Harper's non entamée, une bouteille d'un litre et demi de Ten High à moitié pleine. Ainsi donc, Sinclair aimait le bourbon et le Ten High constituait a priori sa marque habituelle. À en juger par la proximité fonctionnelle des verres et des glaçons, et par l'assortiment de verres près de son lit de mort, il avait été un buveur régulier sinon un gros buveur. Mais un buveur assez sensé semblait-il pour ne pas fumer au lit, car il n'y avait aucune trace de tabac dans la chambre, ni de cendrier.

Tandis que Taylor la rejoignait, Kate ouvrit le placard sous l'évier ébréché et taché de brun à l'aide de son stylo. À côté des produits de nettoyage et des éponges se trouvait une poubelle garnie d'un sac plastique, vide. Sinclair avait dû sortir la poubelle récemment. Lui ou quelqu'un d'autre.

– Allons vérifier que Hansen a bien fait mettre sous scellés les ordures de l'immeuble, dit-elle à Taylor.

Elle ouvrit d'autres placards avec son stylo, jeta un coup d'œil aux verres, aux tasses à café et à une série de plats orangeâtres en plastique si usagés que le motif floral était rayé et passé. Quelques pots ébréchés et poêles bosselées, des conserves (surtout de la soupe, des spaghettis, des haricots et des ragoûts Dinty Moore), des céréales, des gâteaux apéritifs Crackers et du café instantané Folger. Plus trois autres bouteilles d'un litre et demi de Ten High.

Taylor se servit de son propre stylo pour entrouvrir le réfrigérateur Coldspot jauni. Un bidon de trois litres d'eau à demi plein, un pain de seigle, trois paquets de viande sous vide, du ketchup, de la moutarde, de la mayonnaise, des pickles et quatre cannettes de Budweiser. Le freezer contenait quatre repas-télé Swanson et un sachet de glaçons.

Kate trouvait la pièce déprimante, si typique d'un célibataire indifférent à son régime alimentaire. Chez elle, la cuisine était rutilante, moderne et bien mieux équipée, mais la propreté tristounette de celle-ci s'y apparentait trop.

– Fichez le camp de là, grommela Baker en posant son imposant matériel de relevé d'empreintes par terre.

– On n'a touché à rien, répliqua Taylor.

– Fichez le camp de là, répéta Baker en leur montrant le dos de sa chemise noire.

Taylor partit consulter Hansen au sujet des détritus de l'immeuble et Kate gagna la chambre, où Everson refermait sa trousse médicale.

Le corps arqué gisant sur le lit avait été entouré d'une bande avant d'être emporté. Les menottes qui avaient retenu Owen Sinclair à son lit de mort reposaient près de lui, dans un sac plastique que Kate souleva par l'extrémité afin de le soupeser.

Elles étaient plus légères que celles que Kate gardait dans son sac, et noires. On pourrait sans doute remonter jusqu'au fabricant grâce à leur numéro de série…

Elle jeta un coup d'œil circulaire à la pièce. La poudre à empreintes grise recouvrait toutes les surfaces. La chaise en plastique rouge et le téléphone avaient disparu, probablement enveloppés et chargés dans la camionnette de Baker à destination du labo. On procéderait par élimination en comparant les empreintes des différents locataires.

Bras croisés, Everson l'observait. Elle fit un geste en direction du lit.

– Il est tout à vous.

– De la viande fraîche pour notre beau frigo, dit-il d'une voix enjouée. Vous aurez les résultats de l'autopsie samedi.

Puis il quitta la chambre pour appeler les assistants avec leur civière.

Il fallait maintenant en priorité avertir la famille proche, Kate demanda donc à Baker de saupoudrer le vieux répertoire en cuir du salon afin de pouvoir le consulter. Mais les entrées que Sinclair avait faites sur des pages cornées étaient mystérieuses, il s'agissait surtout de prénoms, parfois même de simples initiales accompagnées d'un numéro de téléphone, rarement d'une adresse. La section « S », où Kate espérait trouver les coordonnées des parents de Sinclair avait été arrachée, et ce depuis un certain temps, d'après les dentelures jaunies laissées par la page manquante. Elle ensacha le carnet d'adresses et la marqua comme pièce à conviction.

Dans la chambre, il n'y avait plus sur le matelas vide qu'une bande délimitant les terribles courbures du cadavre d'Owen Sinclair. Kate assigna à Taylor la tâche d'examiner ses vêtements. Elle-même pratiqua une inspection préliminaire de trois boîtes à archives en carton placées derrière la porte coulissante de la penderie qui occupait tout un mur de la pièce.

Elles étaient remplies de centaines de documents ayant trait à la vie de Sinclair. Des centaines de photographies, de lettres et cartes postales ; d'albums de coupures de presses jaunies qui toutes semblaient liées aux films sur lesquels Sinclair avait travaillé ; trois manuscrits de pièces reliés et tous signés Owen Charles Sinclair ; des documents juridiques relatifs à un bien immobilier vendu des dizaines d'années plus tôt ; une enveloppe en papier-bulle froissée contenant quatre jeux de demandes de divorce émanant de quatre femmes différentes.

– Y a rien ici, annonça Taylor en fouillant parmi les polos et les shorts du tiroir inférieur de la commode.

– Cela prendra des heures de trier tout ce qu'il y a dans ces boîtes, lui dit Kate. Il a divorcé tant de fois qu'il est difficile de déterminer qui est son plus proche parent.

– Faudra voir ce que sait la proprio, répondit Taylor.

* * *

Les bouclettes drues, décolorées et rosâtres de Hazel Turner semblaient vissées sur son crâne. Ses yeux bleus détaillèrent Kate puis se fixèrent sur sa plaque.

– Une femme policier, grommela-t-elle, comme si la stature de Taylor n'emplissait aucun espace.

Une main tachetée tenant une cigarette, l'autre profondément enfouie dans la gigantesque poche plaquée de sa robe d'intérieur bleu marine, elle recula derrière le seuil de sa porte.

– Entrez donc, ma petite. Vous aussi, ajouta-t-elle, prenant acte de l'existence de Taylor.

Elle continua de dévisager Kate par-dessus ses lunettes à monture d'acier posées bas sur le nez.

– Vous êtes plutôt grande pour une femme policier et vous avez l'air très capable.

– La taille n'a pas beaucoup d'importance dans ce métier, répondit Kate avec courtoisie en se disant qu'elle faisait meilleure impression à Hazel Turner qu'à Paula Grant.

Elle jeta un coup d'œil au salon et se demanda s'il avait été garni avec des meubles saisis à des locataires expulsés. Il y en avait partout : un canapé et une causeuse mal assortis, quatre fauteuils dépareillés, cinq petites tables supportant un assortiment de lampes qui dispensaient la lumière orangée d'ampoules de faible puissance, trois portants à magazines surchargés, un plant de maïs dépenaillé, deux postes de télévision, chacun branché sur une chaîne distincte, son éteint. Sur les murs s'étalaient des pastiches de paysages sombres et de scènes de chasse anglaises. Devant la fenêtre la plus éloignée, deux labradors en céramique arrivant à la taille d'un homme côtoyaient un bureau à cylindre à peine visible sous un fouillis de papiers, sans doute les registres et documents du Beverly Malibu. Dans l'appartement flottait l'odeur de dizaines d'années de fumée de cigarette et de cuisine, un bouquet complexe incrusté dans les murs comme la poussière de charbon dans les pores de la peau.

– Pourrions-nous nous asseoir, Madame Turner ? demanda Kate.

– Hazel. Appelez-moi Hazel, ma petite. (Elle s'enfonça dans le canapé en velours or.) Je préfère avoir affaire à une belle grande femme comme vous qu'à une petite chose. Ou à un maladroit, ajouta-t-elle en faisant tomber ses cendres dans un minuscule cendrier de porcelaine.

Taylor choisit un fauteuil trop rembourré d'un blanc grisé et se releva d'un bond lorsqu'un chat persan blanc bondit des profondeurs du siège sur le tapis. Le félin tourna le dos à Taylor, leva sa queue ébouriffée d'indignation et sortit de la pièce d'un pas dédaigneux.

– Ne faites pas attention à Précieuse, dit Hazel. Elle est très gentille.

Taylor se tourna vers un autre fauteuil, en bois verni celui-là, avec une assise en tapisserie, et y installa sa masse avec précaution. Installée sur la causeuse vert pomme, Kate lui lança un regard compatissant : jusque-là, la gent féminine occupant cet appartement l'avait traité sans ménagement.

– Depuis que Jerome n'est plus là, Précieuse l'a remplacé. Et elle a même…

– Madame, intervint Taylor avec douceur, il faut que nous…

– Inutile de me le dire, coupa Hazel de sa voix rocailleuse.

Elle reposa sa cigarette pour prendre sur la table basse un minuscule vase d'un vert lumineux garni d'un bouchon et orné de métal en filigrane. Elle le serra dans sa main puis le relâcha.

– C'est un tel choc…

– D'après ce que nous avons compris, dit Kate, M. Sinclair vivait ici depuis un certain nombre d'années. Le connaissiez-vous assez bien pour nous dire qui est son parent le plus proche ?

– Ah ça, c'est une bonne question, répondit Hazel en agitant son crâne rose. Il a un tas d'ex-femmes et trois filles, dont une qui vit dans le nord, mais ça fait dix ans qu'elle se sont pas pointées ici, peut-être plus. Son fils, il y tenait comme à la prunelle de ses yeux. Quand il est revenu du Vietnam, il est mort d'un cancer des intestins même pas un an après. À vingt-quatre ans, vous vous rendez compte ?

Alors c'était lui, le jeune homme en photo chez Owen Sinclair.

– Si vous pouviez nous aider, dit Kate, nous voudrions prévenir…

– J'me suis permis de passer quelques coups de fil après l'arrivée de la police, avoua Hazel. Viviane, c'est sa deuxième femme, la mère des enfants, elle habite à Hollywood. Et il y a quelques copains de la vieille époque qui connaissaient Owen et mon Jerome. Au train où circulent les nouvelles dans cette ville, tout le monde est au courant maintenant. (Elle fit un geste en direction des images vacillantes et muettes sur les écrans de télévision.) Ce serait mieux qu'ils l'apprennent pas comme ça. Ils reconnaîtraient l'immeuble, il y a beaucoup de gens en ville qui savent tout sur le Beverly Malibu.

Taylor regarda Kate d'un air interrogateur. Hazel Turner était-elle assez dingue pour croire que ce bâtiment ordinaire se distinguait d'une façon quelconque des milliers d'autres semblables qui jalonnaient Los Angeles ? Kate se rappela la remarque faite par Hansen : *C'est une grande gueule.* Cette femme pouvait s'avérer être un puits d'informations. Kate lui fit un signe d'encouragement de la tête.

– Comment Viviane a-t-elle pris la nouvelle ? demanda-t-elle, intriguée par le manque d'intérêt de cette femme qui n'avait même pas fait l'effort de se déplacer jusqu'au célèbre Beverly Malibu.

– J'étais sous le choc. (Elle rajusta ses lunettes, adopta une expression en adéquation avec ses dires et ramassa sa cigarette.) Je veux dire qu'il faut respecter les morts. Mais elle a dit que le monde se porterait mieux sans lui. Ça ne signifiait rien de particulier. Elle en avait un coup dans le nez, je peux vous le dire.

– Pourriez-vous nous donner l'adresse et le numéro de téléphone de Viviane ? demanda Taylor en ôtant quelques poils blancs de sur son pantalon.

– Vous le trouverez là où moi je le trouve d'habitude, dans le bottin, au nom de Viviane Sinclair. Sur Mariposa, à Hollywood. Mais ça fait des années qu'elle n'a plus aucun contact avec lui, si c'est ce que vous avez en tête. En tout cas, elle n'était pas là aujourd'hui. (La voix de Hazel roulait comme des graviers roulés dans l'eau.) Est-ce que c'est vrai, ce que Paula nous a dit ? Je suis la propriétaire de cet immeuble, j'ai le droit de savoir. Elle a dit qu'on avait fait quelque chose à Owen. C'est vrai ?

Kate adressa un bref regard et un mouvement de tête à Taylor, qui garda le silence. Elle étudia Hazel Turner. Cette femme ne devait pas être beaucoup plus âgée que Paula Grant. Les gens ne vieillissaient vraiment pas de la même façon… Paula faisait plus jeune et bien plus dynamique… Cependant, Hazel Turner valait Paula Grant comme source de renseignements et sa coopération leur était essentielle.

– Nous allons vous dire ce que nous sommes en mesure de révéler, Hazel.

Ce qu'elle lui confierait maintenant serait de toute manière dans les journaux du lendemain, sinon aux informations télévisées du soir. Elle regarda la propriétaire droit dans les yeux.

– Il semblerait qu'il ait été victime d'un homicide.

Les yeux bleus qui fixaient ceux de Kate perdirent toute leur acuité, comme s'ils fuyaient les mots.

– Il semblerait qu'on l'ait empoisonné.

La main de Hazel se plaqua sur sa gorge comme si elle en ressentait les symptômes. Puis elle se saisit du vase vert sur la table basse.

– Tu entends ça, Jerome ? fit-elle, secouant à bout de bras et sans ménagement le récipient qu'elle foudroyait du regard. Tu entends ce qui s'est passé dans ce malheureux immeuble où tu nous as traînés ? Tu vois ce qui arrive aujourd'hui, tout ça parce que tu as acheté à deux rues de Beverly Hills ? À Beverly Hills, ça ne serait pas arrivé, et ta pauvre veuve percevrait des loyers décents et vivrait avec des gens bien sous tous rapports, dans une rue bien, avec des policiers bien... (Sa voix mourut et elle regarda Kate.) Je ne parle pas pour vous, évidemment, ma petite.

Taylor regardait Hazel, les yeux écarquillés, avec au coin de la bouche un début de tiraillement nerveux. Kate fit un effort pour reporter son attention sur Hazel et l'urne filigranée, luttant pour conserver à son visage une expression parfaitement neutre.

Elle examina l'urne, médusée. Elle lui semblait trop petite, d'après sa propre expérience, pour contenir autre chose que les cendres d'un enfant. Elle s'éclaircit la gorge et revint sur le sujet de l'ex-femme d'Owen Sinclair.

– Vous êtes bien certaine que Viviane Sinclair n'était pas ici aujourd'hui ? Comment pouvez-vous en être aussi sûre ?

– J'ai vu toutes les allées et venues.

Hazel reposa l'urne sur la table basse et écrasa sa cigarette. Elle paraissait soudain rabougrie, son corps sans forme flottant dans la robe d'intérieur bleu marine comme si la révélation de Kate lui avait fait l'effet d'une déflagration.

– J'ai commencé à nettoyer et à tout préparer entre ici et la salle commune tôt ce matin. (Sa voix avait des accents encore plus liquides.) Je vous le dis, j'ai vu tous ceux qui sont entrés ou sortis.

– Quelqu'un est peut-être entré sans que vous l'entendiez, suggéra Taylor. Quand vous étiez là-bas derrière, peut-être ?

ajouta-t-il avec un geste du bras en direction des zones sombres de l'appartement.

Hazel se raidit comme un piquet.

– Même sans le voir, je l'aurais entendu. Ça fait trente-cinq ans que j'habite dans cet appartement, Monsieur le Détective, alors je sais ce qui se passe dans mon immeuble. Il y a une dalle juste à l'entrée qui fait du bruit, il y a une marche dans l'escalier qui grince quand on monte. J'entends tout le monde, que je le veuille ou non.

Et tu le veux, songea Kate. Et c'est tant mieux pour nous.

Elle tourna une page neuve de son carnet.

– Nous vous croyons, Hazel. Voudriez-vous nous dire, alors, qui vous avez vu, et quand ?

– Bon, vous dire qui, je peux. Mais quand, c'est pas facile. J'étais occupée, vous voyez. Lorraine est partie tôt. Lorraine Rothberg. Et Cliff Stone aussi. Et Diane je ne sais plus comment – elle est nouvelle ici – Diane Sweeney. Et puis, Sue McFee. Ensuite, les deux fils de Theo DeRosa sont venus le chercher avec leur filet à papillon. Après, la nièce de Paula Grant est arrivée – quelle belle fille ! Et après... (Sa petite bouche maquillée de rose se plissa d'un air réprobateur.) Après, cet espèce de bêcheur, l'ami noir de Cyril.

– À quelle heure a commencé la fête, Hazel ? demanda Kate en notant à toute vitesse.

– Midi. Sue et Lorraine sont passées quelques minutes avant d'aller vaquer à leurs affaires. Ensuite, tous les autres se sont pointés chacun leur tour, vers les 13 h, environ.

– À quelle heure est arrivé M. Sinclair ?

Hazel fronça les sourcils, puis secoua la tête.

– Je me rappelle plus. J'étais occupée, vous comprenez, il fallait que je veille à tout.

Kate changea de position sur la causeuse pour se préparer mentalement.

– Qu'avez-vous servi à cette réunion ?

– Un beau morceau de cheddar, un superbe corned-beef et un délicieux pastrami de chez Nate'n Al's, une salade de pommes de terre, des légumes frais avec ma sauce spéciale, du punch au vin – ma recette personnelle...

Les yeux écarquillés, Hazel porta une fois de plus la main à sa gorge, réalisant soudain toute la portée de la question de Kate.

– Du poison ! Pourquoi vous ne m'avez pas...

Elle bondit du canapé, traversa le salon d'un pas martial et disparut dans les ténèbres de l'appartement.

– Seigneur, dit Taylor, qu'est-ce qu'elle est allée fabriquer ? Chercher un flingue ?

Il se tourna pour atteindre plus facilement l'étui placé à sa hanche.

– Elle serait plutôt du genre à nous forcer à manger les restes pour prouver que la nourriture n'était pas empoisonnée, rétorqua Kate avec un sourire. Écoute, Ed, il faut téléphoner à Viviane Sinclair et vérifier auprès des proches parents sans trop tarder…

Hazel réapparut, avec trois urnes identiques à celle qui trônait sur la table basse. Elle les y déposa avec un *paf* sonore et les disposa en un carré parfait.

– Maintenant, Jerome, écoute bien ce qu'ils vont dire et dans quel pétrin tu nous as fourrés avec ce maudit immeuble.

– Hazel, commença Kate sans oser regarder Taylor. (Elle s'éclaircit la gorge.) Ces urnes contiennent la totalité des cendres de votre mari ?

– Jusqu'à la dernière, répondit sombrement Hazel.

– Toutes les quatre ? interrogea Taylor qui contemplait les urnes, bouche bée.

– Une pour ici, une pour la chambre, une pour la salle à manger, une pour la salle de bains. J'en avais assez de le trimballer partout. Alors j'en ai acheté d'autres et je l'ai mis dans toutes les pièces. Je le rassemble quand il faut tenir un conseil de guerre.

Taylor se pencha vers elle d'un air aussi tolérant et rassurant que possible.

– Hazel, tout ce que nous tentons de faire pour le moment est de reconstituer ce qui s'est passé et de quelle manière.

– Vous croyez qu'il y avait quelque chose dans mes plats ! s'exclama-t-elle en lui retournant un regard furieux.

– Si c'était le cas, dit Kate en se faisant elle aussi rassurante, d'autres que M. Sinclair en auraient été affectés. Mais nous ne devons rien négliger. Et je vous mets en garde, Hazel, ne mangez ni ne buvez rien qui provienne de ce repas. Nous aurons peut-être besoin de faire analyser certaines choses.

– Je sais très bien que ce n'était pas mes plats. Et je sais aussi qui était là hier et qui ne l'était pas, et que quelqu'un a fait quelque chose d'horrible à Owen. (Elle agita son index en direction du conclave des urnes vertes.) Quelqu'un qui habite ce maudit immeuble que tu m'as collé sur le dos, Jerome ! Quelqu'un qui habite notre Beverly Malibu a fait ça, et vous feriez mieux de trouver qui, et plus vite que ça, ajouta-t-elle, l'index pointé cette fois vers Kate. C'est un établissement décent que je…

– Dites-nous, coupa Kate, M. Sinclair a-t-il mangé quoi que ce soit ?

– Comme s'il avait rien mangé depuis des mois.

Observant Kate d'un regard plein de reproches par-dessus ses lunettes, elle se rassit sur le canapé et alluma une nouvelle cigarette.

– Owen, il avait toujours bon appétit. Et pour tout. Il avait même amené son bourbon à lui et il a dit que mon punch au vin était pas assez corsé. Mais il le trouvait assez corsé quand il m'a demandé de lui en monter pour sa foutue ribouldingue du 4 juillet, ajouta-t-elle sur un ton acerbe.

Sans même regarder Taylor, Kate sut qu'il partageait ses pensées. Ils iraient prendre les bouteilles d'alcool entamées chez Owen Sinclair.

– À quelle heure M. Sinclair a-t-il quitté la fête d'aujourd'hui ? interrogea-t-elle.

– J'en sais rien, répondit Hazel en fronçant les sourcils. Je ne m'en souviens pas.

– Vous rappelez-vous à qui il a parlé ?

– Heu… à Dudley Kincaid. Ces deux-là se sont disputés comme d'habitude avec Parker. Parker Thomas. Et Cyril Crane. Et il me semble que Dorothy Brennan en était, elle aussi, mais je pense qu'elle se contentait d'écouter, elle est tellement gentille.

– Pas… commença Kate en consultant ses notes. Pas Mildred, ni Paula, ni Maxine ?

Hazel secoua la tête en dévisageant Kate, qui, pour venir à bout de cette réticence si peu caractéristique, avança prudemment :

– Nous comprenons bien que les relations entre M. Sinclair et ces trois femmes n'étaient pas au beau fixe.

– Je suppose que vous êtes au courant, alors, dit Hazel en soupirant. Pas au beau fixe, ce n'est pas ce que je dirais. Il y avait des choses chez Owen qui ennuyaient certaines personnes, ici. Elles ont essayé de m'entraîner dans leurs petites histoires, mais je n'ai pas voulu. Owen, ça fait des années qu'il habite ici… et on est tous des adultes, après tout. Jerome, dit-elle à une urne, c'est bien toi qui disais toujours que les adultes devaient régler leurs différends tout seuls ? (Elle reporta son attention sur Kate.)

Ceux qui ne se plaisent pas au Beverly Malibu peuvent toujours s'en aller. C'est leur droit. Je pourrais peut-être trouver des locataires plus sympathiques, et toucher les loyers que je mérite. Depuis cette abomination qu'ils appellent contrôle des loyers… commença-t-elle avec du feu dans ses yeux bleus. Je dirige un immeuble décent, alors je mérite des…

– Qui, en dehors de Maxine, Mildred et Paula, s'était accroché avec lui ? interrompit Taylor à son tour.

Hazel surmonta son indignation avec une réticence évidente.

– Eh bien… Cyril. Et Lorraine, mais elle n'était pas là aujourd'hui. Et Parker Thomas, il l'embêtait toujours.

– Organisez-vous souvent des fêtes pour vos locataires ? demanda Kate.

Hazel reposa sa cigarette dans le cendrier, dissipant de la main une écharpe de fumée qui dérivait vers les urnes vertes.

– Les jours fériés. Beaucoup de gens ici sont très seuls. D'une certaine manière, moi, j'ai Jerome, dit-elle en passant la main au-dessus des urnes comme pour les bénir. Mais c'est quand même très dur les jours fériés.

Ce qu'il y avait de plus difficile pour elle-même, songea Kate, c'était de gérer les élans de générosité de ceux qui la croyait défavorisée et pensaient que la chaleur de leur affection pallierait à son affliction. Même Taylor n'y était pas insensible. Vu la façon qu'il avait eue de détourner le regard à l'instant, il se sentait coupable de ne pas l'avoir invitée pour Thanksgiving. Elle sut qu'il lui faudrait essuyer une invitation insistante pour Noël.

– Pourquoi organiser des fêtes pour des locataires dont vous voulez vous débarrasser ? demanda-t-elle à Hazel.

– Je n'ai jamais dit que je voulais m'en débarrasser, protesta la propriétaire. Certains vivent ici depuis aussi longtemps que moi. Le Beverly Malibu est leur foyer autant que le mien. Je n'irais pas augmenter les loyers de façon démentielle et je ne ferais rien pour leur nuire. Mais personne ne devrait pouvoir imposer à un propriétaire le prix d'un loyer. Quand on possède un immeuble, on devrait pouvoir le gérer comme bon nous semble.

Mais il y a tant de propriétaires qui ne partagent pas vos sentiments pour vos locataires, pensa Kate.

– Avez-vous jamais exprimé certaines de vos idées à vos plus anciens locataires ? demanda-t-elle.

– Je ne suis pas folle, répliqua sèchement Hazel. Et je vous conseille de ne pas répéter un mot de ce que je viens de vous dire.

Si je vous le dis, c'est parce que vous êtes de la police. (Elle dirigea un regard menaçant vers Kate, puis Taylor, puis Kate à nouveau.) Les locataires, ils en profiteraient. Ils m'enquiquineraient pour de la moquette neuve, des peintures neuves, des cuisinières neuves et Dieu sait quoi encore.

– Vous parliez de la fête du 4 juillet de M. Sinclair, dit Kate en essayant de dissimuler sa sympathie amusée pour Hazel Turner. J'en déduis qu'il fréquentait un peu les autres, non ?

– Quelques-uns. Mais cette histoire de 4 juillet n'était pas du tout ce qu'on appellerait une fête, pas comme la mienne aujourd'hui. Je lui avais dit d'utiliser la salle commune, mais non, ça faisait trop de travail, il voulait juste inviter des gens à boire un coup dans son sale appartement. Quel bazar ! Tout ce qu'il avait, c'était mon punch au vin pour aller avec ses chips minables, ses bretzels et sa cochonnerie de bourbon. Les autres locataires ont pas traîné là-dedans. Paula n'aurait pas pu avoir l'air plus hautain. Celle-là, elle est pas snob pour rien.

– Qui y était exactement ? demanda Kate.

– Je ne me souviens pas très bien, répondit Hazel en haussant les épaules. Presque tout le monde, je suppose. Ceux qui étaient chez eux sont passés un moment.

Avec sa mémoire de chef scripte, se dit Kate, Paula Grant leur fournirait davantage de détails sur cette soirée.

– Hazel, revenons à ce qui a précédé et suivi le repas d'aujourd'hui. Vous avez dit que vous connaissiez tous ceux qui étaient entrés dans l'immeuble, n'est-ce pas ?

Hazel hocha la tête.

– Si un locataire fait entrer qui que ce soit sans savoir qui c'est, je lui dis ma façon de penser, moi, vous pouvez en être sûre. De nos jours, ça pourrait être un gang venu tagger les murs ou les truffer de balles, ou encore un prédicateur fanatique qui essaierait de...

– Quelqu'un pourrait-il s'introduire dans l'immeuble autrement que par la porte d'entrée ? coupa Kate. Il y a des barrières sur les côtés du bâtiment.

– Cadenassées, répliqua sombrement la propriétaire.

– On peut les escalader, intervint Taylor.

– Mais on ne pourrait quand même pas entrer. Je fais autant attention à la porte de derrière qu'à celle de devant. Quand Owen a perdu ses clefs, j'ai fait changer les serrures de devant et de derrière, même s'il beuglait comme un veau.

Kate l'observa avec une attention accrue.

– Quand cela s'est-il produit ?

– Le jour même de cette soirée du 4 juillet. Il jurait que ses clefs avaient été jetées avec les restes, mais je n'ai pas voulu courir le risque de le croire, il a fallu que je fasse changer les serrures dès le lendemain et je lui ai fait payer la facture, pour ses clefs et celles des autres, parce que c'était sa faute, après tout.

– Puisque la clef de l'appartement de M. Sinclair avait disparu elle aussi, je suppose que vous avez fait changer cette serrure également, dit Kate.

Hazel secoua la tête et haussa les épaules.

– Il était enragé comme le diable, il braillait que ce n'était pas la peine. Tant pis pour lui s'il voulait prendre le risque de se faire cambrioler.

Kate prit le temps de relire ses notes. Quand elle releva la tête, elle vit Hazel bâiller, avachie sur le canapé. Kate jeta un coup d'œil à sa montre : 23 h 30. Croisant le regard de Taylor, elle imita le geste de décrocher un téléphone.

Il se leva promptement afin d'aller passer l'indispensable appel à Viviane Sinclair.

– Excusez-moi, Hazel, dit-il en brossant encore quelques poils blancs sur son pantalon. Kate, je te retrouve là-haut.

Ignorant Taylor, Hazel fit tomber un long cylindre de cendre de la cigarette qu'elle avait allumée et l'écrasa. Kate ne l'avait vue fumer ni celle-ci ni la précédente.

Quand Taylor eut refermé la porte derrière lui, l'appartement trop encombré parut un peu moins bondé. Kate demanda abruptement :

– Y a-t-il une raison particulière à votre aversion pour mon équipier, Hazel ?

– Il a de grands pieds, répondit celle-ci en allumant une autre cigarette. Je ne peux pas souffrir les hommes aux grands pieds. Ça ne rate jamais, plus les pieds sont grands, plus le cerveau est petit. Lyndon Johnson avait de grands pieds. Regardez la nullité que c'était, ajouta-t-elle en reposant la cigarette dans le cendrier.

Kate sourit en repensant à une théorie qu'elle avait toujours entendue au sujet des hommes aux grands pieds et aux grandes mains.

– J'ai déjà entendu parler de croyances plus étranges. Mais je peux vous certifier que celle-là ne s'applique pas au détective Taylor.

Sauf en certaines occasions, ajouta-t-elle mentalement avec amusement.

– Détective, vous êtes vraiment très jolie quand vous souriez. Mais j'ai l'impression que vous n'en avez pas souvent l'occasion, dans votre métier.

La chatte persane blanche revint d'un pas nonchalant dans la pièce, renifla prudemment le fauteuil duquel elle avait été expulsée, puis sauta sur le canapé à côté de Hazel. Celle-ci se mit à la caresser, d'une main tachetée qui lissait avec fermeté l'épais pelage immaculé.

– Jerome, lui, il avait des pieds tellement mignons. Je lui achetais des pantoufles en velours marron...

La voix liquide se tarit. Navrée de devoir interrompre la rêverie de Hazel, Kate dit doucement :

– Nous avons cru comprendre que M. Sinclair ne se sentait pas très bien. Avez-vous quelque chose à me dire à ce propos ?

– Quand il est descendu, il avait mal au ventre.

– Vous voulez parler d'une indigestion ?

– Pire, d'après ce qu'il disait.

– Vous rappelez-vous ce qu'il a dit ?

Hazel cessa de caresser la chatte pour faire un geste vague de la main.

– C'était la révolution dans son estomac, voilà. Avec des nausées, il disait. Des fois il vomissait, des fois il avait le nez et la peau qui le démangeaient. Pour moi, c'était une allergie, sans doute due à la saleté de bourbon qu'il buvait, d'ailleurs c'est ce que je lui ai dit.

– Savez-vous s'il avait consulté un médecin ?

– Il avait commencé à maigrir, alors je lui avais dit d'arrêter de geindre et d'agir. Je ne sais pas s'il l'a fait.

– Hazel, vous avez dit qu'il ne s'entendait pas bien avec M. Parker ni avec M. Crane. Sauriez-vous me préciser la nature de leur désaccord ?

– La politique, répondit succinctement Hazel.

Usant de la tactique du silence, Kate continua d'inscrire des notes dans son carnet. La propriétaire finit par se décider :

– Il y a beaucoup de gens de l'immeuble qui se disputaient avec Owen à cause de la politique.

– Pourquoi, quelles étaient ses convictions ?

– Je ne m'intéresse pas à ce genre de trucs, répondit Hazel en haussant les épaules. Jerome était là-dedans jusqu'au cou, mais moi non. Je n'aime ni la politique ni les politiciens. Les démocrates, ils veulent prendre aux gens utiles pour donner aux inutiles. Les républicains, ils veulent prendre ce que les pauvres arrivent à économiser pour le donner à des gens déjà si riches que c'en est monstrueux. Ça, Reagan, il a pas de grands pieds. Sa cervelle de piaf, il se l'est faite tout seul. Reagan, il…

– En général, les gens ne sont pas d'accord sur la politique, coupa Kate, amusée mais pressée de conclure l'entretien. Pourquoi les idées politiques de M. Sinclair lui valaient-elles l'animosité des autres locataires ?

– Il faudra que vous leur posiez la question, déclara Hazel.

Kate sut que pour le moment, il était inutile de poser d'autres questions dans ce domaine. Observant la cigarette se consumer toute seule dans le cendrier, elle reprit :

– Une dernière question, Hazel, par pure curiosité. Pourquoi allumez-vous des cigarettes si vous ne les fumez pas ?

– Je ne supporte pas le goût du tabac, le simple fait d'allumer une de ces choses me donne l'impression de me fourrer des plumes brûlées dans la bouche. Jerome fumait à la chaîne, c'est ce qui l'a tué. Mais après sa disparition, l'odeur me manquait. Alors je suis allée m'acheter des cigarettes.

– Je comprends parfaitement, commenta Kate en hochant la tête.

Elle dut faire un effort pour ne rien ajouter, ne pas confier à Hazel – elle en aurait été incapable – qu'après le décès d'Anne elle avait éprouvé un besoin écrasant de se remettre à fumer mais y avait résisté, en souvenir de l'aversion d'Anne pour cette vieille habitude, l'envie de lui faire plaisir demeurant intacte, malgré la mort.

Hazel parut s'amenuiser encore.

– Je suppose que la… que ce qui est arrivé à Owen est en partie de ma faute, n'est-ce pas ?

– Comment cela, Hazel ? s'enquit gentiment Kate.

– Je n'ai rien fait contre Owen, alors que les gens d'ici le haïssaient. J'ai laissé les choses pourrir. Et je savais… Je savais, vous voyez. La première fois que j'ai posé les yeux sur lui, quelque chose m'a immédiatement déplu. (Elle se redressa et pointa un index accusateur vers les urnes.) Toi aussi, Jerome. Tu savais très bien ce que je pensais. C'est ta faute à toi aussi, Jerome…

Kate se leva.

– C'est la faute de l'individu qui a pris la vie de M. Sinclair. En aucun cas la vôtre, Hazel. Ni celle de Jerome.

La propriétaire raccompagna Kate à la porte, lui prit le bras, l'attira vers elle et l'embrassa sur la joue.

– Vous êtes vraiment une femme bien, dit-elle.

4

Arrivée sur le palier du premier étage Kate vit Aimee Grant discuter avec Felix Knapp, l'agent chargé de surveiller le couloir et la scène du crime.

Appuyée au mur à côté de chez Paula, elle avait les bras croisés et le visage tourné vers Kate. Elle semblait un rien débraillée, son chemisier de soie blanche pendait par-dessus le pantalon noir, ses épais cheveux noirs semblaient moins soyeux et comme divisés par mèches, comme si elle y avait fait courir ses doigts. Elle observa Kate avancer dans sa direction.

Knapp, fasciné par Aimee Grant, s'aperçut tout de même qu'il n'avait plus toute son attention et se retourna. Kate lui fit un signe de tête. Le jeune homme redressa ses larges épaules, rajusta le ceinturon supportant son arme et, mal à l'aise, regagna son poste près de l'escalier de derrière.

– Vous pouvez partir, si vous le souhaitez, dit Kate à Aimee. Nous devrons vous faire signer une déposition et peut-être vous poser quelques questions supplémentaires, mais nous savons où vous joindre.

La jeune femme avait l'air de s'être bien remise du choc. Ses yeux bleu violet étaient vifs et dévisageaient Kate avec curiosité.

– Je ne bouge pas d'ici, répondit-elle abruptement. Ma tante dort, mais je vais rester avec elle. En tout cas pour la durée du week-end.

Cette attitude très protectrice envers Paula plut à Kate, qui hocha la tête en souriant. Taylor avait raison, admit-elle, Aimee était remarquablement belle. En plus du dynamisme dû à sa jeunesse, de ses beaux yeux et de ses cheveux brillants, on sentait en elle vitalité, intelligence et une grande sensualité.

– Alors, bonne nuit, dit Kate.

Sur le point d'entrer chez Owen Sinclair, une sorte d'instinct lui commanda de se retourner. Aimee Grant n'avait pas bougé d'un pouce et la contemplait.

* * *

Taylor s'installa dans le fauteuil inclinable d'Owen Sinclair pour prendre des notes à partir des fiches de terrain qu'avaient remplies les hommes d'Hansen. Kate prit celles qu'il avait écartées et s'assit en face de lui, dans un autre fauteuil.

– Viviane Sinclair, dit-il en poussant un soupir. On aurait dit qu'elle parlait avec une chaussure dans la bouche, tellement elle était faite. En gros, elle a répété ce que Hazel nous a dit, mais pas tout à fait de la même manière. (Il feuilleta quelques pages de son calepin, à la recherche d'une note.) « Je me branle complètement de ce pauvre connard », voilà ce qu'elle a dit. Je lui demande pourquoi et elle me répond : « Merde, je suis crevée » et elle laisse tomber le téléphone par terre. (Il se toucha l'oreille avec une grimace de douleur.) Tu parles d'une soirée. D'abord une proprio allumée qui te sort quatre pots de cendres de son mari, ensuite une vieille chouette ensuquée qui te perce le tympan avec son bigophone.

Kate s'esclaffa et dit d'une voix espiègle :

– Tes pieds rendent Hazel Turner dingue.

– Ah ouais ? fit-il, étendant ses jambes pour admirer le bout de ses chaussures marron. Alors comme ça, ils lui plaisent ?

– Je n'ai pas dit ça, j'ai dit qu'ils la rendaient dingue.

– Cette bonne vieille Hazel, ricana Taylor. Kate, il n'y aurait pas une loi dans cette état sur le transport des cendres après la crémation ?

– Mais si, répondit Kate. Tu as des projets pour Jerome ?

– Qui, moi ? demanda Taylor en levant les deux mains. C'était juste pour savoir. Le pauvre vieux, même mort, il n'a pas le droit au repos.

Un sourire aux lèvres, Kate jeta un coup d'œil aux fiches.

– Rien de spécial là-dedans ?

– J'ai rien remarqué, Kate. (Il lui tendit les autres.) Il est tard et il y en a pas mal qui ne sont plus très jeunes parmi ceux qu'on veut interroger.

– Tu veux dire que tu n'as pas envie d'embarquer tes trois vieilles suspectes ? demanda Kate en souriant. Il n'est que minuit, après tout, le commissariat n'est qu'à l'autre bout de la division.

– Notre assassin est ici, Kate, répliqua-t-il d'un air meurtri. N'oublie pas ce que Hazel a dit au sujet des clefs. On n'est pas loin de tenir celle de cette affaire.

Ce jeu de mots tira une grimace à Kate, ce qui le fit sourire.

– Ce n'est pas sorcier de deviner comment notre meurtrière s'est introduite chez Sinclair. Celle qui a fait ça ne va pas ficher le camp, elle nous attendra demain. Alors, on n'a qu'à fermer boutique pour ce soir, laisser tout le monde se calmer et rentrer dormir. On terminera ça demain.

Certains éléments de l'affaire étaient effectivement assez clairs, songea Kate. D'après les déclarations de Paula Grant concernant les heures d'arrivée et de départ d'Owen Sinclair à la fête et les révélations d'Everson sur les effets retard de la strychnine, le poison avait dû être administré lors du repas. Si le meurtrier était en possession de la clef de l'appartement de sa victime, il avait sectionné le cordon téléphonique et versé le poison dans le bourbon de Sinclair au préalable. Mais il fallait que le meurtrier ait su que Sinclair amènerait sa bouteille à la salle commune...

Kate consulta sa montre, impatiente de rassembler d'autres détails dans cette enquête. Mais il fallait finir de passer les lieux du crime au peigne fin. Il était impératif de réunir tous les éléments valables susceptibles de constituer un ensemble de pièces à conviction. Si, et quand cette affaire serait présentée devant les tribunaux, ils seraient ainsi en mesure de prouver efficacement que les lieux du crime avaient été parfaitement protégés de toute altération. Et il était bel et bien tard, la plupart des locataires étaient sans doute allés se coucher, quel que fût leur âge.

– J'ai dressé une liste, annonça Taylor. Il y a les deux autres vieilles, Maxine Marlowe et Mildred Coates. Cyril Crane et son pote Parker Thomas se sont disputés avec la victime à la réunion, ça donnera peut-être quelque chose. On a aussi Dudley Kincaid et Dorothy Brennan. Tous les autres étaient de sortie aujourd'hui, ils ne sont donc pas une priorité.

– On dirait bien, commenta Kate en reprenant les fiches. Il faut que je mette de l'ordre dans mes notes et dans mes idées.

Elle regarda une fois encore sa montre : 11 h 58.

– Joyeux Thanksgiving, annonça-t-elle en souriant.

Taylor arracha sa lourde masse du fauteuil inclinable.

– C'est ça, répondit-il.

5

À cinq heures trente du matin Kate ramassait le *Los Angeles Times* sur le pas de sa porte et réintégrait son domicile. Elle alluma les lumières, qui firent étinceler la netteté immaculée de l'appartement, en dehors d'une pile de magazines et de six livres éparpillés sur la table basse en teck dont la richesse multicolore lui parut accueillante. Elle avait emprunté ces livres et un *The Advocate* la semaine précédente à Joe D'Amico. Joe et Salvatore, son amant, étaient ses sources d'information sur la communauté gay, qu'elle était venue à considérer comme ses frères.

Elle avait lu tous ses livres lesbiens acquis récemment avant de les passer à Maggie Scheaffer. Ceux-là combleraient agréablement le vide en attendant les prochains.

Consciente de la nécessité de penser un moment à autre chose qu'aux événements des dernières heures, elle brancha la cafetière, se débarrassa de ses vêtements et passa sous la douche en songeant à Maggie, à son Nightwood Bar et aux lesbiennes qu'elle avait appris à connaître pendant l'enquête sur le meurtre qui avait eu lieu là-bas. Par la suite, elle avait lu avec avidité et rapidité la totalité des bouquins lesbiens en piteux état mis à disposition dans la bibliothèque du bar, se plaignant à Maggie de leur vétusté et de leur qualité littéraire au mieux variable.

– Il y en a plein d'autres, et bien meilleurs, avait maugréé Maggie. Chaque fois que je mets les pieds chez Sisterhood Bookstore prendre le *Lesbian News*, je bave devant tous les rayons. Les livres, ça coûte cher, Kate. Tu peux te permettre ce luxe, mais beaucoup d'entre nous n'en ont pas la possibilité. Va donc faire un tour là-bas t'en acheter quelques-uns, ensuite tu pourras en faire don au bar, hein ?

Kate avait pris le risque de devenir une habituée du Nightwood et celui d'assister à la Gay Pride annuelle de West Hollywood, mais ces risques étaient relativement limités puisque ceci se passait au sein de sa propre communauté. Maggie, lesbienne déclarée depuis l'âge de treize ans, ne parvenait pas à comprendre comment Kate pouvait laisser sa carrière limiter sa liberté.

– Qu'est-ce que ça peut faire qu'on te voie ou qu'on apprenne ce que tu es ? Tu es mieux lotie que la plupart d'entre nous, puisqu'un arrêté municipal te protège.

– Cela n’a aucune importance, Maggie, avait tenté d’expliquer Kate. Il y a plus de sept mille policiers dans cette ville et personne n’a fait son coming-out. Personne. Tu ne peux pas imaginer l’homophobie qui règne dans nos services. Ma vie serait un enfer, je ne pourrais plus travailler.

– Il faut bien que ça cesse, Kate, avait répliqué Maggie avec emphase et calme. Et si vous restez tous au placard, ça ne cessera jamais.

Maggie réfutait en bloc l’obligation de prudence et de discrétion, mais Joe D’Amico ne partageait certainement pas son avis. Il travaillait au labo de la criminelle du LAPD et savait lui aussi ce qui se passait. Le mois précédent, un ancien sergent de la Pacific Division aux états de service impressionnants, Mitch Grobeson, avait déposé la toute première plainte pour harcèlement dû à son homosexualité et mise en danger de sa vie dans le cadre de l’exercice de ses fonctions, affirmant que les tourments dont il faisait l’objet l’avaient contraint à démissionner. Comme Kate, Joe D’Amico comprenait parfaitement à quel point la fratrie policière des ultras anti-gays pouvait transformer l’existence d’un collègue homosexuel en cauchemar. Kate ne voulait pas être un Mitch Grobeson bis. Sans relation affective stable, son travail revêtait pour elle une importance d’autant plus grande.

Elle donnait donc régulièrement de l’argent à Maggie pour acheter des livres et des périodiques qui rejoignaient la bibliothèque du bar une fois que Kate les avait lus. Elle aurait aimé en garder certains à la maison, pour la chaleur et le réconfort qu’ils auraient pu lui apporter, mais elle avait un accord avec la patronne du bar.

Kate entra dans le salon en s’essuyant les cheveux avec une serviette et alluma la télévision pour meubler le silence qui résonnait de pièce en pièce à cette heure sépulcrale de la matinée. Une vue panoramique du Beverly Malibu, suivie de quelques images du lieutenant Bodwin, la firent sursauter. Puis le présentateur pria jovialement les téléspectateurs de rester sur sa chaîne, pour suivre la météo et les autres informations du petit jour.

Elle ouvrit le *Times* et y trouva en page quatre de la section locale deux courts paragraphes intitulés MEURTRE DANS LE WEST-SIDE. La vie à la grande ville, aurait commenté Taylor. La mort d’une petite fourmi dans la fourmilière. Eh bien, Kate découvrirait celle qui s’était muée en fourmi tueuse et la bouterait hors de la fourmilière.

Une tasse de café à la main, elle alla ouvrir son placard pour inspecter sa garde-robe. Paula Grant verrait aujourd'hui qu'elle pouvait s'habiller de manière autrement plus professionnelle qu'avec un coupe-vent et un pantalon.

Paula Grant…

Pourquoi trouvait-elle cette femme de tant d'années son aînée si séduisante ? Elle se sentait attirée par sa force de caractère et c'était sans précédent. Kate avait toujours été attirée par des femmes très différentes, plus douces et moins indifférentes, comme Anne, Ellen O'Neil, Andrea Ross…

Kate haussa les épaules à l'intention de son reflet dans le miroir. Et alors ? N'étant pas prête pour le moment à envisager de relation purement sexuelle, l'avenir semblait davantage se profiler sous la forme d'amitiés platoniques avec d'autres lesbiennes que sous celle du mariage total qu'elle avait partagé avec Anne.

Elle se remettait d'Anne, mais demeurait encore prisonnière du point de vue sexuel dans une sorte de cocon. Deux aventures sérieuses mais malheureuses avaient suivi, et depuis, aucune parmi les femmes intéressantes qu'elle avait rencontrées ne l'avait éveillée. Jusqu'à Paula Grant…

* * *

Contrairement à son habitude, Kate n'emprunta pas l'autoroute de Santa Monica pour rallier directement la Division Wilshire, elle prit à l'est par Montana Avenue. La circulation dans Santa Monica était presque inexistante en ce vendredi d'après Thanksgiving, surtout à 6 h 30, cette heure grise de la matinée.

Elle n'empruntait pas souvent Montana Avenue dans ce sens. Son chemin habituel, pour quitter ou regagner son domicile, ne dépassait pas la limite ouest de l'avenue, avec ses cafés et ses boutiques chics. À travers la grisaille, elle contempla avec plaisir les immeubles bien entretenus. En vue de la courbe que décrivait l'artère bordée d'arbres en longeant le Brentwood Country Club, elle baissa sa vitre pour humer les senteurs vertes et humides du feuillage touffu dissimulant le terrain de golf. Elle se souvint avoir noté une adresse de Brentwood sur une fiche de terrain. Aimee Grant habitait près d'ici.

Kate ralentit sur Wilshire Boulevard, à hauteur de la pelouse impeccable du Veteran's Administration Hospital, et décéléra encore devant le Federal Building. Dans la grisaille, celui-ci ressemblait à une grande pierre tombale blanche cernée de drapeaux. À gauche, sur la Veteran Avenue bordée d'eucalyptus, dans un calme absolu, s'alignaient avec une parfaite précision de véritables tombes gris blanc, rang après rang, sur plusieurs hectares. Dans certaines reposaient des jeunes gens avec lesquels elle avait servi au Vietnam. Elle les salua d'un grave signe de tête.

D'imposants édifices surplombaient Wilshire Boulevard, des immeubles de bureaux à façade de marbre, d'autres abritant de luxueux appartements avec balcon. Une fois de plus, elle s'émerveilla de la richesse de cette ville, où tant de gens avaient amassé tant d'argent.

À l'intersection de Wilshire et de Santa Monica Boulevard, Kate prit l'enfilade des magasins chics de Beverly Hills qui exhibaient déjà leurs décorations de Noël. Sans la circulation habituelle et les hordes de touristes et d'acheteurs qui s'y pressaient, les rues semblaient aussi mortes qu'une ville fantôme. Elle jeta un coup d'œil au bâtiment des services de police de Rexford Drive, dont l'élégante architecture arabisante offrait un contraste amusant et incongru avec la modernité massive tout en briques de la Division Wilshire, son commissariat.

Deux minutes plus tard, elle garait la Plymouth en face du Beverly Malibu. La Caprice de Taylor était placée juste devant et son moteur émettait encore un léger ronron en refroidissant.

La porte de l'immeuble s'ouvrit, cédant le passage à Paula et Aimee Grant. La seconde portait encore ses vêtements froissés de la veille. Kate fut frappée par la féminité à la fois forte et délicate de Paula, vêtue d'un pull gris ample et d'un pantalon de toile noire impeccablement repassé. D'après le regard impassible venu se poser sur sa tenue, Kate douta que sa veste en poil de chameau et son pantalon de gabardine verte, qui constituaient le meilleur de sa garde-robe, aient pu faire impression.

Paula la salua d'un signe de tête.

– Comme nous en avons informé le détective Taylor, je pars en promenade, précisa-t-elle de sa voix sonore.

– Et moi, je vais chez moi me changer, dit Aimee.

– Parfait, répondit Kate, ravie de constater les efforts de coopération des deux femmes vis-à-vis son enquête.

Elle contempla la démarche pleine de grâce de Paula tant qu'elle fut en vue. Puis elle pressa le bouton d'interphone de Hazel Turner, s'annonça, attendit le signal d'ouverture de la porte et pénétra dans l'immeuble.

Taylor était assis à la table de la salle commune et sirotait un café dans une tasse en polystyrène de la taille d'un haut-parleur. Il poussa une seconde tasse identique vers elle. Elle s'assit et ôta le couvercle du récipient géant.

– Merci, Ed, dit-elle.

– Voulez-vous me donner ces immondices ! jeta Hazel Turner.

Elle se tenait au seuil de la pièce, vêtue d'une robe d'intérieur orange et de tongs vertes. Elle se précipita pour arracher sa tasse des mains de Kate.

– Vous ne pouvez pas boire ça. Donnez-moi le vôtre aussi, enjoignit-elle à Taylor. Dieu sait ce qu'ils mettent là-dedans.

Puis elle sortit de la pièce, tenant avec mépris les tasses à bout de bras.

– Dieu sait ce qu'elle met dans le sien, marmonna Taylor. Prions pour qu'elle ne soit pas notre assassin. La nuit a été courte. (Il bâilla et se renversa contre le dossier de sa chaise.) Et la journée sera longue.

Kate approuva de la tête. La nuit précédente, ils avaient terminé de passer les lieux du crime au crible, jusqu'au moindre aliment ou liquide trouvé chez Sinclair et aux sacs en plastique prélevés dans la benne à ordures – l'un d'eux renfermant les restes de la fête – afin de tout faire analyser au labo. Ensuite, ils s'étaient rendus au commissariat faire enregistrer les rapports préliminaires, qui constitueraient au bout du compte un dossier détaillé. Ils n'avaient regagné leur foyer respectif que pour se doucher et se changer.

Hazel revint avec deux énormes tasses. Taylor prit la sienne, fit un clin d'œil à Kate et trinqua avec sa collègue.

– Bonne chance, partenaire, dit-il avant d'avaler une gorgée. Oh, Hazel, je ne veux plus boire d'autre café de ma vie.

– Il est frais moulu, expliqua Hazel.

Elle sortit une urne verte de sa poche, la posa au centre de la table entre deux cendriers, et s'assit en compagnie des policiers.

– Vous êtes des lève-tôt, vous, dit-elle. Les gens sont encore couchés pour la plupart. Et pas seulement parce que c'est férié.

– Hazel, dit Taylor avec fermeté, nous n'enquêtons pas sur cet homicide pour le confort de vos locataires.

– Écoutez, Monsieur le détective-je-sais-tout, essayez donc d'aller parler à Maxine maintenant. Allez-y, enfoncez sa porte, mais elle ne vous dira pas un mot avant 10 heures. Ça lui prend un bon bout de temps pour se mettre ses peintures de guerre. Et Mildred, avec son arthrite et cet hiver humide, il lui faut un moment le matin avant de se déplier. Si vous voulez que les gens coopère, mon petit, dit-elle en pointant l'index, vous feriez mieux d'écouter les conseils de Hazel. Je connais mon immeuble, et je connais mes...

– Bien entendu, coupa Kate tandis que Taylor se réfugiait dans sa tasse de café.

Elle ouvrit son calepin à la liste des entretiens que Taylor avait décrétés prioritaires la nuit passée et apposa un X devant les noms de Maxine Marlowe et de Mildred Coates.

– Et M. Crane ?

– Il est levé. C'est un acteur, alors il prend soin de sa personne. Il est déjà sorti faire son petit tour du matin.

Kate fit aussi une marque devant le nom de Cyril Crane.

– Et M. Kincaid ?

– Dudley, il est comme tous ceux qui écrivent, répondit Hazel, le nez plissé en signe de désapprobation. On ne peut jamais prévoir, avec lui. (Elle se pencha vers Kate pour lui prendre le bras.) Ma belle, j'ai bien réfléchi à tout ça, je remue toute cette affaire dans ma tête depuis des heures. Je pense que c'est lui. Dudley.

– Et pour quelle raison, Hazel ?

– Parce que je ne l'aime pas.

– Vous avez sûrement une autre raison ? suggéra gentiment Kate.

– C'est déjà bien, soutint Hazel. J'ai de l'instinct pour ce qui est d'apprécier les gens.

Kate retourna à sa liste et fit une marque en face du nom de Dudley Kincaid.

– Et M. Thomas ? demanda-t-elle, intriguée autant qu'amusée par les impressions de Hazel sur les locataires suspects.

– Parker Thomas, lui aussi, c'est le genre écrivain, mais si vous voulez mon avis, il aurait dû se faire prédicateur. On le croirait tout droit sorti de ce tableau : la Cène. Il est debout à tournicoter. Comme d'habitude, vers les 8 heures... Quant à Dorothy Brennan, vous la trouverez sur son balcon, à la buanderie, ou quelque part par là. C'est une fouineuse, elle fourre son nez partout, voilà ce que j'en dis.

Parce qu'elle empiète sur ton territoire, songea Kate, surprenant du regard le clin d'œil et le sourire de Taylor.

– Je ne m'étais pas aperçue qu'il y avait des balcons, dit-elle à la propriétaire. On ne les voit pas de la rue.

– Y en a que deux. On les voit pas à cause des massifs d'arbustes qui les cachent, sur le côté. Dorothy en a un et Nancy

Billington a l'autre. Ils sont franchement petits, avec juste assez de place pour deux, trois plantes et peut-être un fauteuil.

– Pourrait-on entrer par un des balcons ? s'enquit Taylor.

– Nan, répondit Hazel. Faudrait amener une échelle avec une grue.

Kate avait terminé son café.

– Prêt ? demanda-t-elle à Taylor.

6

Le jeune Noir qui leur ouvrit la porte de Cyril Crane portait un sweat-shirt bleu ciel coupé au-dessus de la taille et aux coudes. Le vêtement semblait néanmoins pendre sur ses épaules en un amas vaste et informe. Son jean, presque délavé à blanc, tenait par une large ceinture sanglée au dernier cran.

– Cyril est sous la douche, informa le jeune homme en examinant leurs plaques. Il en a bien pour un quart d'heure. Je m'appelle Houston.

Kate se souvint que les fiches de terrain mentionnaient un certain Doyle Houston. À l'instar d'Aimee Grant, il avait dû venir habillé pour Thanksgiving, sans intention de passer la nuit sur place, et se trouver contraint d'emprunter à Cyril Crane ces vêtements qui ne lui allaient pas.

– Très bien, dit-elle en entrant dans le salon. Nous avons à vous parler, à vous aussi, Monsieur Houston.

Il flottait dans l'appartement une odeur légère et parfumée, résultant sans doute des ablutions de Cyril Crane, supposa-t-elle.

– Houston tout court, tout le monde m'appelle Houston. Asseyez-vous et mettez-vous à l'aise. Je reviens immédiatement.

Le silence de Taylor la poussa à se tourner vers son collègue. Il avait les bras croisés, les épaules arrondies. Alarmée par l'hostilité de ce langage corporel, Kate regarda autour d'elle. Plusieurs caricatures au fusain encadrées de Marilyn Monroe, Gloria Swanson et Lana Turner étaient accrochées aux murs, mais le regard de Taylor semblait attiré par une photographie de Rock Hudson, qui dominait le reste. *Cyril, tu es magnifique* y lisait-on, accompagné d'une signature : *Rock*. À proximité, sur un guéridon à plateau d'ivoire, une statuette en bronze représentait un homme agenouillé, les épaules rejetées en arrière, les hanches tendues vers l'avant, exhibant avec fierté ses organes génitaux.

Kate savait que ces éléments, ajoutés à la présence de ce Noir, Doyle Houston, sans parler du parfum si peu masculin qui embaumait l'appartement, avaient éveillé la plupart des préjugés pas si latents que ça de Taylor. Il n'avait pas interprété l'imagerie féminine tout aussi évidente de chez Paula Grant, mais en général, ses antennes semblaient davantage dirigées vers les hommes. Elle haussa mentalement les épaules. S'il mettait en péril le bon déroulement de cet entretien, elle l'enverrait tout simplement faire autre chose ailleurs.

Elle observa de nouveau la pièce. Le salon semblait spacieux et très clair, impression due à la lumière extérieure et aux tons pâles du mobilier. Le canapé blanc cassé et les fauteuils assortis dans lesquels Taylor et elle s'étaient assis avaient connu des jours meilleurs, de même que les petites tables blanches à liseré doré. Les lampes jumelles délicates et translucides comme de la nacre posées sur ces tables lui parurent onéreuses, avec leur pied couleur pêche en forme de coquillage. Un ensemble de peintures à l'huile représentant des tourbillons rouges saisissants et diverses formes vertes et bleues dispensait les seules vraies couleurs de l'endroit. Sans rien connaître ou presque aux arts, elle soupçonna néanmoins ces œuvres de constituer les objets de valeur de cette pièce modeste où les tapis ne parvenaient pas à dissimuler tout à fait les traces d'usure de la moquette.

Doyle Houston reparut avec un plateau pourvu d'une cafetière, d'une carafe de jus d'orange et d'une assiette de petits gâteaux fourrés aux pommes.

– Que puis-je vous offrir ? s'enquit-il d'une voix de baryton léger.

– Rien, répondit Taylor.

– Je prendrais volontiers un jus d'orange, dit Kate.

Elle l'observa avec intérêt tandis qu'il lui en versait un grand verre. Les cheveux, dont la longueur n'excédait pas deux centimètres et demi, encadraient un front haut et large. Les yeux écartés en amandes étaient d'un brun intense, le nez petit et épaté, la mâchoire carrée et forte, le visage lisse et ferme, les lèvres sensuelles. Elle se dit que ce visage mériterait d'être sculpté et que les reflets brillants de sa peau et les tons bleu pâle de ses vêtements rehaussaient cette pièce fade.

Houston s'assit en tailleur et se versa une tasse de café. Il était en chaussettes.

– Je ne sais rien, dit-il, mais posez vos questions.

Il prononçait les mots avec précision et son léger sourire n'était pas exempt d'un certain cynisme.

– À quelle heure vous et M. Crane êtes-vous allés à la fête, hier ?

– La fête ? À une fête, on est censé s'amuser, répliqua Houston. Nous sommes descendus vers une 13 h 30 environ.

Hazel l'avait décrit comme un « bêcheur », se souvint Kate. Par préjugé raciste ? Ou y avait-il plus important ?

– Pourquoi ne vous êtes-vous pas amusé ? interrogea-t-elle.

– Peut-être à cause de mon humeur, répondit-il en haussant les épaules. Ces temps-ci, je trouve Thanksgiving un peu déprimant sur les bords. D'habitude, Maxine Marlowe est rigolote, mais pas quand elle s'ennuie. Hazel la propriétaire me fait marrer ; quand on professe que le *Journal d'Anne Franck* est le meilleur livre jamais écrit, on ne peut pas être foncièrement mauvaise. Mais elle jouait trop les hôtesses. Alors, j'ai regardé la télé avec Aimee.

– À quelle heure avez-vous quitté les lieux ?

– Vers 15 heures, je pense. Il y a eu une interruption pendant le match.

– Je suppose, fit Taylor sur un ton condescendant, que vous n'êtes pas un grand amateur de football.

Houston le regarda droit dans les yeux.

– Je dois admettre que je trouve le sport un peu idiot. Aimee a fait de son mieux pour m'instruire et j'aime bien regarder les athlètes.

– Pendant que vous regardiez la télévision, que faisait M. Crane ? demanda Kate.

Houston prit sa tasse et fit un geste vague.

– Heu... il... circulait.

– Vous avez l'air de bien connaître les autres locataires, fit observer Kate, laissant de côté pour l'instant les agissements de Cyril Crane au cours de la réunion.

– Cyril et moi sommes amis depuis des années, dit Houston visiblement plus détendu. Je connais assez bien la plupart de ses voisins.

– Y compris M. Sinclair ?

– Non, pas lui.

– Pourquoi cela ?

– Demandez à Cyril. Il habite ici.

– Nous avons cru comprendre qu'une dispute avait éclaté entre M. Crane et M. Sinclair au cours de cette réunion.

– Une dispute ? Il y a une discussion à laquelle plusieurs personnes ont pris part, dont Cyril. Je n'ai pas écouté ce qu'ils disaient.

Kate sut qu'à partir de ce moment elle ne tirerait plus d'autres informations de Houston.

– Auriez-vous par hasard vu ce que M. Sinclair a mangé ou bu ?

– Je l'ai vu entrer avec sa bouteille de bourbon sous le bras et j'ai trouvé cela dégoûtant. À part ça, ce n'est pas le genre de type auquel je fais attention.

– Quel genre alors ? s'enquit une voix joyeuse provenant du couloir.

Cyril Crane entra d'un pas vif dans la pièce, ses épaules larges et son mètre quatre-vingts vêtus d'un sweat-shirt rouge et d'un pantalon de coton gris serré par un cordon. Ses cheveux blancs et soyeux étaient peignés en arrière et son visage carré très bronzé était d'une beauté intemporelle, avec un nez aquilin, des lèvres pleines et expressives, des yeux bleu azur. Seuls quelques replis de chairs autour de la bouche et sous les yeux indiquaient une maturité avancée.

Kate se présenta et présenta Taylor, qui garda les bras croisés et fit un bref signe de tête, que Crane lui retourna.

– Monsieur Crane, pourriez-vous nous accorder quelques minutes de plus avec Houston ? demanda-elle. Ensuite, nous aimerions discuter avec vous.

Il acquiesça d'un haussement d'épaules.

– Je serai dans la chambre de derrière, dit-il à Houston.

– Que pouvez-vous nous dire au sujet de ce qui s'est passé la nuit dernière ? interrogea Kate.

– Pas grand-chose. Nous devions aller dîner chez un ami à 20 heures, et en attendant, nous avons bavardé et regardé la télé. Nous avons entendu des cris dans le couloir. Nous nous sommes précipités. C'était Aimee, la nièce de Paula, qui courait. Ensuite, Paula est sortie de chez Sinclair et elle a dit qu'il lui était arrivé quelque chose d'affreux. Voilà.

– Nous savons qu'entre M. Sinclair et Paula, Maxine Marlowe et Mildred Coates, ce n'était pas le grand amour. Savez-vous quelque chose à ce sujet ?

– Seulement qu'il leur en a fait voir. Surtout à Max…

Il s'interrompit. Kate revint à la charge.

– Pourquoi Maxine ?

– Je ne sais rien, répondit-il, l'air paniqué. Je ne parlerai pas de choses que j'ignore.

– Laissez-moi deviner, dit Taylor. Maxine a eu une histoire avec Sinclair, c'est ça ? Il se la tapait, hein ?

– Vous êtes toujours aussi vulgaire ? répliqua Houston en le dévisageant.

– Je suis un flic qui fait son boulot, cingla Taylor, pas une...

Il se tut.

– Une tantouze de coiffeur, suggéra tranquillement Houston. Un décorateur d'intérieur ? Un styliste de mode ?

– Houston, intervint Kate, répondez à la question, je vous prie.

– C'est déjà fait. Si vous voulez en savoir plus sur Maxine, demandez-lui vous-même. (Il se leva.) Je vous ai dit tout ce que je savais. Je vais chercher Cyril.

Et il sortit de la pièce d'un pas raide. Taylor jeta un coup d'œil à Kate et haussa les épaules d'un air méprisant.

Cyril Crane entra dans le salon et s'installa sur le canapé. Le dos arrondi, les coudes posés sur les cuisses, les mains jointes, il scruta Kate et Taylor puis s'enquit d'une voix mélodieuse :

– En quoi puis-je vous être utile, détectives ?

– Vous êtes acteur, d'après nos renseignements, dit Kate avec courtoisie.

– Ces temps-ci, uniquement quand de vieux amis se rappellent de moi, répondit-il avec un sourire méprisant pour lui-même. (Il se redressa, sortit de sa poche de poitrine un paquet de Marlboro.) J'ai un ami très cher qui travaille sur *Arabesques*, où j'ai fait une apparition il y a quelques semaines.

– Hé, ouais, je m'en rappelle, s'exclama Taylor sur un ton qui fit sursauter Kate. Vous étiez dans ce restaurant chicos, le Français en smoking qui fait la manœuvre de Heimlich au gars qui s'étouffe, précisa-t-il en ricanant.

– Ça ne lui a pas servi à grand-chose, n'est-ce pas ? dit Crane avec un sourire charmant.

– La manœuvre de Heimlich n'a aucun effet contre le cyanure, dit Taylor en ricanant de nouveau.

Les yeux rivés sur son collègue, Kate s'émerveilla de constater le pouvoir qu'avait un passage télévisé de transformer un individu aux yeux d'un autre en un instant, et de lui conférer une personnalité totalement différente.

Crane alluma une Marlboro avec un grand briquet en argent, puis exhala la fumée en un mince filet.

– Aux infos, ils ont dit que Sinclair avait été empoisonné. Coïncidence plutôt morbide. Cyanure, là aussi ?

– Nous ne sommes pas autorisés à le dire, répondit Taylor.

Sa voix était redevenue plus formelle. Kate se dit que la transformation de Crane n'avait pas suffi à lui gagner l'approbation complète de Taylor.

– Dites-nous ce que vous savez au sujet des événements d'hier, enjoignit celui-ci.

– Il n'y a pas grand-chose à dire, répondit Crane avec aisance.

Il remplit deux tasses de café et en tendit une à Taylor, qui hésita avant de l'accepter.

– Monsieur Crane, commença Kate, depuis combien de temps vivez-vous ici ?

Crane tira une bouffée de sa cigarette. Il la maniait avec une dextérité sophistiquée qui rappela à Kate les films de sa jeunesse. Paula Grant fumait avec la même élégance.

– Plus de vingt-cinq ans.

– Je suppose que vous connaissiez bien M. Sinclair.

– Suffisamment.

– Faisiez-vous partie de ses amis ?

Il lança un regard froid à Kate.

– La liste en était courte et je n'y figurais pas.

– Pourquoi cela, Monsieur Crane ?

– Je désapprouvais sa conduite envers les gens.

– C'est-à-dire ?

Il prit sa tasse de café et se mit à souffler dessus entre deux gorgées. Kate comprit qu'il ne répondrait pas.

– Vous avait-il fait quelque chose ?

Il reposa la tasse.

– Pas à moi personnellement. Je le détestais de mon propre chef.

– Nous avons entendu dire que le volume de sa musique était… dérangeant. Cela vous dérangeait-il ?

– Non, à moins de me trouver dans le couloir. J'ai fait ce que j'ai pu pour Paula, Mildred et Maxine, y compris lui proposer de lui offrir des écouteurs. Il a prétendu que le son n'était pas le même qu'en sortant directement des baffles. La vérité, c'est que ce salaud n'arrivait plus à trouver de femme pour accepter de supporter ses mauvais traitements, alors il les faisait subir à ces trois-là.

– Nous savons qu'il y avait eu du grabuge, surtout avec Maxine, dit Taylor.

– Allez donc interroger ces dames. La mort d'Owen Sinclair n'est pas une grande perte pour le monde. Même vous, si vous trouvez un cafard dans votre placard, vous avez envie de l'écraser.

– Il s'agit d'autre chose que d'écraser un cafard, Monsieur Crane, dit Kate avec une certaine irritation. On a détruit une vie humaine d'une façon plus qu'inhumaine.

– Parce que vous présumez que l'homme en question était humain.

Kate l'observa. Il lui renvoya un regard fixe et glacé.

– À part la musique, dit-elle, que faisait M. Sinclair aux autres pour mériter votre mépris ?

Crane eut un sourire sans chaleur.

– À un moment ou à un autre de leur vie, la plupart des gens ressentent le besoin de contribuer à des choses plus importantes que leur personne. Owen Sinclair n'a jamais pensé qu'il pouvait y avoir plus important que lui-même.

Frustrée par les propos évasifs de Crane, Kate voulut poser une nouvelle question, mais Taylor s'interposa :

– Vous ne semblez pas beaucoup vous soucier d'être un suspect potentiel.

– À ce stade de mon existence, détective Taylor, je ne me soucie plus de grand-chose. Ainsi, je suis donc suspect ? fit-il avec un sourire.

Kate changea de tactique.

– Connaissiez-vous à M. Sinclair d'autres ennemis ?

– Ennemis au point de le tuer ? Personne dans cet immeuble.

– Monsieur Crane, à la réunion d'hier, avez-vous remarqué à quel moment M. Sinclair était parti ?

– Je n'en suis pas certain, répondit-il au bout d'un instant. Avant Houston et moi, aux environs de 15 heures. Peut-être cinq ou dix minutes avant. D'ailleurs, je pense qu'il est parti le premier. Il ne se sentait pas bien, disait-il.

Ses yeux bleus s'arrêtèrent une fois de plus sur Kate et s'agrandirent à mesure qu'il prenait conscience de la signification de ses paroles.

– Que pouvez-vous nous dire sur la nuit dernière ?

Tandis que Crane exposait ce qui avait suivi les cris d'Aimee Grant dans le couloir, Kate consulta ses notes tirées de l'entrevue avec Houston. Leurs deux versions de l'enchaînement des événements étaient identiques.

– Il paraît que M. Sinclair était metteur en scène, dit-elle. Vous est-il arrivé de travailler pour lui ?

– Travailler pour lui ? Sinclair était un moins que rien. Même au plus bas, je ne me serais jamais abaissé à... Quand j'étais dans la fleur de l'âge, ma chère, je travaillais pour de vrais talents. J'ai tourné avec Cukor. Avec James Whale, sur le *Frankenstein* classique, et sur la première version de *Showboat*. Je... (Il sourit soudain.) C'est à Houston que Sinclair avait proposé de travailler pour lui. Et Houston n'avait jamais joué de sa vie, auparavant.

Il fit glisser son bras sur le dossier du canapé, comme si le jeune homme y était assis, geste symbolique à la fois affectueux et protecteur.

– C'était il y a quelques années, reprit Crane avec un sourire. Il avait soumis à Houston deux scripts, qui lui donnaient en tout quatre pages de dialogue. L'un s'intitulait *Le Tour du monde en soixante-neuf positions* et l'autre *La Décharge héroïque*.

Tous trois éclatèrent de rire.

– C'était ce genre de merdes que Sinclair mettait en scène ? demanda Taylor.

– Pour être tout à fait juste, à ma connaissance, il n'a jamais tourné de merdes de ce genre sous son nom, répondit Crane. Je pense qu'il essayait de se faire un peu de fric à droite à gauche. Il n'a jamais fait la fine bouche quand il s'agissait d'argent.

Il ôta son bras du dossier du canapé pour éteindre sa cigarette d'un geste précis.

– Il a connu sa grande époque à la fin des années trente. Sa spécialité, c'était les westerns où on tirait dans tous les coins. Croyez-le ou non, les studios sortaient quelque chose comme cinq mille films par an à cette période. Cette ville était une usine et les metteurs en scène inventaient littéralement les histoires au fur et à mesure des tournages. Mais les temps ont changé. Le public est devenu bien plus exigent, la télévision est arrivée, les westerns sont passés de mode et n'y sont pas revenus. Il s'est essayé à la télévision et au théâtre, mais s'est fait jeter de partout. Il en rejetait la responsabilité sur tout et sur tous, sauf lui-même. J'ai vu ses films et les pièces qu'il a tenté d'écrire, il n'avait aucun talent d'aucune sorte. Les caméras et les spots de la nuit dernière l'auraient rempli d'allégresse.

– Monsieur Crane, dit Kate, d'après nos informations, vous vous êtes disputé avec la victime, hier à la fête.

– Ah, ça, répondit l'intéressé avec un haussement d'épaules. Effectivement.

– Voudriez-vous nous en donner la raison ?

– Dorothy Brennan a rouvert de vieilles blessures. Le titre de gloire du Beverly Malibu... Je suis certain que vous en avez entendu parler.

Kate prit garde de ne pas échanger de regard avec Taylor.

– Et si vous nous en parliez vous-même ?

– Elle a ressorti la CAAA.

– La CAAA ? répéta Kate, perplexe.

– Désolé, nous avons toujours utilisé l'acronyme en tant que nom. La Commission des Activités Anti-Américaines. En cinquante-deux, Owen Sinclair était un... (Il prit une profonde inspiration.) Un... témoin, prononça-t-il sur un ton tout à fait venimeux. Il a donné le nom de certains de ses amis et celui de tous ses ennemis à la Commission. Durant des années, nous avons vécu avec un mouchard de premier ordre. Et comme d'habitude, Thomas Parker a voulu sonder l'absence de cerveau de Sinclair pour lui faire entendre ce qu'il avait fait.

– Monsieur Crane, votre nom figurait-il parmi ceux que M. Sinclair a cités à la Commission ? demanda Kate.

– Non. Je ne le connaissais même pas, à l'époque. Mais il a cité deux de mes connaissances. Qui sont devenus à leur tour des informateurs et ont encore aggravé cette tragédie. Ils n'avaient pas le choix, ne pouvant en aucun cas bénéficier des lois qui protégeaient leurs compatriotes.

Il leva la main avant que Kate n'ait le temps de formuler sa question suivante.

– Je vous en prie, laissez-moi vous expliquer. Ils étaient homosexuels, influents dans l'industrie du cinéma, et le FBI détenait des dossiers bien renseignés sur eux. Des informations d'ordre sexuel, mais aussi relatives à leurs connexions avec des causes libérales. Vous ne pouvez pas imaginer l'atmosphère des années cinquante, détective, vous étiez trop jeune. Être accusé de communisme était une chose. La menace de voir son homosexualité révélée revenait à ouvrir les portes de l'enfer. Ces deux hommes sont devenus des informateurs du FBI car ils n'avaient pas d'autre possibilité pour survivre.

– Qui étaient-ils ? interrogea Taylor.

– En aucun cas je ne révélerai leur nom, à qui que ce soit.

– Monsieur Crane, ils sont peut-être impliqués dans cette affaire, insista Kate.

– Ils sont morts. Ils se sont suicidés. Il y a trente ans de cela.

– Alors, quelle différence si vous nous le disiez ? s'obstina Taylor.

– Aucune. Sauf pour moi.

Kate lui adressa un regard plein de respect, mais dit tout de même :

– Nous n'avons que votre parole concernant leur décès.

– Établissez une liste de ceux que Sinclair a trahis lors des audiences de la Commission. Vérifiez tout le monde et vous verrez.

– Mais nous établirons cette liste. Vous dites que Dorothy Brennan avait rouvert une vieille blessure. Pour quelle raison l'a-t-elle fait, à votre avis ?

– Par curiosité, répondit Crane en haussant les épaules. N'importe quel individu de l'âge approximatif de Dorothy se rappelle très bien de cette période. Les jeunes qui s'installent ici pensent que le monde date d'hier. À l'exception de Thomas Parker. Il est jeune, mais comme il fait toutes sortes de recherches historiques, il est au courant. Dorothy m'avait déjà posé des questions sur Sinclair un jour, à la buanderie. Elle voulait savoir s'il n'avait vraiment aucun scrupule en regard de ses agissements passés. Elle était tout à fait fascinée, et...

– Monsieur Crane, l'interrompit Kate, dites-nous au moins quelque chose à propos de la liste des noms cités devant la Commission par la victime...

– La victime, répéta Crane. Sinclair se retrouve en fin de compte victime. Quelle merveilleuse ironie !

– Cette liste, reprit Kate. Le nom d'un des occupants de cet immeuble y figure-t-il ?

– Sur celle de Sinclair ? Non.

Kate baissa les yeux sur son carnet. Elle aurait voulu trouver un moyen de coincer cet homme pour lui soutirer les informations enfouies dans sa mémoire.

Paula Grant détenait sans doute les mêmes, mais avait manifesté tous les signes d'une égale circonspection.

Elle-même ne se souvenait de ces événements historiques que par bribes. Le sénateur Joseph McCarthy, Roy Cohn, le mépris de Lillian Hellman : *Je ne peux ni ne veux m'amputer de ma conscience pour satisfaire à la mode de cette année*. Mais elle connaissait seulement ces quelques faits superficiels, et mal. À l'époque des audiences de 1954 et des derniers jours de la chasse aux sorcières communistes, elle n'avait que huit ans. Cette époque paraissait si lointaine et ses répercussions si étrangères à l'enquête présente.

– C'est là tout ce que je sais, dit Crane.

– Nous vous remercions, assura Kate en se levant. Vous et Houston. Nous aurons peut-être d'autres questions. Nous resterons en contact.

Crane se leva et tendit la main à Taylor.

– Merci de m'avoir reconnu. C'est un compliment qu'un vieil acteur comme moi reçoit rarement désormais.

Taylor lui rendit sa poignée de main.

– De rien, dit-il.

7

Ils durent frapper trois fois et donner un coup de sonnette insistant pour que Mildred Coates leur ouvre la porte. Lissant des cheveux gris relevés en une masse informe derrière la tête, elle jeta un bref regard aux plaques que Kate et Taylor lui tendirent, à travers les verres épais de lunettes à lourde monture noire.

– Bon, d'accord, murmura-t-elle en reculant.

Situé tout au bout du couloir du rez-de-chaussée, cet appartement exigu baignait dans une chaleur oppressante, ce qui n'empêchait pas Mildred Coates de porter une jupe de laine et un gilet boutonné jusqu'en haut.

– Je peux vous offrir du thé, ou du café, proposa-t-elle.

Taylor hésita et Kate aussi, en déboutonnant sa veste qu'elle ne pouvait enlever sans dévoiler son arme. Elle espéra que la touffeur de cet intérieur ne la ferait pas transpirer dans ses plus beaux vêtements. Elle savait que Taylor, qui portait son arme à la hanche, n'ôterait pas sa veste, tout simplement à cause de son sens de la bienséance très poussé en présence de femmes âgées.

Mildred Coates s'assit avec précaution dans l'unique fauteuil de la pièce, installé face au poste de télévision tout proche. Kate et Taylor prirent place sur le canapé. Des rideaux bleu foncé étaient tirés devant les fenêtres, un lampadaire placé derrière un canapé déhoussable constituait l'unique et faible source de lumière des lieux. Des étagères bon marché aux rayonnages remplis de livres de poche et de rares ouvrages reliés occupaient jusqu'à mi-hauteur deux murs dépourvus de tout ornement. Le salon empestait la cigarette.

Le regard de Kate se posa sur la main gauche de Mildred Coates qui portait au majeur un large anneau d'or et une fine bague en argent surmontée d'un minuscule diamant.

– Madame Coates, commença-t-elle…

– C'est cela. Mme Andrew Coates. Je n'aime pas l'expression Ms *. Une femme capable peut très bien se débrouiller dans ce monde d'hommes sans avoir recours à ces nouveautés de langage. (Le ton était querelleur.) Et vous m'avez l'air tout à fait capable, ajouta-t-elle à l'adresse de Kate. Je suis certaine que vous n'avez jamais eu besoin d'aucune aide pour obtenir ce que vous vouliez. Je n'ai pas obtenu ce que je voulais dans la vie, mais ce n'est pas la misogynie des hommes qui m'en a empêchée.

Kate entreprit d'extraire un autre stylo de son sac. Elle savait qu'il était inutile de mentionner les pressions légales exercées sur la hiérarchie des services de police au cours des années soixante-dix et qui avaient rendu sa présence dans cette pièce aujourd'hui possible. À l'évidence, Taylor serait plus efficace qu'elle avec Mildred Coates et Kate lui fit un signe de tête.

– Madame, dit-il, pouvez-vous nous dire ce que vous savez sur ce qui s'est produit ici hier ?

– Je ne sais rien du tout. Je ne savais même pas qu'il s'était passé quoi que ce soit avant d'entendre tout ce tintouin : les sirènes et les policiers dans l'immeuble.

Kate l'étudia. Derrière les verres épais, ses magnifiques yeux sombres reflétaient une grande perspicacité, de la méfiance et du ressentiment. Cet appartement étant situé juste sous celui d'Owen Sinclair, Taylor devait impérativement s'employer à obtenir de cette femme toutes les informations possibles.

– À quelle heure êtes-vous arrivée à la fête ? demanda-t-il.

– Il fallait y être à partir d'une heure, répondit-elle abruptement. Je n'aime pas arriver en retard, même si c'est la mode. Une heure, c'est l'heure à laquelle je suis arrivée.

– Et M. Sinclair, vous souvenez-vous de son heure d'arrivée ?

– Très en retard, très à la mode. Je ne sais pas quand exactement, je n'ai pas de montre. Il est arrivé avec Maxine Marlowe, elle avec ses airs de putain habituels, lui avec sa bouteille de bourbon sous le bras et une chemise de sport, comme si Thanksgiving était un jour ordinaire.

---

* On emploie Ms à la place de Mme (madame) ou Miss (mademoiselle), pour éviter la distinction traditionnelle entre les femmes mariées et les célibataires. NdT.

– Avez-vous remarqué quoi que ce soit à propos de M. Sinclair au cours de la fête, avez-vous vu quoi que ce soit... d'étrange le concernant ?

– Je ne faisais pas du tout attention à lui. J'ai discuté avec Parker Thomas, Paula Grant et Dorothy Brennan. Surtout avec Dorothy, elle est très gentille avec moi. Je n'aime pas beaucoup les jeunes de maintenant, avec toutes leurs drogues, mais la nièce de Paula et le jeune ami noir de Cyril étaient habillés correctement, et polis, même si c'était un peu grossier de leur part de regarder la télévision. Mais je ne les blâme pas de ne pas avoir envie de supporter de vieux schnocks comme nous.

Taylor sourit comme il se devait.

– À quelle heure avez-vous regagné votre appartement, Madame ?

– Oh, fit-elle avec un regard qui parut soudain lointain, je ne me rappelle plus... la fête a eu l'air de tourner court tout à coup.

– Et ensuite, une fois chez vous, avez-vous entendu des bruits inhabituels ?

– Comment cela ? s'étonna-t-elle.

– Provenant de chez M. Sinclair, précisa-t-il patiemment. D'après nos renseignements, il mettait la musique très fort et cela vous dérangeait. N'est-ce pas ?

– Eh bien, d'une certaine façon oui, mais... (Elle repoussa l'épaisse monture de ses lunettes.) Je porte un sonotone. Et il me suffit de l'éteindre, voyez-vous. Je n'en ai pas besoin pour entendre les deux choses qui m'importent : la sonnerie du téléphone et la sonnette de la porte.

Kate faillit éclater de rire devant la déconfiture de Taylor. Autant pour ses soupçons sur Mildred Coates dans le cadre de sa théorie du supplice musical.

– Vous est-il déjà arrivé d'appeler la police à cause de sa musique ? s'entêta-t-il.

– Ma petite-nièce l'a fait. Elle était ici un jour et voyez-vous, elle a insisté pour qu'il baisse le son. Son refus l'a mise très en colère.

Mildred Coates alluma une Winston, toussa, tira une autre bouffée, toussa encore. Kate soupira. Avec tous ses fumeurs, le Beverly Malibu aurait pu déclencher à lui seul une alerte à la pollution.

– La musique en elle-même ne m'a jamais dérangée, en fait, dit Mildred Coates. Seulement les vibrations, le bourdonnement de ses grosses baffles. J'éteignais mon sonotone. Je sentais encore les vibrations, mais sans la musique ça ne me dérangeait pas beaucoup. Et quand les vibrations cessaient, tout allait bien.

– Mais ça vous dérangeait tout de même, insista mielleusement Taylor. De devoir toujours l'éteindre. C'est forcé.

– Oh, répondit-elle vaguement, on s'habitue. C'est vrai, vous savez. J'étais monteuse autrefois, et pour tout vous dire, je regarde beaucoup de films. Souvent, je dors pendant la journée pour pouvoir regarder la télévision la nuit. C'est à ce moment-là qu'ils passent les bons films sans coupure publicitaire. Et je lis beaucoup, aussi.

Elle prit une loupe sur la table à côté d'elle et fit un geste en direction des étagères surchargées de livres.

– J'ai amassé énormément d'ouvrages formidables, qui sont un peu comme de vieux amis auxquels je rends souvent visite.

– D'après nos renseignements, Paula Grant a été scripte, intervint Kate. Vous devez avoir beaucoup de choses en commun.

– C'est tout à fait exact, répondit-elle avec un bref sourire doux et triste. Nous avons travaillé ensemble en 49, sur *Comme du sable entre les doigts*, un film de gangsters avec... oh, vous ne connaissez sans doute pas les acteurs, vous étiez tous les deux trop jeunes. Vous pouvez me croire, j'avais de belles perspectives de carrière dans la production.

Elle ôta ses lunettes pour nettoyer un coin de verre avec sa jupe. Son visage ainsi dénudé parut plus petit à Kate, et pitoyablement vulnérable. Taylor se contentait pour l'instant de laisser parler la vieille dame.

– Dans le montage, reprit Mildred Coates, on reste assis pendant de très longues heures dans une petite pièce sombre. On traite des centaines de mètres de pellicule. Il y a le mixage son, la couleur, les raccords, et j'en passe, avant d'arriver à la copie finale. J'aimais tous les stades de l'opération. Mais mes yeux m'ont trahie, les vaisseaux sanguins ne résistaient pas à l'effort. J'aurais tant voulu... (Elle remit ses lunettes et remonta son gilet encore plus haut sur sa gorge.) C'est Dorothy Arzner qui m'a tout appris du montage, reprit-elle. Paula vous a-t-elle parlé d'elle, par hasard ?

– Oui, en effet, répondit Kate gentiment.

Mildred hocha la tête.

– Dorothy Arzner était une femme extraordinaire. Saviez-vous qu'elle avait monté *Arènes sanglantes* ? C'était en 22, à la Paramount. Vous vous rendez compte, une femme, faire ça en 22 ? Je l'ai rencontrée dix ans plus tard, j'avais vingt ans. J'ai été son assistante sur deux films et à partir de là, j'en ai monté beaucoup d'autres au cours des vingt années suivantes. Jusqu'en 52, quand tout s'est écroulé.

Kate se livra à un rapide calcul. Mildred Coates avait soixante-seize ans. La vieille dame tira une autre bouffée de cigarette et toussa une fois de plus.

– Vous voyez, mon mari a été inscrit au parti communiste pendant un court laps de temps. Je ne m'intéressais pas du tout à sa politique et je ne voyais pas quel mal il y avait dans ses activités. Mais en cinquante, le FBI est venu l'arrêter.

Kate observait le visage calme et âgé et écoutait intensément, se disant que Paula Grant, Hazel Turner et Cyril Crane avaient tous trois choisi de ne pas révéler ce qu'ils savaient à coup sûr au sujet de Mildred Coates.

– Vous n'imaginez pas ce que c'est de réaliser qu'ils vous surveillent depuis des années. Quand de parfaits inconnus savent tout de vous, tout. Que chaque petit détail de votre vie est consigné dans des dossiers accessibles à de parfaits étrangers. Andrew s'était inscrit au parti en 39, vous voyez, pour les mêmes raisons que bien d'autres à cette époque. Ce n'est pas qu'il n'aimait pas son pays, mais il voulait améliorer une nation qui avait amené la dépression, la ruine de nos familles et de tous ceux que nous aimions. Quand la vraie nature du communisme lui est apparue évidente, Andrew a quitté le parti.

Les yeux sombres grossis par les verres se voilaient à mesure qu'ils revisitaient le couloir des années.

– Le FBI voulait le faire témoigner contre tous ceux qu'il connaissait. Ils avaient déjà leurs noms. Mais il a refusé. Alors, un homme que nous pensions notre ami a cité Andrew devant la Commission à Washington. Et ce fut la fin. Le nom de mon mari a été repris par l'American Legion * et par toute la presse anticommuniste du pays. Il a perdu son travail dans l'immobilier. Jack Warner en personne m'a fait virer. Je n'arrivais plus à trouver de travail nulle part. Vous ne pouvez pas savoir... Et puis Andrew a foncé dans un arbre avec notre Oldsmobile et il est mort.

Elle toussa encore en fumant.

– Les amis, la famille, ils nous avaient abandonnés depuis longtemps. Sauf Jerome Turner. C'était en 53, le Beverly Malibu était flambant neuf. Jerome a eu la bonté de m'accueillir. Des

---

* Association d'anciens combattants, fondée en 1919. NdT.

gens merveilleux – des juifs – m'ont donné du travail dans leur société de tapis. Et puis en 67, une femme qui avait donné des noms à la Commission et l'avait toujours regretté m'a retrouvée, elle a tiré quelques ficelles pour me ramener au montage. Elle écrivait des comédies musicales pour la MGM…

Elle se tut, perdue dans ses souvenirs.

– Saviez-vous que M. Sinclair avait témoigné devant la Commission des Activités Anti-Américaines ? demanda Taylor avec douceur.

Mildred Coates se tortilla dans son fauteuil et éteignit sa cigarette.

– C'était… un… témoin patriote, répondit-elle avec difficulté. C'était… un informateur.

– Que ressentiez-vous vis-à-vis de lui, Madame ?

Au travers des verres épais, les yeux sombres s'humidifièrent en contemplant Taylor. Angoissée par le spectacle auquel elle assistait dans cet appartement minuscule et oppressant, Kate savait que Taylor posait exactement les questions qu'il fallait.

– Pendant toutes ces années, j'y ai réfléchi, répondit Mildred Coates. Au début, j'avais tant de chagrin que j'aurais voulu qu'Andrew agisse comme Owen. Je me disais qu'il serait encore en vie, vous comprenez. Mais il se serait trop méprisé pour continuer à vivre sur cette terre et il aurait souffert une longue agonie. Ce que j'aurais voulu, c'est qu'il s'arrête à sa décision de ne pas collaborer et attende que nous nous en sortions le mieux possible, jusqu'à la fin de cette chasse aux sorcières – on savait bien que les gens bien de ce pays finiraient pas y mettre un terme. Mais au lieu de cela, il a fait la seule chose irrémédiable, il m'a privée de lui et m'a laissée toute seule.

– Madame, dit doucement Taylor, M. Sinclair avait-il dénoncé votre mari ?

– Comment cela ? fit-elle en le dévisageant. Il ne connaissait même pas Andrew.

Taylor observa un court silence, le temps de noter quelques mots.

– Ceci dit… vous ne ressentiez pas d'amertume envers M. Sinclair eu égard à son témoignage devant cette commission et à ses dénonciations ?

– De l'amertume ? (Mildred pinça les lèvres et regarda fixement devant elle, comme si les mots s'inscrivaient dans l'air.) Laissez-moi vous expliquer. (Elle ôta de nouveau ses lunettes, s'adossa au fond du fauteuil et ferma les yeux.) Si seulement je pouvais rattraper ces années perdues à cause de la liste noire. Je sais que j'aurais pu devenir une grande monteuse. J'aurais pu être Verna Fields, j'aurais pu être Dede Allan. La nuit dernière, j'ai revu *Bonnie and Clyde*, et tous ces plans courts que Dede Allan a fait sur ce film. J'avais déjà commencé à intégrer certaines de ces techniques. J'aurais pu être la première grande monteuse… (Elle remit ses lunettes et pointa l'index en direction du téléviseur.) Je regarde des films depuis l'époque où on m'a empêchée de travailler et je sais ce que j'aurais pu en faire.

Le stylo de Kate s'était immobilisé au-dessus de la page depuis longtemps. Elle comprenait pourquoi cet appartement – contrairement à celui de Paula Grant ou de Cyril Crane – était totalement exempt de trophées rappelant la carrière de Mildred. Cette enquête lui semblait infliger aux vivants de nouvelles cruautés et déranger trop de souvenirs qu'il aurait mieux valu laisser dormir dans les couloirs et les chambres du Beverly Malibu.

– Ma petite-nièce considère Andrew comme un héros, reprit Mildred. Elle est arrivée ici il y a un an et travaille à la MGM. Sa vie sera si différente de la mienne… Vous voulez savoir, dit-elle à Taylor, ce que je pensais d'Owen Sinclair. C'était un mouchard. Vivant ou mort, c'est ce qu'il était et ce qu'il sera toujours. Un mouchard. (Son regard se posa sur les deux policiers.) Ma petite-nièce a raison, dit-elle d'une voix qui avait gagné en force. Andrew est un héros. Je suis Madame Andrew Coates, épouse d'un homme qui a refusé de se mettre à genoux à cause de ses opinions politiques et de dénoncer des gens qui étaient ses amis. Je mourrai fière de lui.

Kate referma son carnet et ramassa son sac. Mildred Coates se leva péniblement.

– Vous vous êtes tous les deux montrés courtois. Cela fait du bien de voir une femme faire son travail, dit-elle à l'intention de Kate. Ces types du FBI, avec leurs costumes sombres, on savait qu'ils pouvaient vous tirer dessus, vous voir mort à leurs pieds et ne plus y penser. Y a-t-il des femmes au FBI, maintenant ?

– Oui, Madame Coates, répondit Kate. Il y en a quelques-unes.

8

Maxine Marlowe portait une jupe vert émeraude et un chemisier noir à encolure en V. Un pendentif rond en or ornait le décolleté surplombant une poitrine généreuse, manifestement rehaussée par un corset renforcé. Au-dessus du pendentif, une douzaine de chaînes en or entouraient la chair bronzée marquée de fines rides.

Elle fit signe aux policiers de ranger leur plaque d'identité avec un soupir, et les laissa entrer chez elle. Kate perçut l'odeur acide et florale du gin dans son haleine.

En passant le seuil de la porte, elle vit un gigantesque tableau représentant Maxine Marlowe, les seins débordant d'une robe du soir rouge sans bretelles, sa bouche enfantine offrant une moue séductrice au regard. Le salon tout entier reflétait l'actrice, ses photos et affiches de films recouvraient chaque centimètre carré des murs.

D'une démarche chaloupée, laissant dans son sillage de puissants effluves parfumés, elle les conduisit sur une moquette blanche délavée vers un canapé modulable rouge en piteux état. Taylor alla se planter devant le mur où étaient accrochées les photos. Kate s'assit et s'enfonça sur-le-champ dans les coussins aussi traîtres que des sables mouvants. Tandis qu'elle s'efforçait de maintenir une posture digne, Maxine Marlowe prit place sur le bras d'une bergère à oreilles recouverte de satin doré défraîchi, prit un verre posé sur l'une des trois tablettes laquées blanches, et se mit à observer Taylor avec complaisance.

Kate parvint à se redresser un peu et jaugea l'actrice. Elle se demanda si les cheveux d'un blond neigeux artistement bouclés sur les épaules rondes étaient une perruque. C'était apparemment les mêmes que ceux du portrait à l'huile et des photos. Mais aujourd'hui, le maquillage formait comme une croûte sur les plis et les rides d'un vieux visage. Les yeux marron étaient lourdement soulignés de noir et les paupières couvertes d'un manteau de fard vert. Un rouge à lèvres vif avait coulé dans les innombrables crevasses autour de la bouche qui n'avait plus rien d'enfantin et ressemblait à un mille-pattes rouge sang.

Kate détourna le regard vers les affiches et les clichés sur le mur où brillaient les yeux d'une Maxine Marlowe juvénile et aguicheuse en costume colonial, en coquette élisabéthaine, en petite amie sensuelle d'un gangster, ou en danseuse de cabaret faisant les yeux doux à un cow-boy qui écartait les battants de la porte d'un saloon. Une série de clichés la montrait allongée dans une pose provocante sur le pont d'un bateau, en maillot de bain. Sur une autre, elle lançait des œillades suggestives à l'abri des larges bords d'un chapeau. On la voyait en compagnie de John Wayne, William Powell, Charles Boyer, John Hodiak, Gig Young et Alan Ladd. Elle ne figurait avec une femme que sur une seule photo : Tallulah Bankhead, les yeux bouffis, une coupe de champagne à la main qu'elle tendait vers la caméra, passait un bras autour des épaules de Maxine Marlowe, davantage pour se soutenir que par amitié pour sa voisine semblait-il.

– Il y en a d'autres dans la chambre, roucoula l'actrice au bénéfice de Taylor.

Le sourire dubitatif de celui-ci la fit glousser. La pièce empestait le parfum, une senteur sucrée si écœurante que Kate essayait de respirer par brèves inspirations pour de ne pas tousser. Elle vit avec soulagement Maxine Marlowe tendre la main vers la table pour y prendre une cigarette ; elle lui serait reconnaissante de pouvoir respirer l'odeur de la fumée.

– Vous connaissiez beaucoup de gens célèbres, dit Taylor, plongé dans l'étude des photographies.

– « Connaissiez » est le terme adéquat. (La voix de stentor grinçante trahissait des années de tabagie et d'alcoolisme intenses.) Au bon vieux temps, dit-elle avant de boire une gorgée. La belle époque de cette ville. Le Coconut Grove, Ciro's, le Mocambo, le King Cole Trio au Trocadero, on n'a rien connu d'aussi bien ni avant ni depuis.

– Miss Marlowe, dit Kate, qui savait qu'on appelait les vedettes de cinéma « Miss », même celles dont on n'avait jamais entendu parler.

Les yeux bruns se posèrent sur elle. Même sous le maquillage, on y lisait la désapprobation, comme s'ils contemplaient quelque nuisance.

– Je sais que dalle. J'habite ici, c'est tout.

L'actrice tira sur sa cigarette comme si elle avait l'intention de la faire entièrement disparaître derrière ses lèvres rouges et ridées. Kate se concentra pour la regarder fermement.

– Depuis combien de temps connaissiez-vous M. Sinclair ?

– Trop longtemps, répondit Maxine Marlowe en posant sa cigarette au filtre barbouillé de rouge dans un cendrier en marbre ébréché.

– Combien de temps ? insista Kate poliment, malgré l'antipathie grandissante qui la gagnait.

– Owen et moi, ça fait un bail qu'on se connaît, répondit l'actrice avec un haussement d'épaules en reprenant sa cigarette. Ça fait vingt ans que je vis ici, ma petite.

La familiarité et le dédain contenus dans sa voix déplurent à Kate.

– Quand…

Un coussin glissa et Kate se sentit une fois encore entraînée vers les profondeurs de l'insidieux canapé, ce qui fit hennir Maxine Marlowe. Furieuse, Kate se débattit pour se redresser.

– Vous avez travaillé pour lui ? interrogea Taylor, qui s'était prudemment assis sur un bras de la chose.

En guise de réponse immédiate, l'actrice fit tomber sa cendre d'un geste méprisant.

– C'est Busby qui m'a découverte. Busby Berkeley. L. B. Mayer était dingue de moi, mon chou. Mais j'ai signé un contrat longue durée. (Elle fit encore tomber ses cendres.) Je n'étais pas la seule idiote. Olivia et Bette ont réussi à s'en tirer, mais moi…

– Vous voulez dire Olivia De Haviland et Bette Davis ? l'interrompit Taylor, sidéré.

– Évidemment. Je n'avais pas leur influence, et je l'ai payé. On m'a fichue au placard, prêtée à droite à gauche, et j'ai fini dans des navets que personne n'a jamais vus. Oh, j'ai tourné dans des bons films : *The Scoundrel*, *La Ronde des pantins*…

Elle débita à toute allure des titres qui ne disaient rien à Kate. Taylor hochait la tête en souriant. Sa collègue ne s'était jamais douté que tous ces vieux films puissent lui être si familiers.

– Mais faut bien regarder pour me voir, dit l'actrice, avec le rire aisé et profond de ceux qui sont en paix avec leur passé. Je me suis vraiment bien marrée. Et non, je n'ai jamais joué dans les films pourris d'Owen.

– Je suis sûr de vous avoir vue à la télé, assura Taylor en se penchant vers elle comme s'il essayait de réduire sa large figure à l'échelle d'un écran de télévision. Il y a peut-être un mois, dans un ces vieux films d'horreur avec une armée de vampires qui braillent de partout…

Il s'interrompit, gêné.

– Ouais, fit-elle en haussant les épaules. J'ai fait pas mal de trucs gore. Les criquets géants qui boulottent Pittsburgh et tout un tas de merdes de ce genre. Maintenant, il y a un million de rôles pour les femmes. Dans ce temps-là, quand on décidait que vous étiez trop vieille… (Elle fit claquer ses doigts tachés de rouge.) C'était comme ça. Et j'aurais jamais pu jouer un rôle de mère. Alors, je faisais des films d'horreur, pour bouffer.

Et ce canapé est sûrement un accessoire sorti d'un de ceux-là, se dit Kate avec amertume, ayant une fois de plus réussi à se libérer de ses molles tentacules. Elle aurait voulu poursuivre sur le terrain des relations entre l'actrice et Sinclair, mais décida d'y revenir ultérieurement.

– À quelle heure êtes-vous arrivée à la fête hier, Miss Marlowe ?

– Ma petite, ce pique-nique débile n'avait rien d'une fête, répondit l'actrice avec un sourire indulgent. Je suis descendue vers une heure et demie.

– Avez-vous noté l'heure d'arrivée de M. Sinclair ?

– Nous avons fait notre entrée ensemble.

– Était-ce prévu ?

– Vous plaisantez ? répliqua-t-elle avant d'écraser brutalement sa cigarette entre ses longs ongles vermillon.

– Avons-nous l'air de plaisanter ?

L'actrice haussa les épaules.

– Savez-vous à quelle heure il est reparti ?

– Non. Je me suis barrée la première.

– Pour quelle raison, Miss Marlowe ?

– Je m'emmerdais à cent sous de l'heure. Owen, Parker, Dudley et Cyril s'engueulaient. Et le match de foot braillait à la télé. Alors, je suis partie.

– Vers quelle heure ?

– Deux heures et demie ou trois heures moins le quart, peut-être.

Ainsi, Maxine Marlowe avait fait acte de présence plus d'une heure.

– À quel propos se disputaient-ils ?

– Les conneries habituelles, répondit-elle en haussant les épaules. Je suis sûre que vous le savez déjà très bien. Dans cet immeuble, on évite de parler de la liste noire, mais cette imbécile de Dorothy Brennan a ramené ça sur le tapis.

– D'après ce que nous avons compris, c'est un sujet d'animosité, ici, dit Kate.

– A-ni-mo-si-té ! répéta l'actrice. On dirait Paul Newman disant *insincérité* dans *La Chatte sur un toit brûlant*, sauf qu'il était mignon.

Les yeux maquillés à outrance fixaient Kate avec dureté.

– C'est logique. Quand une femme veut faire flic, c'est une coincée. On peut compter sur une coincée de femme-flic pour sortir *animosité* au lieu de mots simples comme *blessure* ou *haine*.

Surprise par cette hostilité soudaine, Kate s'efforça de contenir sa colère et son indignation.

– Miss Marlowe, intervint Taylor, répondez à la question.

– Ma petite, dit l'actrice à une Kate fulminante, la liste noire a fait du tort à tout le monde. Elle a écrasé Mildred comme un bulldozer. Elle a fait du mal à Paula, et à tous les autres, d'une façon ou d'une autre. Ouais, ma petite, de l'*animosité*, il y en avait.

Kate lui rendit son regard d'acier. L'actrice cherchait à la rabaisser par tous les moyens. Sa meilleure arme demeurait le calme. Mais elle avait entendu le commentaire fait au sujet de Paula. Elle fit une note qu'elle entoura, puis demanda d'une voix posée :

– Ces enquêtes ont-elles eu un impact quelconque sur votre carrière ?

– La mienne ? Merde, non. Cocos ou fachos, j'avais toujours des rôles pourris. Ils m'ont tous baisée. Et parfois vice-versa, dit-elle en ricanant.

Penché en avant, toujours perché sur son bras de canapé, chevilles croisées, Taylor prenait consciencieusement des notes. Kate savait qu'en réalité, cette actrice septuagénaire le heurtait, avec son décolleté gonflé, son maquillage de clown et sa grossièreté. Elle demanda :

– Que pensiez-vous du témoignage de M. Sinclair devant la Commission ?

– Il n'a pas été entendu par la Commission. Y avait que les grosses huiles qui y allaient. Owen n'était pas assez important, ils voulaient des noms, des noms qui pouvaient faire les gros titres. Il a craché sa valda à huis clos.

– M. Sinclair était-il communiste ?

– Owen ? fit-elle en éclatant d'un rire féroce. Pour être coco, fallait penser trente secondes à la politique. Owen a jamais pensé à rien sauf à picoler et à baiser tous ceux qu'il pouvait. Il est allé à deux, trois meetings, mais même les cocos n'auraient pas filé un coup de main à une nullité pareille pour trouver du boulot.

Le parfum de Maxine Marlowe inondait de nouveau Kate, qui la vit avec joie allumer une autre cigarette.

– Owen croyait qu'en se roulant dans le drapeau, il se ferait de nouveaux amis qui lui vaudraient un bon job ici. Les célébrités d'Hollywood manquaient pas pour trouver génial que la Commission nous disent ceux qui n'étaient pas des vrais patriotes. Y avait John Wayne, Irene Dunne, Disney, Cooper, Gable ou Stanwick. Adolphe Menjou s'est mis à genoux et leur a léché les bottes. Jack Warner a dit que c'était formidable de les voir fouiner sous nos lits. L. B. aussi, il les regardait d'un bon œil. Mais la différence, c'est que ni L. B. ni Jack Warner n'ont dénoncé personne, ni aucun de ceux-là. Owen n'avait rien à leur offrir, à part des noms, et il n'a jamais compris pourquoi des tas de gens pensaient que ça faisait de lui un trou du cul plutôt qu'un héros.

Kate se souvint de la photo de Jack Wagner au mur de la chambre de Sinclair.

– M. Sinclair a-t-il dénoncé un des occupants de cet immeuble ?

– Nous avons tous emménagé ici bien longtemps après, répondit l'actrice en secouant la tête.

Mildred Coates était arrivée immédiatement après, se rappela Kate.

– Aurait-il pu dénoncer un parent de l'un d'entre vous ?

– C'est des conneries, répliqua Maxine Marlowe avec un geste d'impatience. Si quelqu'un avait voulu chercher des crosses à Owen à cause de la Commission, il l'aurait fait il y a des années.

Bien vu, se dit Kate. Elle jeta un coup d'œil à Taylor, qui ne manifestait aucune intention de poursuivre cet interrogatoire.

– Vous nous avez dit que M. Sinclair et vous vous connaissiez depuis longtemps, reprit-elle. Que vouliez-vous dire par là ?

Maxine Marlowe prit son verre pour le terminer.

– S'il y a un rôle que je ne voudrais pas jouer, c'est celui d'une femme-flic, et j'ai de bonnes raisons. Owen et moi, on a fait exactement ce que vous pensez, mademoiselle-la-coincée, et mieux que vous ne pouvez le croire. Donnez-moi votre jeune corps, chérie, et je ne le gaspillerai pas à jouer les mijaurées.

Kate dut lutter pour ne pas laisser libre cours à sa fureur.

– Ma collègue s'est montrée très patiente, dit Taylor. (Kate perçut comme un grondement éloigné dans sa voix.) Quant à moi, j'en ai assez entendu. Aucun policier n'est censé supporter…

– Je n'ai pas tué Owen, affirma Maxine Marlowe à Taylor avec une docilité soudaine. Si je devais dégommer tous les salauds et les menteurs que j'ai rencontrés dans ma vie, on remplirait un cimetière.

– Combien de temps votre relation avec M. Sinclair a-t-elle duré ? demanda Kate après avoir retrouvé son calme.

– À peu près six mois, répondit l'actrice en haussant les épaules. C'était il y a plus de dix ans. De l'histoire ancienne.

– Mais vous en avez éprouvé… (Kate choisit ses mots délibérément)… de l'*animosité* ?

L'actrice haussa une nouvelle fois les épaules.

– Ma petite, vous apprendrez que dans la vie, on se remet et on pardonne. Ça a toujours été ma devise.

Kate regarda le nom qu'elle avait entouré dans son carnet.

– Vous avez dit que Paula avait souffert.

– Heu… pas Paula directement. Alice Goldstein, la… heu… l'amie de Paula. Alice est morte, alors ça aussi c'est de l'histoire ancienne, comme le Beverly Malibu tout entier. Tout glisse sur cette sale snob de Paula. Elle découvre le cadavre d'Owen, elle pourrait craquer comme sa nièce, mais non, pas Paula, elle sort de chez lui bien tranquillement.

Kate choisit de changer de sujet. Elle parlerait de l'amante de Paula avec celle-ci et pas, songea-t-elle avec acrimonie, avec ce crapaud peinturluré.

– Connaissiez-vous une personne qui ressentait de l'animosité à l'égard de la victime ?

Ce terme repris par Taylor fit sourire Kate, mais l'actrice parut ne rien remarquer. Elle hésitait, son regard évitait celui de Taylor.

– Parker Thomas. Allez voir Parker Thomas.

– Pourquoi ? demanda Kate avec intérêt.

– Allez lui parler, c'est tout.

– Nous en avions bien l'intention.

Kate palpa le bord du canapé pour y trouver un appui lui permettant de se relever. Maxine Marlowe se leva et lui tendit la main.

– Ce canapé est une vraie saleté, dit-elle avec un sourire triomphant.

9

Dans cet appartement faiblement éclairé du rez-de-chaussée, les livres s'empilaient partout : dans les encoignures, sur les tables, sur les chaises.

– Ils ne m'appartiennent pas tous, s'excusa Parker Thomas en débarrassant deux chaises en rotin. Une amie a dû fermer son magasin de livres rares. Je garde certains des plus précieux en attendant qu'elle trouve autre chose.

Il portait un pull blanc tricoté main, un pantalon de velours large et des chaussures de sport avachies. Au milieu d'une barbe qui semblait être l'extension naturelle de ses cheveux grisonnants en bataille apparaissaient des lèvres pleines et sensuelles. Il avait des yeux vert pâle comme la mer. C'était un homme fluet, d'à peine plus d'un mètre soixante, avec de petits pieds et de petites mains. Sa tête hirsute paraissait trop grosse par rapport au reste du corps. Kate lui donna dans les quarante ans.

– Depuis combien de temps habitez-vous ici, monsieur Thomas ? demanda-t-elle en prenant place sur l'une des chaises en rotin.

– Depuis soixante-douze. Seize ans, exact ?

Il se percha sur le bras d'un petit canapé fatigué pour prendre une pipe posée dans un cendrier sur une pile de magazine reliés. Le choix de ce siège, nota Kate, lui permettait d'être à la même hauteur qu'elle et son collègue.

– J'ai rencontré Jerome Turner et nous sommes devenus amis, poursuivit-il. Je me suis installé au Beverly Malibu dès qu'un appartement s'est libéré.

Kate examinait le culot délicatement ouvragé de la pipe de Thomas. Son odeur plaisante embaumait l'appartement.

– Une meerschaum ? s'enquit-elle avec un sourire.

Il opina du chef et sourit, découvrant une large rangée de dents blanches.

– Magnifique, commenta Kate.

– Mon plus grand trésor. Dix-huit ans de bons et loyaux services.

– Je comprends. Mon père en a eu une pendant près de trente ans.

Cette pipe était à ce point indissociable de son père qu'elle l'avait fait enterrer avec lui.

– Connaissiez-vous bien M. Sinclair ? reprit-elle.

– Très bien. Comme les autres. Vous êtes bien sûr au courant que c'était un mouchard au temps du maccarthysme ? ajouta-t-il spontanément.

Elle hocha la tête. De toute évidence, Parker Thomas ne ferait pas de rétention d'informations.

– Jerome voulait vraiment qu'il habite ici. Sinclair le fascinait. À la manière dont il l'étudiait, on aurait cru qu'il essayait de déchiffrer l'expression de Mona Lisa, dit-il avec un large sourire.

Vous voyez, Jerome Turner croyait en la divinité de l'homme. Il était certain qu'un jour, Sinclair se réveillerait et découvrirait qu'il avait une conscience, comme Raskolnikoff dans *Crime et Châtiment*. Jerome ne parvenait pas à accepter que ce soit un salaud aussi ordinaire qu'il l'était. Il le tarabustait sans arrêt, dans l'attente du jour où il s'ouvrirait et laisserait entrevoir un rayon divin.

Thomas se mit à rire et Kate sourit malgré elle.

– Je parie que vous ne partagiez pas l'opinion de Turner, dit-elle.

– Effectivement. Je suis un historien aguerri.

Taylor entra dans la conversation, sur un ton agressif :

– C'est-à-dire ?

Kate se souvint qu'au nombre des préjugés de son équipier figuraient les hommes de petite taille, avec les barbus et les chevelus.

– C'est-à-dire ? répéta l'historien d'un air songeur.

Tout en regardant Taylor, il caressa sa barbe en tirant sur sa pipe, dont les riches effluves d'érable parvinrent à Kate.

– Pas grand-chose, maintenant que vous me le demandez. Après tout, Jerome avait raison de croire que ces procès étaient le pendant américain de l'Inquisition.

– J'étais jeune à l'époque, dit Taylor.

Il s'étira sur sa chaise et posa un pied sur une pile d'ouvrages reliés cuir de Faulkner. Kate repéra une grimace fugace sur le visage de Parker Thomas.

– Marrant, je ne me rappelle pas qu'on ait brûlé qui que ce soit, railla Taylor.

Kate émit un soupir. Défier cet homme sur son terrain de prédilection était stupide de la part de son collègue.

– Non, nous ne sommes pas allés aussi loin, admit Thomas. Mais comme pendant les trois inquisitions chrétiennes, nos hérétiques ont perdu leurs droits civiques, ont été exilés et se sont fait confisquer leurs biens.

– N'importe quoi, affirma Taylor. Rien de tout cela ne s'est produit.

– Ah non ? fit Thomas en se penchant en avant, remontant les manches de son pull comme pour s'apprêter au combat. La liste noire a empêché nos hérétiques d'exercer leur métier. Nous en avons mis en prison, comme les Dix de Hollywood, à cause de leurs opinions politiques. Nous avons persécuté les autres avec une telle haine qu'ils ont été obligés de quitter les communautés au sein desquelles ils avaient vécu et travaillé toute leur vie.

– C'était différent, contra Taylor. Dans les années cinquante, le communisme se répandait partout.

– C'est exactement ce que prétendaient les Inquisiteurs à propos de l'hérésie dans la chrétienté. Et à cette époque, ceux qui n'étaient pas hérétiques mais en connaissaient étaient contraints de se repentir, sous peine d'excommunication, en les identifiant. Cela ne vous rappelle pas un certain sénateur du Wisconsin ?

– Le communisme est une réalité, grogna Taylor. Ma collègue et moi, dit-il avec un geste en direction de Kate, nous en avons eu la preuve en allant trois fois au Vietnam et en Corée.

– Moi aussi, j'ai fait le Vietnam, répliqua Parker Thomas. Mais le communisme a-t-il représenté une menace dans notre pays, comme le prétendait McCarthy ? Il ne l'a jamais prouvé, il n'a jamais prouvé aucune de ses allégations. Il est venu dans cette ville pour y détruire des vies, sans jamais produire l'ombre d'une preuve que le dogme communiste avait infiltré nos films. Ni quoi que ce soit d'autre, d'ailleurs.

– Messieurs, intervint Kate, nous pourrions peut-être poursuivre cette intéressante discussion plus tard.

Malgré son amusement et sa réticence à les interrompre, elle savait qu'elle devait voler au secours de Taylor et demanda à Parker Thomas :

– À quelle heure êtes-vous arrivé à la fête, hier ?

Il tira sur sa pipe et posa son regard vert pâle sur elle.

– Un peu avant une heure. Mildred Coates et moi étions les premiers et nous avons aidé Hazel à mettre la table.

– Avez-vous noté à quel moment M. Sinclair a fait son entrée ?

– Il est arrivé juste derrière les fesses de Maxine Marlowe. À quelle heure, je n'ai pas fait attention. Je me souviens qu'il avait une bouteille de bourbon sous le bras.

– D'après ce que nous savons, vous vous êtes disputé avec lui.

– Comme d'habitude, répondit-il avec un geste las de la main. Dorothy Brennan a posé des questions et nous avons repiqué au truc, Cyril Crane, Sinclair, Dudley Kincaid et moi.

– Je suppose que vous êtes également en désaccord avec Dudley Kincaid, commenta Kate.

– Il est très difficile d'être en désaccord avec Dudley Kincaid, répondit Thomas sur un ton sarcastique. Il n'a jamais fait la guerre. Mais il regrette de n'avoir qu'une seule vie pour exiger des autres qu'ils sacrifient la leur à son pays.

Amusée mais refusant de se laisser distraire, Kate reprit :

– Donc, il y avait une bonne dose d'hostilité entre vous et M. Sinclair.

– En ce domaine, je me place au second rang, et loin derrière.

– Ah ! Et qui est le premier ?

– Dudley Kincaid.

– Pourquoi ? répliqua-t-elle, surprise, étudiant ses yeux verts qui demeuraient indéchiffrables.

– Il se trouve que je sais que Dudley Kincaid est l'auteur d'un scénario qu'Owen Sinclair lui a volé.

– Comment le savez-vous ? interrogea Taylor, dévisageant Thomas avec intérêt. C'est Sinclair qui vous l'a dit ?

– Bien sûr que non.

– D'où tenez-vous cette information, alors ?

Thomas se remit à caresser sa barbe et se tourna vers Kate.

– Je fais des recherches historiques pour la télévision et le cinéma. J'en ai fait pour une fiction de soixante-dix-sept heures intitulée *Le Crépuscule des Confédérés*. Vous en avez entendu parler ?

Kate et Taylor hochèrent la tête, et Parker Thomas les imita d'un air triste.

– *Le Crépuscule des Confédérés* suit la vie d'un stratège militaire attaché au service de Jefferson Davis. C'est un travail original, une bonne fiction, techniquement brillante, qui fait l'admiration de nombreux professionnels compétents. Mais sa distribution a été limitée. Sinclair en a vendu l'idée à Jeremiah Ashton, un bon vieux sudiste dont le nom figure au générique comme scénariste. Mais le script était de Dudley. Il le savait, Ashton le savait, Sinclair le savait et je le savais.

– Avez-vous des preuves de ce que vous avancez ? demanda Taylor, très occupé à noter.

– Non. Et Dudley non plus. Sinclair et Ashton n'avaient aucune intention d'avouer d'où venaient tous les détails du scénario. Ils ont allégué la pure coïncidence.

– Mais pourquoi Dudley Kincaid ne les a-t-il pas poursuivis en justice ? demanda Taylor. Des procès de ce genre, il y en a tous les jours.

– Il n'avait aucune preuve. Avec la pénurie d'idées originales qui sévit ici, tout le monde, y compris Dudley, sait qu'il faut faire enregistrer son travail auprès du Syndicat des Auteurs. Mais il ne l'avait pas fait, il était encore en train de peaufiner le script. Il l'a laissé voir à Sinclair, qui le lui a volé.

– Par conséquent, ce ne sont que des conjectures invérifiables, dit Kate, déçue.

– De votre point de vue, répliqua Thomas en haussant les épaules. Et alors ? Dudley sait que Sinclair lui a volé son travail. Et il n'a pas écrit une ligne depuis soixante-quatorze, il fait un blocage. Ce que je vous dis, c'est qu'il était bien plus hostile à Sinclair que je ne l'ai jamais été.

– À la fête d'hier, dit Kate, combien de temps avez-vous passé à vous disputer avec M. Sinclair, d'après vous ?

– Plus ou moins tout le temps, en fait. Cela m'a semblé bien long, ajouta-t-il avec un bref sourire qui fit étinceler ses solides dents blanches.

– Avez-vous remarqué ce qu'il a bu ou mangé ?

– C'est une question importante, n'est-ce pas.

Il posa sa pipe, passa la main dans sa barbe, puis ramassa un livre à côté de lui qu'il se mit à feuilleter.

– Nous nous tenions en bout de table, répondit-il enfin, à l'écart du poste de télévision. La bouteille de bourbon de Sinclair était là et il n'arrêtait pas de remplir son gobelet en carton…

– Où était la bouteille ? interrompit Taylor. À quelle distance de lui ?

– À portée de main, juste à côté de lui, sur la table.

– S'est-il beaucoup déplacé ?

– Non. Il était posté entre le pastrami et la salade de pommes de terre, dont il se servait régulièrement.

– Laissait-il son gobelet sur la table entre deux ou le gardait-il à la main ? interrogea Kate.

– Il le reposait sur la table, répondit Parker Thomas sans hésiter. Sinclair ne pouvait pas parler sans les mains, il était donc obligé de le reposer.

Kate prit le temps de noter ces informations, se reprochant de ne pas avoir élargi le champ de ses questions avec Cyril Crane, un de ceux qui s'étaient pris de bec avec Sinclair, afin de glaner des détails plus précis. Elle vérifierait les affirmations de Thomas avec lui et les autres locataires présents à la fête.

– Et que buvaient les autres ?

– Le punch de Hazel, répondit-il en souriant. Il était très bon, ce qui n'empêchait pas Dudley de corser le sien avec le bourbon de Sinclair.

– Quelqu'un d'autre a-t-il fait la même chose ? demanda Kate en lui lançant un regard perçant.

Il se remit à feuilleter son livre un instant.

– Pas que je me souvienne.

– À part du pastrami et de la salade de pommes de terre, qu'a-t-il mangé ?

– Du corned-beef, et pas qu'un peu. Nous n'avons pas lésiné non plus, d'ailleurs. Après tout, il venait de chez Nate 'n Al's.

– Vous mangiez tout en vous disputant ?

– Bien sûr. Les plats étaient juste sous notre nez et tout le monde tournicotait autour de la table. C'était un beau buffet.

– Nous avons cru comprendre qu'à un moment donné, M. Sinclair s'est plaint de malaise. Vous en souvenez-vous ?

– Je suppose que c'était ses problèmes d'estomac, confirma-t-il avec un hochement de tête. Il s'en plaignait depuis des mois. En tout cas, c'est ce que nous avons tous cru. Jusqu'à… (Il haussa les épaules.)

– Savez-vous si M. Sinclair avait consulté un médecin pour ces troubles ?

– Je suis sûr que non. Mais quand il a commencé à maigrir, je me souviens l'avoir entendu dire que le médecin lui dirait simplement d'arrêter de boire, ce qu'il pouvait très bien faire lui-même s'il en avait envie.

– Merci, monsieur Thomas, dit Kate en refermant son carnet. Nous aurons sans doute d'autres questions plus tard.

Parker Thomas fixa sur elle son étrange regard.

– D'après l'expression figée de Paula en sortant de chez lui, je parierais que sa mort n'a pas été une partie de plaisir.

– Je ne vous la recommanderais pas, répondit Taylor.

– Mourir comme ça et perdre son fils au Vietnam, dit Thomas, ce n'est tout de même pas ce qui rattrapera les vies qu'il a fichues en l'air.

– Pour vous, dit Taylor avec un agacement perceptible, le fait d'avoir été un informateur en faisait vraiment un salaud, hein ?

– Un salaud, répéta Thomas en inclinant la tête de côté. Le terme est assez bien choisi. Je dirais que ça lui va bien.

– Et vos révélations sur Dudley Kincaid, répliqua Taylor, ça ne fait pas de vous un informateur ?

Thomas remonta une fois de plus ses manches.

– La Commission des Activités Anti-Américaines n'avait aucun droit constitutionnel de pourchasser et de ruiner la vie de citoyens américains. Les mouchards qui se sont rendus responsables de la persécution de leurs compatriotes n'avaient aucune justification morale pour cela non plus. Mais le meurtre, en revanche, c'est un crime.

Il soupira, referma le livre qu'il tenait encore et le reposa sur la pile. Kate vit qu'il s'agissait de *The Making of the President*, 1960, de Theodore H. White.

– Parfois, murmura-t-il. Parfois, je me dis que les meilleurs sont tous morts.

À la pensée de son père, sa mère et Anne, Kate répondit en son for intérieur : Moi aussi, parfois.

10

Kate et Taylor se trouvaient dans la salle commune dont ils avaient fermé les portes, pour marquer une pause dans les interrogatoires et comparer leurs impressions.

– J'ai deux suspects possibles, annonça Taylor. Le sac à rides jaloux du bout du couloir et Dudley Kincaid. Si les infos de la crevette barbue du dessous tiennent la route.

Kate présuma qu'il voulait parler de Maxine Marlowe et Parker Thomas.

– Qu'est-ce qui te fait dire que Maxine est jalouse ? demanda-t-elle par curiosité.

– Tu te fiches de moi ou quoi ? Je parierais mon salaire que c'est une vraie garce avec toutes les femmes plus jeunes qu'elle.

Au douloureux souvenir du canapé cannibale de Maxine Marlowe, entendre son partenaire donner cette version plutôt généreuse de sa confrontation avec l'actrice mit du baume au cœur de Kate.

– Cela dit, j'aime bien son parfum, ajouta-t-il.

– Ah oui ? parvint-elle à répondre.

– Maxine, c'est une bonne suspecte potentielle, c'est la femme délaissée. Tu peux me taxer de sexisme, mais c'est un crime de femme. Cette histoire de torture au poison, argumenta-t-il avec un geste de la main en direction du domicile d'Owen Sinclair, c'est un truc à faire fantasmer une femme.

– Bon, tu es sexiste, répondit Kate en parcourant les notes prises au cours des entrevues.

Comme il ne répliquait rien, elle leva la tête et le vit affalé en biais sur une chaise à l'autre bout de la table, un pied posé sur le barreau du siège voisin. Kate sentait sa propre énergie décliner.

Ils avaient besoin de ce répit. Elle se déchaussa d'un coup de pied et posa les jambes sur la chaise jouxtant la sienne.

– Pour moi, la cruauté de ce meurtre indique une vengeance, Ed. D'après les dires de Parker Thomas, Kincaid serait le suspect le plus probable. La victime lui a peut-être réellement volé son scénario. Et son incapacité à écrire depuis l'a peut-être aigri. Qu'en dis-tu ?

– Que c'est un sacré bon mobile, admit Taylor.

– Que penses-tu de la dispute de la fête, et de cette histoire de politique ?

– Je pense que ça n'a rien à voir avec notre affaire.

– Pourquoi ? fit Kate, surprise.

– Bon sang, Kate, c'était il y a trente-cinq ans.

On frappa à la porte et une voix appela :

– Hou, hou, c'est moi, Hazel !

– Merde, grommela Taylor en se relevant pour aller ouvrir.

Hazel entra avec une cafetière et deux tasses sur un plateau.

– Je sais que vous en avez besoin, déclara-t-elle en déposant sa charge sur la table. Je sais que Mildred vous a proposé du café, mais Maxine et Parker ont des manières de babouin.

Ils la remercièrent avec effusion.

– Comment saviez-vous que nous étions ici, et où nous sommes allés ? s'enquit Taylor.

– Jerome et moi, on sait ce qui se passe dans notre Beverly Malibu, répondit-elle, puis elle regagna la porte d'un pas militaire et la claqua derrière elle.

– À la santé de Hazel ! dit Taylor en levant sa tasse. Puisse-t-elle ne pas être notre tueur.

– Et comment ! renchérit Kate, trinquant avec lui avant d'avaler une longue gorgée de café frais bien chaud. Revenons à la dispute de la fête, Ed. Cyril Crane et Mildred Coates ont tous deux été personnellement affectés par le sujet même de cet accrochage. La liste noire. D'après Maxine, Paula Grant aussi. Il faut que nous lui en parlions. (Perspective qui, Kate devait l'admettre, lui plaisait.)

– Ouais, bon, et alors ? répliqua Taylor en haussant les épaules. Je sais qu'il faut vérifier la liste des gens que Sinclair a dénoncés, mais je parie qu'on ne trouvera aucun des occupants de l'immeuble, ni personne qui ait un lien avec eux. Comme l'a dit Maxine, pourquoi aurait-on attendu tout ce temps pour le buter ?

– Peut-être que ça couve depuis longtemps, comme le blocage de Dudley Kincaid.

– J'y crois pas. Et je crois pas non plus à ces conneries de blocage d'écrivain. Quand on te fait une crasse qui te donne envie de tuer, tu n'attends pas des lustres avant de passer à l'acte.

– D'accord, fit-elle en haussant les épaules en guise d'assentiment. Passons au scénario du crime. Nous avons les dix participants à la fête, sans compter la victime. Pour l'instant, j'éliminerais Aimee Grant et Houston – pas de mobile.

– Tu penses toujours qu'on l'a regardé crever ?

Kate se remémora la chaise de cuisine rouge près du lit et hocha la tête.

– On sait avec certitude que quelqu'un est entré et l'a menotté, reprit Taylor. Mais pour moi, il est encore possible que le tueur soit parti tout de suite après. La chaise rouge ne veut peut-être pas dire ce qu'on pense. (Pourtant, c'est bien le cas, songea Kate.) Parce que si Crane est avec Houston, et Paula avec Aimee, ça les élimine directement, à moins qu'ils soient de mèche. Tu es sûre que Crane ou Paula Grant n'ont pas pu se faufiler hors de chez eux une minute, aller le menotter et se barrer ?

– Non, répondit-elle.

Dans le cas d'un homicide commis avec autant d'aplomb, toutes les audaces étaient possibles. Elle déchira une page de son carnet et la posa sur la table.

– D'accord. Nous avons donc huit suspects. (Elle dessina un rectangle représentant la salle commune tout en regardant autour d'elle.) Ici, la télévision, avec Aimee et Houston. Là, Crane, Thomas, Kincaid et Dorothy Brennan avec la victime près de la table. Ce qui laisse Maxine, Paula, Hazel et Mildred Coates.

– Mildred Coates, répéta Taylor, l'air mal à l'aise. Pour moi, il faut l'éliminer.

Kate décida de ne pas le taquiner.

– Pourtant elle a un mobile, Ed, fit-elle remarquer. Son mari, sa carrière, tout cela a pu couver pendant trente-cinq ans et la pousser au meurtre avec victime par procuration.

– J'y crois pas. Cette vieille dame qui tient à peine debout, menotter Sinclair ? Impossible.

Kate secoua la tête. Il se montrait parfois si contradictoire : penser d'un côté que ce crime affreux avait sans doute été commis par une femme et de l'autre sous-estimer la capacité effective d'une femme à agir.

– Je ne peux pas être d'accord avec toi, Ed. Disons que nous avons sept suspects et demi.

– Cette Dorothy Brennan, elle habite ici depuis moins d'un an…

– Tu voudrais rayer un suspect de la liste avant même de lui avoir parlé ? demanda Kate en le dévisageant.

– J'ai dit ça ? répliqua Taylor en se redressant sur sa chaise. Nous avons donc huit suspects, dont quatre qui entourent Sinclair et quatre autres qui vont et viennent dans la pièce.

– D'après les déclarations de Hazel, notre assassin semblerait avoir volé la clef de l'appartement lors de la fête du 4 juillet. Nous savons que Dudley a bu du bourbon apporté par Sinclair. Le tueur n'a donc pas pu mettre la strychnine dans la bouteille avant qu'il ne l'amène. Le labo vérifiera ça pendant l'analyse des bouteilles et autres restes de la fête. Mais pourquoi empoisonner la victime au cours de la fête ? Pourquoi prendre un tel risque alors que le tueur avait accès à son appartement et pouvait le faire à tout moment ?

– Facile, Kate. Personne n'a pris la clef de Sinclair. Il l'a bel et bien perdue, répondit Taylor en dressant une liste dans son calepin.

– Peut-être, fit-elle à contrecœur. Mais la coïncidence est trop énorme.

– Donc pour l'instant, il faut aller voir Kincaid et Dorothy Brennan. On aura couvert tous ceux qui étaient à la fête. Ensuite, on cherchera le procès verbal du témoignage de Sinclair, on vérifiera les noms, et cet aspect-là sera couvert aussi.

À l'énergie contenue dans sa voix, Kate sut que le café de Hazel lui avait rendu ses forces.

– On va résoudre cette affaire en un rien de temps, Kate. On en est tout près, je le sens.

– Il va falloir être prudents, dit-elle, ayant elle aussi recouvré son énergie. Nos informations sur Dudley Kincaid sont invérifiables. Donc, on ne peut pas lui en parler directement. Il faut qu'il parle du vol lui-même.

– Je suis d'avis d'aller voir Dorothy Brennan en premier. Et d'interroger Kincaid en dernier. Va voir Paula pour boucler ça, moi je demanderai au FBI de nous passer le dossier de Sinclair. Ensuite, on embarquera quelqu'un pour un interrogatoire en règle.

– Tu veux vraiment que j'interroge Paula moi-même ? demanda Kate avec un sourire. Tu laisserais passer cette chance de revoir la splendide Aimee ?

Le visage de Taylor prit une expression attristée.

– Tu vois Kate, je sens des vibrations bizarres chez Paula. J'ai trouvé à qui Aimee ressemble, dit-il avec un sourire. À Candice Bergen. Je suis dingue de Candice Bergen.

Qui ne l'est pas ? songea Kate.

– Ed, dit-elle, Candice Bergen est blonde. Avec des yeux bruns. Aimee est brune. Avec des yeux...

Elle chercha comment décrire les yeux bleu violet d'Aimee Grant.

– De la même couleur que ceux de Liz Taylor, termina-t-il à sa place. Mais je trouve quand même qu'elle ressemble à Candice Bergen.

11

Dorothy Brennan fit entrer Kate et Taylor. Sa silhouette haute et large se mouvait avec lenteur, sa jupe révélait d'épais mollets musclés et de grands pieds chaussés de souliers lacés à talons plats. Son corps était résolument triangulaire avec des épaules étroites, un torse court, des hanches lourdes, des jambes et des pieds qui semblaient l'élever au firmament.

Elle leur fit signe de s'asseoir sur un canapé neuf d'allure confortable et se laissa choir sur un frêle fauteuil scandinave de ligne contemporaine qui émit quelques craquements étouffés en recevant son poids. Ses yeux brun foncé s'attachèrent à Kate, brillants de curiosité. Elle resserra autour de ses épaules un châle au crochet, puis replaça une mèche de cheveux dans la masse rebelle d'où elle s'était échappée. Ses épais cheveux gris étaient coiffés sans soin particulier et Kate la soupçonna de se les couper elle-même.

Elle regarda la main gauche de Dorothy Brennan, qui portait une large alliance en or. Encore une veuve, en déduisit-elle. Les statistiques sur l'espérance de vie destinaient au veuvage potentiel la plupart des habitantes du Beverly Malibu, mais celle-ci ne paraissait pas avoir plus d'une soixantaine d'années. L'immeuble semblait avoir largement son lot de femmes esseulées.

Derrière les vitres d'une porte-fenêtre ouvrant sur un patio étroit et long, Kate aperçut une forêt réconfortante de plantes vertes. Elle déboutonna sa veste, bien installée sur le canapé, et se sentit à l'aise dans l'atmosphère hospitalière et encombrée du petit appartement. Devant elle, la table basse était couverte de numéros du *National Review,* quelques pages du *Los Angeles Times* déployées par-dessus. Près de la porte-fenêtre, un bureau en formica gris supportait un fouillis de livres dont les couvertures plastifiées et poussiéreuses indiquaient qu'ils provenaient d'une bibliothèque. Il y avait des photos de familles encadrées posées en désordre sur une table, comme si on les ramassait si souvent pour les contempler que tout ordonnancement était inutile.

– Madame Brennan, commença Kate, nous sommes ici pour solliciter votre aide dans la reconstitution des événements d'hier.

– Je vous en prie, appelez-moi Dorothy.

Son sourire large et généreux accentua les pattes d'oies qui cernaient ses yeux. Kate le trouva un peu déplacé, étant donné les circonstances de leur présence ici. Mais jusqu'alors, à l'exception de Hazel Turner, nul n'avait paru affecté par la mort d'Owen Sinclair.

– Tout ce que je puis vous dire, poursuivit Dorothy Brennan, c'est qu'hier, je me suis jointe aux festivités peu après une heure trente et que tous ceux qui ne s'étaient pas absentés pour la journée étaient déjà là, y compris M. Sinclair.

Sa voix un peu rauque était énergique et expressive.

– D'après nos renseignements, il y a eu une sorte de dispute. Pourriez-vous nous dire à quel sujet ?

Taylor s'était exprimé avec courtoisie, mais Kate savait qu'il ne voyait pas la nécessité de parler de choses sans importance pour établir une relation avec ce témoin.

– Bien sûr, répondit Dorothy. Il y a effectivement eu une dispute, que j'ai moi-même provoquée, je le crains. Assez houleuse, d'ailleurs, surtout de la part de M. Kincaid.

Ne voulant pas laisser Taylor entrer dans le vif du sujet aussi rapidement, Kate intervint :

– Il me semble percevoir un léger accent ou une intonation particulière dans votre voix.

– Vous n'êtes pas la première à le mentionner, répondit Dorothy avec une fois de plus un large sourire. Je suis peut-être une imitatrice naturelle. La famille de mon mari est anglaise, j'ai dû prendre certains tics de sa mère. (Elle désigna les photos sur la table.) J'ai vécu avec Elizabeth durant les quatorze années qui ont suivi la mort de mon mari. Elle est décédée cette année, elle...

– Qui s'est disputé avec qui ? coupa Taylor.

Kate lui lança un regard agacé. Dorothy lui jeta un bref coup d'œil, le visage impassible, avant de répondre directement à Kate :

– C'est surtout M. Kincaid qui s'est pris de bec avec M. Thomas, qui, lui, est resté d'un calme olympien. Je me rends compte que c'est moi qui suis à l'origine de cela, mais j'étais loin de me l'imaginer. Bien entendu, je savais que M. Sinclair était un informateur…

– Comment le saviez-vous ? demanda Kate.

Dorothy fronça les sourcils et replaça une autre mèche rebelle.

– Mais, tout le monde le sait, ici, et je parle avec les autres locataires, évidemment. Ils sont très gentils avec moi.

Pas étonnant, songea Kate. Il y avait chez cette femme une chaleur et une réceptivité, une attitude maternelle qui invitait aux confidences.

– Continuez, je vous prie.

Dorothy fit un geste vers une petite télévision portable posée sur un support en métal.

– Ce week-end, j'ai vu une émission sur la liste noire et les Dix de Hollywood. Avec un informateur en chair et en os dans cet immeuble, je n'ai pas pu résister à la tentation de demander à M. Sinclair son avis sur les déclarations de Dalton Trumbo au sujet des années du maccarthysme. C'est ce qui a tout déclenché.

– Qu'a dit Dalton Trumbo ? demanda Kate en tournant une nouvelle page de son carnet.

– Qu'il n'y avait ni méchants, ni héros, ni saints, ni démons, seulement des victimes.

Dorothy se leva pesamment, gagna la porte-fenêtre et l'ouvrit. L'air frais envahit la pièce. Tout en notant ces informations, Kate entendit la rumeur lointaine de la circulation et le chant des oiseaux. Une pensée la frappa : jusque-là, c'était le premier appartement dont l'occupant ne fumait apparemment pas. Elle tourna encore une page et fit une note pour se rappeler de demander au labo les résultats des marques sur les mégots de cigarette retrouvés dans le cendrier d'Owen Sinclair.

– Voudriez-vous boire quelque chose ? s'enquit Dorothy. Du thé glacé ?

– Merci, nous venons de prendre un café, répondit Kate.

Dorothy retourna à son fauteuil, qui protesta de nouveau.

– Donc, j'ai demandé à M. Sinclair ce qu'il pensait de ces déclarations. Mais c'est M. Thomas qui m'a répondu. Il trouvait généreux de la part de Dalton Trumbo de pardonner à ses bourreaux, mais qu'il ne pouvait s'exprimer au nom des autres et que les mouchards ne seraient jamais quittes envers leurs victimes. (Elle leva les mains et poussa un soupir.) Alors, M. Kincaid s'y est mis à son tour, il a crié que les témoins qui avaient coopéré étaient ceux qui avaient le plus souffert, alors qu'ils avaient seulement fait preuve de patriotisme. Ça a tourné à la mêlée générale, tout ça à cause de moi. Je ne peux pas vous décrire mes sentiments ; je n'avais fait que poser une question. J'espère que vous n'allez pas me demander de me souvenir de tous les détails de cette altercation.

– Pas pour le moment, répondit Taylor.

– Se sont-ils disputés à cause de la liste noire tout le temps ? demanda-t-elle, agacée par le manque de patience de Taylor.

– Oh, non, ils se sont échauffés sur tous un tas d'autres sujets. L'Iran, Grenade, l'Afrique du Sud… et le Vietnam. Tout le monde est entré dans la danse avec le Vietnam, y compris moi, je dois l'avouer. M. Sinclair a perdu un fils là-bas, vous savez.

– Oui, confirma Kate.

– On peut perdre ses enfants sur bien des champs de bataille. J'ai perdu le mien il y a des années sur celui de la drogue, qui fait des ravages indescriptibles. Je sais que vous faites de votre mieux, ce doit être affreux de devoir ramasser tout ces corps brisés. Mais je vous soupçonne de n'avoir aucune idée de ce que c'est de rester sur la touche, impuissante. De voir son propre enfant de désintégrer, sans rien pouvoir faire…

– C'est affreux, dit doucement Kate. Je suis navrée, Dorothy.

– J'ai deux garçons, intervint Taylor en refermant son calepin, posant un regard empreint de compassion sur Dorothy. Ils sont grands, mais je m'inquiète encore de les voir pris dans l'engrenage.

– Vous avez bien raison, renchérit Dorothy en hochant la tête.

– Depuis combien de temps vivez-vous ici ? demanda Kate, autant pour changer de sujet que vous obtenir des renseignements supplémentaires.

– Depuis mars. Neuf mois, maintenant.

Un filet de brise revint flotter dans l'appartement. Kate en emplit ses poumons. Au loin, une sirène retentit. Une idée lui vint.

– La porte-fenêtre, dit-elle, l'aviez-vous laissée ouverte hier, pendant la fête ?

– Mais… oui. Je le fais souvent, sauf par temps froid.

Kate se pencha brusquement en avant. Cet appartement était situé du même côté du bâtiment que celui d'Owen Sinclair, et voisin de celui de Mildred Coates.

– Avez-vous entendu quelque chose ? En dehors des bruits ordinaires ?

– La musique de M. Sinclair. Comme toujours quand je m'occupe des plantes ou que je laisse la porte ouverte. Mais… maintenant que vous en parlez, c'était un peu bizarre. De l'opéra.

– De l'opéra ? répéta Taylor en rouvrant son carnet.

– De l'opéra, et cela ne m'enchantait pas, je dois dire. D'habitude, sa musique ne m'ennuyait pas, il laissait en général les fenêtres fermées, alors cela ne me dérangeait pas autant que Paula, Maxine ou Mildred. Mais l'opéra… (Elle leva les paumes en l'air en un geste d'excuse.) Je suis désolée, mais pour moi, l'opéra n'est qu'une suite de cris.

– Pour moi aussi, commenta Taylor en écrivant.

– J'ai dû refermer la porte. Dès que je la rouvrais, ça continuait. Il a dû passer un tas de disques.

– À quelle heure la musique a-t-elle commencé et à quelle heure s'est-elle arrêtée, d'après vous ? demanda Kate sans regarder Taylor.

– Elle a démarré tout de suite après la fin de la fête, c'est-à-dire vers trois heures. (Elle marqua un temps d'arrêt.) Voyons, j'ai mis de l'eau à chauffer pour le thé vers six heures moins le quart et j'ai rouvert la porte-fenêtre. Ça s'était arrêté.

Kate regarda sans les voir les photos sur la table devant elle. Paula Grant avait découvert le corps à dix-sept heures cinquante-cinq. Par conséquent, les cris d'agonie d'Owen Sinclair, couverts par la musique lyrique, avaient duré plus de deux heures trente…

Kate observa les clichés, portraits ou photos de groupe d'enfants allant jusqu'à l'adolescence.

– Je suppose qu'il s'agit de vos enfants ?

– Oui. Un fils et deux filles.

– Dorothy, pourquoi passiez-vous Thanksgiving ici hier, et non avec eux ?

Dorothy secoua la tête et fit courir ses deux mains dans ses cheveux.

– Je suis sûre que vous êtes obligée de me poser ces questions, n'est-ce pas ?

Son visage avait perdu toute chaleur et sa voix toute vivacité. Elle désigna du doigt les photos.

– Pour mon fils, vous savez. Colleen, la plus jeune, vit en Angleterre et n'a pas jugé utile de revenir depuis quinze ans. Mon autre fille s'est suicidée à l'âge de onze ans, avec le revolver de mon mari.

Incapable de prononcer un mot dans l'immédiat, Kate songea avec douleur que la mort s'était acharnée sur cette femme. Tout comme elle s'était acharnée sur elle-même…

– Mes condoléances, madame, dit Taylor d'une voix douce.

– Vous avez connu beaucoup de tragédies, murmura Kate.

– On dit que ça forge le caractère, dit Dorothy avec un faible sourire. Je ne l'ai pas remarqué.

– Connaissiez-vous M. Sinclair avant d'emménager ici ?

– Si je le connaissais ? s'exclama-t-elle, perplexe. Je ne l'avais jamais vu de ma vie.

– Comment gagnez-vous votre vie ?

– J'ai soixante-trois ans, l'âge d'être inutile. Je suis à la retraite, répondit-elle d'une voix de plus en plus irritée.

– Vous êtes encore jeune, madame, répliqua Taylor. Et vous faites jeune.

– Merci. Mais soixante-trois ans, ce n'est pas jeune, dans la vie de tous les jours.

Cet appartement devait coûter au minimum dans les six cents dollars par mois, dans ce quartier, estima Kate, et probablement davantage. Le mobilier modeste attestait que Dorothy Brennan ne roulait pas sur l'or.

– Quel métier exerciez-vous, avant ?

– Je faisais du secrétariat. Pour un certain nombre de sociétés. Après le décès de mon mari.

Les yeux sombres étaient devenus froids et distants.

– Nous sommes obligés de poser ce genre de questions, Dorothy, précisa Kate.

– Je le sais. Mais je n'éprouve pas plus de plaisir à être interrogée que n'importe qui. À sa mort l'an dernier, reprit-elle d'un air lugubre, ma belle-mère m'a laissé assez d'argent pour me permettre de prendre un appartement décent dans un quartier décent.

– C'est une partie agréable de la ville, commenta Taylor en refermant de nouveau son carnet.

– Et sûr, dit Dorothy. Plus sûr que beaucoup d'autres. (Un air de compréhension s'afficha sur son visage. Elle secoua la tête et ajouta avec tristesse :) C'est idiot de dire ça, après ce qui vient de se passer. Je pensais à la drogue et aux gangs.

– Bien entendu, dit Kate. Dites-nous, M. Sinclair a-t-il finalement répondu à la question qui a mis le feu aux poudres, concernant Dalton Trumbo ?

– Oui, je peux le citer mot pour mot : « Ma chère, il ne faut jamais regarder en arrière, ce qui est fait est fait, c'est ma devise. Je ne perds jamais une minute de sommeil sur mes actions passées. »

– Qu'avez-vous pensé de cette réponse ? demanda Kate en se levant et en reboutonnant sa veste.

– Eh bien... le connaissant et sachant ce qu'il avait fait, cela ne m'a pas du tout surprise.

Kate trouva cependant que Dorothy Brennan avait été étrangement surprise par sa question.

12

Les épaules arrondies et voûtées de Dudley Kincaid saillaient dans une chemise western grise fermée par une cravate-cordon ornée d'une turquoise. Des bretelles retenaient son pantalon large marron. Sa bouche petite et pincée était surmontée d'une moustache grise fournie et grossièrement épointée qui découvrait la lèvre supérieure. Quelques longues mèches de cheveux blond pâle étaient ramenés en arrière sur son crâne dégarni. Un sourire de bienvenue s'imprima sous les yeux bleus cerclés de lunettes à triple foyer et monture d'acier qui disparurent en partie sous les rides et les replis de chair molle qui les entouraient. Le salon, sombre mais impeccablement tenu, était meublé d'un canapé, d'un fauteuil et d'un siège inclinable, tous recouverts d'un cuir dépenaillé couleur noisette. Derrière les remugles de tabac froid, Kate décela une senteur évocatrice de souvenirs d'enfance, lorsqu'elle allait rendre visite à sa grand-mère, alors en maison de retraite à Grand Blanc, dans le Michigan. Elle perçut aussi l'odeur vaguement aigre des personnes âgées et de santé fragile qui se tiennent à l'abri du soleil et de l'air frais.

Kincaid s'installa dans le fauteuil inclinable et actionna la commande latérale pour surélever la partie où reposaient ses pieds. Taylor prit place sur le canapé et Kate dans l'autre fauteuil, dont les craquelures émirent un léger souffle. Plusieurs manuscrits reliés de carton bleu attendaient sur la table basse, d'autres étaient empilés sur un bureau encombré près de la fenêtre, brillamment éclairé par une lampe à cou de cygne. Manifestement, Kincaid devait être en train de travailler à leur arrivée.

Kate entama cet interrogatoire avec sa question standard :

– Depuis quand habitez-vous ici, monsieur ?

– Vingt-et-un ans, répondit-il d'une voix grondante et autoritaire.

– Et depuis combien de temps connaissez-vous M. Sinclair ?

Il réfléchit à la question en se caressant la moustache du pouce et de l'index.

– Depuis l'âge de vingt ans, il me semble. Donc mille-neuf-cent-trente-neuf.

Ainsi, Dudley Kincaid avait soixante-neuf ans. Avec la voussure de son squelette, il en paraissait dix de plus. Kate se fit la réflexion que parmi les personnes âgées de l'immeuble, seule Mildred Coates avait été vaincue par la vie. Hazel Turner n'avait même pas entériné la mort de son mari et encore moins sa propre mortalité. Maxine Marlowe, malgré ses allures clownesques, avait refusé de se laisser user par les années. Quant à Paula Grant... Kate sourit pour elle-même.

– Comment se fait-il que vous vous soyez retrouvés dans le même immeuble ? s'enquit Taylor de sa voix la plus affable, dans le but évident de s'attirer les bonnes grâces de leur suspect le plus prometteur.

Kincaid le dévisagea par-dessus ses triple foyer.

– Owen m'a convaincu d'emménager ici après la mort de Genevieve, ma femme. C'était en soixante-sept. Je n'ai pas bougé depuis.

– Vous étiez donc en bons termes avec lui ? poursuivit Taylor.

De ses doigts tachés de nicotine, Kincaid extirpa une Camel sans filtre d'un paquet froissé. Il ouvrit une petite boîte d'allumettes et dut en gratter une quatre fois sur la bande abrasive avant qu'elle ne s'enflamme.

– Bien sûr, répondit-il en allumant sa cigarette.

Que d'opérations stupides, tout cela pour fumer, pensa Kate, agacée.

– Étiez-vous amis ? interrogea-t-elle.

– L'amitié est un terme subjectif, répliqua Kincaid.

Il tapota sa cigarette au-dessus du cendrier avec une précision de métronome tout en l'observant. Ses yeux en fente faillirent disparaître derrière les pattes d'oie.

– Passiez-vous du temps ensemble ?

– Nous observions tous les rites sociaux d'usage entre habitants d'un même immeuble, répondit-il avec lenteur.

– Votre comportement était donc civil.

– C'est exact.

Kate le scruta. Cet homme semblait assez doué pour les subterfuges.

– Vous vous êtes connus jeunes. Owen Sinclair a voulu que vous veniez vivre ici. Manifestement, vos relations se sont tendues. Pour quelle raison ?

Le bout incandescent de sa cigarette brasillait à chacune des profondes bouffées de Kincaid. Kate sentit ses poumons se contracter en une réaction de rejet. Elle avait fumé pendant seize ans, et plus d'un paquet par jour, mais jamais des cigarettes sans filtre.

– Les griefs se sont accumulés au fil des ans, grommela Dudley Kincaid. Mais ils n'ont rien à voir avec ça. Avec sa mort.

– Vous êtes scénariste, paraît-il, dit-elle en désignant la pile de manuscrits avec son stylo.

Elle cherchait une approche détournée pour aborder le sujet des révélations de Parker Thomas.

– Ce ne sont pas les miens, précisa-t-il en reposant la tête contre le dossier du fauteuil inclinable. Je fais un blocage, voyez-vous.

Elle hocha la tête d'un air compatissant. Kincaid prit une nouvelle bouffée et exhala un gigantesque nuage gris en soupirant.

– Maintenant, je corrige des scénarios. Des agents de chez William Morris me les fourguent, expliqua-t-il avec un sourire méprisant pour lui-même. Je n'arrive peut-être plus à écrire moi-même, mais mon talent est encore là. Ce blocage, c'est peut-être une bonne chose. (Un planta un doigt noueux sur la pile de scripts et son sourire se mua en moue maussade.) De la merde. N'importe quoi. Je n'ai jamais vu un script pourvu ne serait-ce que d'une once d'originalité. Être scénariste aujourd'hui, c'est une blague. Cette ville ne produit pas deux films corrects par an. Quant aux crétins qui dirigent les chaînes de télé, ils se figurent que l'expérience est un handicap. Si vous avez plus de trente ans, vous pouvez aussi bien crever, vous n'avez plus rien à dire.

– On nous a dit que la victime et les dames de l'immeuble s'entendaient mal.

Kincaid parut aussi déconcerté que Kate de ce changement de sujet. La voix de Taylor était plus froide et sa collègue le soupçonna d'en vouloir à Kincaid de mépriser l'industrie qui produisait les films qu'il aimait regarder.

– Heu… oui, ces dames se plaignaient de lui. (Il fit un geste de la main.) Trois fois rien, en fait. Mais je suppose que Maxine était en droit de lui reprocher une ou deux choses.

– D'après nos renseignements, dit Kate en choisissant ses mots, elle nourrissait une certaine animosité à l'égard de M. Sinclair.

– Pauvre Maxine, *femme fatale* * et sex-symbol. Supérieure à toutes les autres. Et puis Owen s'en est emparé. (La condescendance s'ajoutait aux sarcasmes dans la voix de Kincaid.) Il ne faisait pas de discrimination quand il s'agissait des femmes. Le moindre jupon attirait son attention, jusqu'au moment où il obtenait ce qu'il y avait en dessous. La seule raison qui l'a poussé à se marier si souvent, c'était la morale de l'époque. Les femmes insistaient pour se marier avant de se laisser enlever leur jupon. Owen a toujours été un bouc, tout simplement. Un bouc devenu vieux bouc.

Il se mit à rire, enchanté de cette dernière phrase.

– Donc, elle lui en voulait, dit Taylor.

– Ne me citez pas sur ce point, protesta Kincaid en levant la main. Si vous voulez insinuer qu'elle l'a tué, je pense qu'elle l'aurait fait depuis longtemps, quand il lui a tout pris avant de la virer comme une malpropre. Comme il l'a fait avec tous ceux qui ont eu des bontés pour lui.

– Comme vous, monsieur Kincaid ? s'empressa de dire Kate.

Il tira encore une bouffée de sa cigarette consumée au ras de ses doigts jaunis, puis regarda Kate par-dessus ses lunettes avant de répondre :

– Je pensais à ses épouses et à ses enfants. Et à Maxine. Bien qu'elle l'ait ignoré une bonne partie de la décennie écoulée. Ce qui l'ennuyait beaucoup, je peux vous l'assurer. Alors, si elle en pinçait encore pour lui, elle s'est bien vengée. Je n'ai aucune idée de qui a pu tuer Owen, ni pourquoi. Il ne s'est pas plus mal conduit avec elle qu'avec... n'importe qui d'autre au cours de sa vie.

– Comme vous, monsieur Kincaid ? répéta Kate.

– Où voulez-vous en venir exactement ?

– Avez-vous déjà travaillé pour M. Sinclair ? contra-t-elle.

Kincaid tira une dernière bouffée de sa Camel avant de l'éteindre. Kate regarda le mégot d'un centimètre de long. Comment cet homme avait-il pu survivre jusqu'à soixante-neuf ans avec de pareilles doses mortelles ?

– Nous avons collaboré sur plusieurs scénarios dans le temps. Des idées à moi qu'il transformait en niaiseries. Il avilissait tout ce qu'il touchait de créatif, il était incapable d'autre chose.

* En français dans le texte. NdT.

– Seulement dans le temps ? demanda Kate en insistant mais avec prudence. *Seulement* dans le temps ?

– C'est le seul bon temps qu'Owen ait eu. Il n'avait aucun talent. (Son regard bleu était devenu glacial, mais Kincaid parlait encore calmement.) Owen crevait d'envie qu'on le respecte. Il rêvait d'être John Ford ou Billy Wilder, de mettre en scène ou d'écrire ne serait-ce qu'un seul bon film. Il rêvait même de devenir un nouveau Noel Coward. (Ses yeux brillaient de moquerie.) Vous auriez dû voir ses pauvres efforts inutiles pour essayer d'écrire des films et des pièces de théâtre. Quel héritage il laisse ! Un cinéaste raté dont les productions se désintègrent aux archives de l'UCLA. Un auteur raté, un dramaturge raté. Un mari raté et un père raté.

Kincaid avait prononcé ces dernières phrases avec une satisfaction et une sauvagerie que le calme de sa voix n'amoindrissait en rien. Kate digéra tout cela, notant qu'il s'était bien gardé de mentionner le fait marquant de la carrière de Sinclair, à défaut de titre de gloire.

– M. Sinclair n'était pas très populaire au Beverly Malibu, observa-t-elle. Pourquoi ne nous dites-vous pas ce qui lui a valu de perdre votre amitié ?

– J'ai déjà répondu à cette question, répondit-il avec hésitation, passant la main dans les rares cheveux qui subsistaient sur son crâne. Il m'a simplement fallu plus de temps que nécessaire pour m'apercevoir qu'il n'était pas très représentatif de la race humaine.

Taylor l'approcha de biais :

– On nous a dit qu'il y avait eu une dispute à la fête.

– Dorothy Brennan a mis le sujet de la liste noire sur le tapis, répondit Kincaid en haussant les épaules. Et bien entendu, Parker Thomas et Cyril Crane se sont mis contre Owen et moi.

– C'est-à-dire ? Expliquez-nous.

– Parker Thomas prétend qu'il n'est pas communiste, dit Kincaid d'une voix plus forte. Bon, c'est possible, mais laissez-moi vous dire que c'est le plus grand copain des cocos d'ici à Moscou. Ce qu'Owen Sinclair a fait pour l'Amérique et la Commission des Activités Anti-Américaines, c'était son devoir. Mais les Parker Thomas et autres Cyril Crane voudraient obliger les gens à traiter Owen en paria. Parker Thomas et ses semblables préféreraient voir la faucille et le marteau planer sur leur patrie plutôt que de la défendre contre ses ennemis.

Kate fit mine de chercher dans ses notes.

– Nos informations indiquent que M. Thomas a bel et bien combattu pour son pays, dit-elle.

– Il a été mobilisé.

– Devons-nous comprendre que vous vous êtes porté volontaire ? demanda-t-elle innocemment.

– Problème d'oreille interne, répondit Kincaid d'une voix grinçante, une expression de colère sur le visage. J'ai été réformé.

– Donc, reprit Kate, bien qu'ayant retiré votre amitié à M. Sinclair, vous approuviez suffisamment sa déposition devant la Commission pour prendre sa défense contre M. Thomas et M. Crane. C'est exact ?

Kincaid sortit une autre Camel et recommença son cérémonial de grattage d'allumette.

– Son témoignage et mon... antipathie pour lui sont sans rapport. Tous ceux qui comprennent ce pays comprennent qu'Owen a fait ce qu'il fallait, ajouta-t-il judicieusement. Son témoignage était un acte patriotique. Et il en a payé le prix comme beaucoup d'autres patriotes américains, de Patrick Henry à Oliver North.

Elle l'étudia. Une telle certitude, une telle pureté de conviction devaient êtres bien douces. Et un homme qui ne tolérait pas de zones grises dans ses croyances était un homme qui croyait aux solutions simples...

– Cela fait un moment que la Commission a été dissoute, non ? observa-t-elle.

– En soixante-quinze. Regardez ce qui s'est passé depuis. Le communisme a infiltré nos partis politiques, nos salles de classe, nos films et nos livres, affirma-t-il en comptant sur ses doigts. Le fruit du labeur des travailleurs américains méritants est redistribué à des individus qui ne le méritent pas. Ce Gorbatchev, avec sa glassnost – même Ronald Reagan s'est fait duper. Nous sommes en train de pourrir de l'intérieur, exactement comme Kroutchev...

– Avez-vous des informations sur les personnes qu'il avait nommées pour la Commission ? coupa Taylor.

– Je ne me souviens même plus de leur nom, maintenant. C'était il y a des années. Et comme je le disais hier, on récolte ce qu'on sème. S'il leur est arrivé du mal, ils l'ont bien mérité.

– Monsieur Kincaid, dit Kate avec une lenteur délibérée, avez-vous quoi que ce soit à ajouter à ce que vous venez de nous dire au sujet de vos relations avec M. Sinclair ?

Il tira sur sa cigarette et lui jeta un regard froid.

– J'ai répondu à toutes vos questions. Je me suis montré tout à fait coopératif.

Kate en avait assez entendu. Il restait encore de nombreuses questions à poser à Dudley Kincaid, mais d'après elle, Taylor et elle devraient rassembler des informations supplémentaires pour l'obliger à répondre dans le cadre d'un interrogatoire officiel. Ils leur fallait achever très vite cette enquête préliminaire.

Elle fit un signe de tête à Taylor, qui tapota sur son carnet, indiquant par là qu'il avait saisi et partageait son avis.

– Monsieur Kincaid, annonça-t-elle, mon équipier et moi avons encore des questions, mais nous devrons vous les poser un peu plus tard. Voulez-vous nous excuser ?

Il la considéra soudain avec incertitude.

– Bien entendu, répondit-il.

13

C'est Aimee Grant qui leur ouvrit la porte de chez Paula.

Les genoux de Taylor devaient flageoler, pensa Kate en détaillant le pull en mailles lâches marron qui soulignait sa poitrine haute et galbée, le jean délavé qui enserrait les longues jambes de la jeune femme jusqu'aux chevilles.

– Détective Delafield, entrez, je vous en prie, fit la voix à la Lauren Bacall de Paula Grant, qui s'installa en biais dans un coin du canapé, son pantalon sombre et son pull gris se fondant avec le tweed noir et blanc du siège, une jambe allongée, l'autre repliée, un bras autour du genoux, une cigarette à la main décrivant des volutes de fumée.

Elle a de la grâce, songea Kate. Cette femme a tant de grâce.

Comme plus tôt dans la matinée, Paula Grant posa sur la veste et le pantalon de Kate un regard impassible et sourit avec circonspection. Kate se sentit gênée de la gratitude qu'elle éprouvait. Il lui faudrait maîtriser son sentiment d'infériorité vis-à-vis de cette femme.

Elle choisit la même chaise à courroies qu'elle avait occupée la veille au soir. Aimee prit place à côté d'elle. Sur l'écran du poste de télévision réduit au silence, des footballeurs jetaient dans la mêlée leurs corps armurés de couleurs vives, accompagnés d'un air de musique discret provenant de deux petites baffles qui flanquaient les fenêtres. Kate reconnut les voix aiguës des Bee Gees. Sur la table, devant Aimee, un sandwich au fromage toasté intact et une canette de Coca light attendaient près d'un livre de poche posé couverture en l'air. Aimee Grant avait investi l'appartement, pensa Kate avec une émotion proche du ressentiment. Son football, sa musique, sa nourriture, son livre.

– Pouvons-nous vous offrir un sandwich, proposa Paula. Je viens de finir de déjeuner, mais vous pourrez tenir compagnie à Aimee.

– Non merci, répondit Kate. (Elle déjeunerait plus tard, au retour de Taylor.)

– Prenez le mien, proposa Aimee, je n'ai pas faim.

– Moi non plus, affirma Kate, réalisant avec stupéfaction que c'était vrai.

– Aimee, essaie de manger, s'il te plaît, intervint Paula. Tu en as besoin. Peut-être boirez-vous quelque chose, alors ? dit-elle à Kate en désignant un verre à pied sur la table. Voulez-vous vous joindre à moi pour prendre un verre de vin ?

La bouche sèche en réaction à la note de chaleur et d'intimité qui avait percé dans la voix basse et rauque, Kate répondit :

– Je prendrais volontiers un verre d'eau.

– Je m'en occupe, déclara Aimee.

– Et si j'éteignais la radio ? suggéra Paula en se levant d'un mouvement fluide tandis que les Pointer Sisters se lançaient dans *Slow Hand*.

Kate se dandina sur sa chaise, consciente de triturer son carnet tandis qu'elle regardait Paula traverser la pièce jusqu'à la minichaîne stéréo, sa silhouette frêle et délicate se déplaçant sans à-coups en une vague régulière. Elle posa la première des questions qu'il lui fallait poser :

– Au sujet de la musique qui provenait de chez Owen Sinclair hier, avez-vous remarqué quelque chose de particulier ?

– Je ne l'ai pas vraiment entendue avant de me trouver dans le hall, répondit Paula. (Son corps mince et droit tourné vers Kate se découpait contre la fenêtre illuminée de soleil, les mains dans les poches de son pantalon.) Ce n'était que du bruit et des vibrations, ajouta-t-elle.

– Hier, le bruit était très fort, dit Aimee en posant un grand verre d'eau avec glaçons sur la table basse avant de reprendre place près de Kate. Pensez-vous prendre rapidement le ou la coupable ?

– Nous espérons procéder à une arrestation dans peu de temps, répondit Kate par automatisme. Auparavant, nous devons rassembler le plus d'indices possible. Paula, nous avons appris qu'hier, à la fête, il y avait eu une dispute impliquant M. Sinclair. (Les exigences de son travail la détendaient un peu et elle se sentit soulagée.) Vous ne nous en avez pas parlé.

– Cela n'avait rien d'inhabituel, affirma Paula en haussant les épaules, ayant repris sa place sur le canapé. Toujours ces vieilles histoires de politique.

– Quelles vieilles histoires de politique ?

– Vous savez fort bien maintenant de quoi il s'agit, répliqua Paula en posant sur Kate un regard dur.

– J'aimerais que vous m'en parliez.

– Évidemment, fit-elle avec un soupir. Owen Sinclair était un informateur, énonça-t-elle avec lenteur. Il a volontairement et sans aucune pression dénoncé certains de ses compatriotes à une commission qui pratiquait la chasse aux sorcières. La plupart des gens pondérés et polis trouverait cela méprisable. Mais il se trouve toujours des individus pour défendre les actes indéfendables… comme Dudley Kincaid.

– M. Sinclair vous avait-il dénoncée ?

Paula eut un sourire hivernal.

– Je suis persuadée qu'il l'aurait volontiers fait. Mais il ne me connaissait pas avant mon arrivée dans cet immeuble.

– Avait-il dénoncé une de vos connaissances ? demanda Kate, pour aborder le sujet de l'amante décédée de Paula.

Paula Grant secoua la tête.

– Ce n'est pas qu'Alice et moi n'ayons pas eu nos petits problèmes. Vous souvenez-vous m'avoir entendue parler de mon Alice ?

Kate hocha la tête. *Mon Alice.*

– Alice et moi n'avons jamais figuré sur la liste noire, mais… (Elle se pencha pour éteindre sa cigarette.) Mildred Dunnock… ce nom vous est-il familier ?

– Une actrice merveilleuse, confirma Kate.

– Oh oui. À l'époque, elle a été considérée comme sympathisante communiste, du simple fait de son amitié pour Arthur Miller et Lilly Hellman. Mon Alice était comptable et n'a jamais travaillé pour le cinéma, mais nous avions des amis en commun, des libres penseurs, comme nous, dont certains étaient communistes. Alice était amie avec Paul Robeson. C'était synonyme d'ennuis et de harcèlement par le FBI. Ça n'a pas été facile, mais au moins, nous avons continué à travailler. Vous savez, il y avait dans cette ville des gens très courageux que ces événements mettaient très en colère. Des célébrités comme Katie Hepburn, Bogie et Bacall, Gregory Peck, Burt Lancaster et Judy Garland.

Kate se souvint que le métier de Paula avait exigé d'elle une grande acuité visuelle.

– Vous vous rappelez de beaucoup de visages de cette époque, n'est-ce pas ?

– Des milliers, répondit Paula avec un sourire, l'index sur la tempe. Une mémoire d'éléphant.

– Pouvez-vous m'excuser un instant ? demanda Kate en se levant. J'en ai pour quelques minutes à peine...

Dans la salle commune, Kate se lava les mains. Puis elle s'examina dans le petit miroir au-dessus de l'évier. L'iris bleu pâle de ses yeux se bordait de rouge.

– Quelle sale tête, marmonna-t-elle.

Elle se mit à fouiller dans son sac en quête de ses gouttes pour les yeux et d'un peigne, regrettant de constater que sa chevelure poivre et sel était aujourd'hui bien plus sel qu'hier. Mais au moins, tout ce gris semblait conférer à ses cheveux fins davantage de volume et de maintien. Ils obéissaient désormais aux coups de peigne et ne retombaient plus mollement et sans forme comme dans son enfance.

Elle rentra son chemisier dans son pantalon, boutonna sa veste et se pencha vers la glace en relâchant les épaules. Sa veste l'enveloppait plus étroitement qu'elle n'aurait dû. Elle la déboutonna.

– Tu grossis, grommela-t-elle.

Un brin déprimée, elle remonta à l'étage et rallia l'appartement d'Owen Sinclair, où les scellés avaient été apposés. Elle longea le couloir jusqu'à la chambre et gagna le mur du panthéon de souvenirs du défunt. Ignorant les photos de groupe tirées de ses films, elle décrocha tous les portraits, sauf celui qu'avait dédicacé Jack Warner, les secoua pour les débarrasser de la poudre à empreintes et les empila sur la commode. Après un instant d'indécision, elle prit aussi le cliché signé J. Parnell Thomas. Paula le connaissait peut-être. Il se pouvait qu'aucun des hommes photographiés n'ait de rapport avec l'affaire, mais tous signifiaient à l'évidence quelque chose dans la vie d'Owen Sinclair et elle découvrirait leur identité.

– Je suis désolée, ces cadres sont pleins de poudre à empreintes, dit-elle, de retour chez Paula.

Elle aperçut Aimee hausser légèrement les épaules.

– Posez-les sur la table basse, Kate, dit Paula. Pardonnez-moi, mais dans mon esprit, vous êtes Kate. Cela vous ennuie ?

– Pas du tout, répondit l'intéressée, ravie.

Elle déposa la pile de cadres et prit place sur le canapé à côté de Paula, tandis que sa nièce s'asseyait près d'elle. Un parfum subtil et sensuel lui parvint, sans qu'elle puisse déterminer laquelle des deux femmes le portait. Elle prit la première photo de la pile.

– Tiens... Elia Kazan, fit Paula.

– Le metteur en scène de *Sur les quais*, dit Kate.

– Oui... Et de beaucoup d'autres films. C'était un informateur, qui a donné certains de ses propres acteurs. Il a dénoncé Arthur Miller, Paula Strasberg...

Kate lui montra le portrait suivant.

– Budd Schulberg. Encore un mouchard. Scénariste. Il a écrit *Qu'est-ce qui fait courir Sammy ?* Le suivant, c'est Robert Rossen, le metteur en scène des *Fous du roi*. Ça alors... tous ces hommes étaient des mouchards, Kate...

Paula porta la main au col de son chemisier et le resserra, comme pour se protéger la gorge.

– Seigneur. Cet homme, c'est Martin Berkeley, un scénariste... il était abominable. Il a dénoncé plus de cent cinquante personnes à la Commission, et certaines n'étaient pas du tout communistes...

Kate lui tendit l'ultime cliché, celui signé J. Parnell Thomas.

– Cet homme... commença Paula en jetant un regard consterné à Kate. C'était le président de la Commission. Un butor qui hurlait sur les témoins qui essayaient de se retrancher derrière leurs droits constitutionnels. Quelques années plus tard, poursuivit-elle sur un ton sardonique, c'était son tour d'invoquer le Cinquième Amendement, pour escroquerie.

Elle continua de regarder les photos, tendue, la main toujours serrée sur le col de son chemisier.

– Où les avez-vous trouvées ?

– Au mur de la chambre de M. Sinclair.

– Cette chambre, murmura Paula. Un vrai cabinet des horreurs.

Kate sentit Aimee frissonner près d'elle.

– Je n'avais vu que cette photo écœurante du salon, reprit Paula. Celles-là, jamais. Je n'ai vu que lui... dans cette chambre.

– C'est tout à fait normal, murmura Aimee.

– La photo du salon de M. Sinclair ? Laquelle au juste ? demanda Kate en fouillant sa mémoire.

– Celle de McCarthy, évidemment. Avec son homme de main, cette tête de gargouille, Roy Cohn. Elle est sur sa table basse depuis des années, vous l'avez sans doute remarquée.

Kate ne répondit pas. Cette photo n'était nulle part chez Owen Sinclair.

– De toutes les façons de mourir que ce Roy Cohn aurait pu connaître… commença Aimee.

– Pendant des années, coupa brutalement Paula, pendant des dizaines d'années, je me suis réjouie que cet homme nie son homosexualité. Qui, dans notre communauté, aurait pu souhaiter qu'une pareille créature s'en réclame ? Et voilà qu'aujourd'hui, notre pire tragédie lie son destin au nôtre…

Si facilement. Toutes ces confessions venaient si facilement de Paula. Kate posa sur elle un regard intense.

– Je suppose que vous méprisez tous ceux qui ont témoigné.

– Pas du tout, répliqua Paula avec un geste de dénégation de la tête. Certains, comme Lee J. Cobb, ont été contraints de moucharder. La liste noire l'a anéanti et a dévasté sa vie. Sterling Hayden a passé le restant de ses jours à dénoncer ce qu'il avait fait. Pauvre John Garfield, on aurait aussi bien fait de lui mettre un revolver sur la tempe, ça l'a tué, vous savez. Et Isobel Lennart, qui a écrit de merveilleuses comédies musicales pour la MGM – *Funny Girl*, c'est elle – elle a regretté d'avoir mouchardé jusqu'à son dernier jour.

Kate se demanda si Lennart était celle qui avait permis à Mildred Coates d'exercer son art à nouveau.

– En revanche, reprit Paula, je méprise ceux qui ont aggravé les choses. Hedda Hopper s'est servie de sa rubrique pour divulguer les noms cités. Et cet homme… (Elle montra du doigt la photo d'Elia Kazan.) Son prestige lui aurait permis d'arrêter cette folie. Aujourd'hui encore, il justifie ces agissements.

Malgré la chaleur régnant dans l'appartement, elle se frictionnait les bras comme si elle avait froid. Kate remit les portraits en pile, sentant qu'il lui fallait débarrasser la pièce de leur présence vénéneuse sans tarder.

Revenue chez Owen Sinclair, elle examina le réseau sinueux de la poudre à empreintes recouvrant la table basse, comme s'il s'agissait de feuilles de thé divinatoires où elle pourrait lire l'endroit où était passée la photo de Joseph McCarthy et Roy Cohn.

Elle repartit chez Paula, qu'elle trouva assise, les chevilles croisées l'une sur l'autre, les doigts crispés sur le verre à vin qu'elle faisait rouler entre ses paumes. Aimee était à côté d'elle, les pieds repliés sous elle, ses cheveux sombres et brillants contrastant avec son pull, dévisageant fixement Kate. Toutes deux étaient séduisantes, chacune à sa manière. Mais Taylor se trompait : c'était Paula Grant qui était belle.

Kate vit que la table basse avait été débarrassée de la poudre tombée des cadres et s'assit sur sa chaise de prédilection. Elle se concentra sur la vérification de détails obtenus au cours des autres interrogatoires et s'efforça avec subtilité de ramener Paula sur le sujet des événements de la fête, la veille. Aimee était restée en dehors de la conversation, car le match entre Dallas et Houston à la télévision l'avait accaparée, affirma-t-elle. Mais la fixité de son regard n'échappa pas à Kate. Paula confirma certains détails, comme l'endroit où s'était tenu Owen Sinclair et les intervalles ayant séparé l'arrivée des différents convives. Elle fournit à Kate le nom des locataires qui avaient assisté à la fête du 4 juillet chez Sinclair, mais sans pouvoir se rappeler d'aucun fait significatif.

– Hier, dit Kate, pendant la fête, avez-vous vu quelqu'un s'absenter puis revenir ?

– Bien sûr, répondit Paula avec un rien de suffisance dans la voix. Nous étions tous en train de boire tel ou tel liquide. Aimee et Houston ont des reins plus jeunes que les nôtres.

Kate sourit.

– Sauriez-vous préciser qui et à quel moment ?

– Bien sûr que non, ma chère, répondit-elle avec indulgence, en lui retournant son sourire. Qui le pourrait ?

Kate regarda sa montre. Il lui était pénible de quitter le foyer de cette femme, mais c'était nécessaire.

– Je crains d'avoir d'autres questions à vous poser plus tard, s'excusa-t-elle.

– J'ai hâte de vous revoir, assura Paula.

À l'issue de ce week-end de Thanksgiving, Aimee Grant rentrerait sans doute chez elle, songea Kate. Elle sortit une carte de visite de son carnet.

– Si quoi que ce soit vous revenait à l'esprit au sujet de cette affaire, je vous en prie, appelez-moi, dit-elle, puis elle inscrivit au dos de la carte son numéro de téléphone personnel. À n'importe quelle heure, ne vous gênez pas.

14

Taylor ouvrit la porte de la salle commune à la volée. Kate reposa son carnet.

– Du nouveau, dit-il. J'ai du nouveau.

– Il était temps que vous arriviez, commenta Hazel, surgissant à son tour avec un grand plateau garni de deux assiettes fumantes.

– Hazel, commença Taylor, attendez un...

– Taisez-vous, vous.

Elle posa son plateau et arrangea vivement sets de table, serviettes, couverts, tasses à café et cafetière sur la table. Puis elle leur servit cérémonieusement deux tourtes.

– Tourte au poulet, annonça-t-elle. Une de mes spécialités. C'est un miracle si elles se sont pas desséchées en vous attendant, mon gars, dit-elle à Taylor.

– Merci, eut le temps de dire Kate avant que la propriétaire ne ressorte de son pas martial, claquant la porte derrière elle.

En riant, Taylor, planta sa fourchette dans la croûte et l'ouvrit. Il huma longuement.

– Ah, Hazel, tu es une merveille, dit-il.

Un riche arôme d'oignons parvint aux narines de Kate.

– Tes nouvelles, dit-elle en brisant à son tour le dôme de sa tourte pour en savourer l'odeur. Mets-moi au parfum.

– Bon Dieu, cette tourte est super ! dit Taylor la bouche pleine. Joe D'Amico t'a appelée du labo, j'ai pris l'appel.

Kate baissa le nez vers son plat pour dissimuler son sourire.

– Il bosse sur des trucs qu'on a ramassés chez Sinclair, poursuivit son collègue. Les sacs en plastiques prélevés dans les poubelles de derrière. Y en avait un qui faisait bien net, tu te rappelles ?

Elle s'en souvenait. Il avait été obturé avec précaution. Pendant qu'ils fouillaient et photographiaient la benne à ordures du Beverly Malibu, Napoleon Carter était arrivé du labo de la criminelle et avait sélectionné ce sac, plus deux autres remplis des déchets de la fête.

– Et le contenu de ce sac est franchement intéressant, Kate. (Enfournant une nouvelle bouchée de tourte, il ouvrit son calepin.) Écoute ça : un cadre en argent de huit sur dix, verre brisé, pas de photo. Un trente-trois tours, avec son emballage en plastique ouvert, mais le disque toujours à l'intérieur. Le titre... (Taylor plissa les yeux.) G.o.t.t.e.r.d.a.m.m.e.r.u.u.n.g, épela-t-il. Et une paire de gants de chirurgien.

– Des gants de chirurgien ? s'exclama Kate, le regard fixé sur lui, oubliant la nourriture.

– Ouais. Le disque et le cadre en argent ont été nettoyés. Ils ont déjà passé la chaise à la superglue, mais rien, à part de la crasse. On n'a aucune empreinte nulle part, Kate.

– Bon, fit-elle.

Elle se sentit glacée par la cruauté et le sang froid qui avaient présidé à la préméditation de ce crime. Taylor sourit en pointant sa fourchette vers elle.

– Mais notre homme a fait une boulette, dit-il.

Kate sourit à son tour, avec patience et amusement, laissant à Taylor le plaisir de dévoiler petit à petit ses informations.

– Chez Sinclair, dans les déchets de la salle de bains, on a retrouvé deux mégots de cigarettes sans filtre. Des Camel.

L'image de Dudley Kincaid et de son cérémonial de fumeur revint avec clarté dans l'esprit en ébullition de Kate.

– Ed... fit-elle en reposant sa fourchette.

– Ouais, et je dis qu'on devrait aller lui en parler. (Il eut un sourire triomphal et agita sa fourchette en direction de l'assiette de son équipière.) Tout de suite après la tourte au poulet de Hazel.

* * *

Dans l'une des petites salles d'interrogatoire aux murs peints en bleu de la Division Wilshire, Dudley Kincaid était assis sur une chaise de métal, les épaules voûtées, les bras croisés sur sa chemise western grise, ses yeux bleus lançant des éclairs à travers le prisme de ses lunettes à triple foyer.

Chez lui, il était resté incrédule quand Kate lui avait annoncé que ses déclarations au sujet de la mort de Sinclair présentaient des zones d'ombre justifiant une arrestation pour interrogatoire. Il avait fulminé en silence pendant les trente minutes de trajet à bord de la Plymouth.

– Pourquoi ne pas faciliter les choses à tout le monde, M. Kincaid ? demanda Taylor d'une voix adoucie. Racontez-nous comment ça s'est passé avec Sinclair.

– Vous êtes deux imbéciles dont l'incompétence dépasse l'entendement. C'est un gogo que vous avez sous les yeux, abrutis...

– Nous sommes au courant d'un bon nombre de faits, maintenant, M. Kincaid, interrompit Kate sur le ton de la conversation. Au sujet de la musique, notamment. Et de la manière dont cela s'est déroulé.

– La musique.

Écumant de rage, il éloigna son siège de la table en formica et passa les pouces sous ses bretelles. Taylor fit reculer sa chaise et croisa une cheville sur un genou.

– Vous vouliez sa mort, affirma-t-il avec assurance.

Kincaid lui jeta un regard méprisant.

– Nous savons que vous aviez vos raisons, poursuivit le policier. Pourquoi ne pas nous en parler ?

Kincaid poussa un grognement exaspéré. Kate jeta un coup d'œil sur les notes codées de son bloc jaune. Elle et Taylor avaient décidé de ne pas mentionner les éléments clefs de la scène du crime : les menottes, les personnages sur la photo manquante, la nature du poison employé.

– Vous avez retiré la photo...

Elle lui adressa un regard rassurant et attendit, en alerte mais détendue. Elle avait la certitude, d'après sa première impression de Kincaid, qu'il se révélerait un menteur malhabile, facile à prendre aux piège de ses incohérences.

– Quelle photo ? (Il secouait la tête avec vigueur comme s'il voulait en chasser ces propos irrationnels.) Je ne sais pas de quoi vous parlez, merde.

Kate haussa les épaules avec impatience.

– Vous nous amusez, là. Nous savons très bien que vous avez pris cette photo.

Kincaid leva les yeux vers le plafond acoustique de la salle d'interrogatoire. Il fallait trouver un nouvel angle pour le questionner.

– Racontez-nous tout ce que vous avez fait hier, dit Kate. À partir du moment où vous vous êtes levé.

Il sortit de sa poche de chemise un paquet fripé de Camel et une petite boîte d'allumettes. Cette fois, elle le regarda exécuter son cérémonial avec satisfaction. Si cet homme avait tendance à saliver, on pourrait faire un prélèvement sur son mégot pour le comparer à ceux de chez Sinclair.

– D'accord, répondit-il en agitant son allumette. Voilà exactement ce que j'ai fait hier.

L'interrogatoire était enregistré, mais elle prit des notes télégraphiques pour son compte personnel. Douche, rasage, petit-déjeuner, travail de la matinée sur un script d'accompagnement pour une émission de radio, changement de vêtements pour descendre à la fête de Hazel Turner, retour et re-changement de vêtements pour se remettre au travail sur le script radiophonique jusqu'à interruption à cause des cris d'Aimee Grant dans le hall.

Kate et Taylor lui firent répéter deux fois encore cette suite d'événements, sans oublier de le presser de questions sur ses faits et gestes au cours de la fête et sur la dispute avec Sinclair. Mais s'il arrivait à Kincaid d'ajouter des détails à sa litanie teintée d'une impatience grandissante, les faits majeurs ne variaient pas. Oui, Sinclair et lui avaient tous les deux bu du bourbon de la victime. Non, il ne se rappelait pas précisément ce que Sinclair avait mangé – de tout, et en grandes quantités – mais il se souvenait l'avoir vu allumer un de ses cigares bon marché puis l'éteindre de mauvaise grâce sous les cris immédiats des femmes, en particulier Mildred Coates et Hazel Turner. Oui, il y avait eu des allées et venues, mais aucun des cinq protagonistes de la dispute – lui-même, Cyril Crane, Parker Thomas et Dorothy Brennan – n'était sorti de la pièce.

En fumant ses deux dernières cigarettes, il insista pour relater le contenu des programmes diffusés à la radio en cet après-midi de Thanksgiving. Ceci n'impressionna pas Kate, il aurait aussi bien pu se trouver chez Sinclair et enregistrer ces émissions chez lui en même temps. Mais elle se sentait frustrée de ne pas parvenir – pas plus que Taylor – à le prendre au piège d'une incohérence. Cet interrogatoire ne leur était apparemment d'aucun bénéfice.

– Monsieur Kincaid, dit-elle, décidant de jouer son atout, parlez-nous de Jeremiah Ashton.

Sa réaction fut gratifiante : il se leva à demi, la mâchoire pendante.

– Oui, poursuivit-elle calmement, nous savons tout de lui.

– Une ordure, cracha-t-il. C'est une ordure. Chez les Sudistes, seule une raclure volerait son semblable. Il vaut pas mieux qu'un bâtard de négro. C'est ce que je lui ai dit en face. Il...

Son visage se marbra et sa voix mourut, étouffée par l'indignation.

– Ils vous ont volé, hein, Dudley ? fit Taylor d'une voix amicale empreinte de compassion. Tous les deux.

Kincaid s'agrippa de la main au rebord de la table, les yeux à demi fermés par la souffrance.

– Ashton était un vrai Judas. Owen n'était pas assez malin pour se douter une seconde de ce qu'il avait entre les mains. Mais Ashton, lui, il savait...

– Quand avez-vous vu Jeremiah Ashton pour la dernière fois ? coupa Kate avec une soudaine appréhension.

– Comment voulez-vous que je le sache ? répliqua-t-il d'une voix basse et dure, la souffrance ayant évacué ses traits. Ça fait quinze ans. Je suppose qu'il vit dans la baraque qu'il s'est achetée sur la plage de Malibu avec le pognon du *Crépuscule des Confédérés* et tous les contrats qu'il a eus grâce à ça.

Kate s'en voulait de son impulsivité, Kincaid retrouvait son assurance.

– Vous le haïssiez tellement que vous l'avez tué, dit Taylor.

– Cette arrestation a un parfum de femme, répliqua Kincaid en se tournant vers Kate. Malheureusement, de vous deux, c'est manifestement l'homme l'imbécile.

– Ce que Sinclair vous a fait vous a rongé pendant des années, continua Taylor. N'est-ce pas, Dudley ?

– Évidemment que ça m'a rongé, Bozo, répondit le scénariste, le regard haineux toujours posé sur Kate.

Le flegme de Taylor fit plaisir à Kate. Lui aussi voyait la manœuvre de Kincaid. Il essayait de tourner une banale technique d'interrogatoire à son avantage. Les policiers jouent souvent au bon et au méchant pour pousser le suspect à s'en remettre au « bon » afin d'obtenir son soutien et sa compréhension. Kincaid tentait de créer une dissension entre elle et son collègue.

– Détective Delafield, dit-il, quelle logique spécieuse votre esprit féminin pervers a-t-il concoctée pour me mettre ça sur le dos ?

– Quand vous étiez chez M. Sinclair hier, vous avez fumé ? questionna Kate en l'étudiant avec attention.

Le regard bleu glacial derrière les triple foyer ne dévia pas.

– Est-ce un test de logique ? Du genre : pendant que vous coupiez la tête de votre femme, portiez-vous une chemise propre ?

– Répondez à ma question, répliqua froidement Kate.

– Je ne suis pas allée chez lui, articula Kincaid sur un ton méprisant. Par conséquent, je n'ai pas fumé dans son appartement.

Il se pencha vers elle, ses mains aux veines saillantes déployées sur le plateau de la table en formica.

– Je n'ai pas fumé chez lui hier, je n'y étais pas. Vous avez peut-être trouvé une cigarette qu'il m'avait tapée. Mais le scénario le plus probable, c'est que vous me tendez un piège de bas étage.

– Nous ne jouons pas à ces jeux-là, monsieur Kincaid, répondit-elle sur un ton tout aussi méprisant. De bas étage ou autre.

Pressant avec colère son stylo sur son bloc jaune, elle écrivit de penser à vérifier si des allumettes avaient été inventoriées en même temps que les deux mégots de Camel. Quelle satisfaction ce serait ce coller ce bigot insolent derrière les barreaux.

– Vous y étiez, Kincaid, affirma Taylor. Et vous l'avez regardé mourir.

– Et comment aurais-je accompli ce haut fait, pauvre décervelé ? s'enquit Kincaid en se tournant vers lui. En me glissant sous la porte ?

– Vous lui avez volé ses clefs, rétorqua Kate pour détourner son attention de Taylor, dont la large face commençait à prendre des couleurs.

– Oh, je vois. Vous avez trafiqué les faits pour que tout concorde.

– Non, pas tout, contra Kate. Nous aimerions entendre de votre bouche où vous vous êtes procuré le poison.

– Mais, chez le marchand de poisons, rétorqua Kincaid. Écoutez, je n'ai plus de cigarettes, je suis fatigué et j'ai faim. Et tout ceci n'est qu'une mascarade minable.

Kate surprit une lueur dans le regard de Taylor. Kincaid venait de commettre une grave erreur tactique avec ces aveux. Mais il poursuivit :

– Pour ce que votre petit cerveau de bureaucrate saura en tirer, sachez que je n'ai pas assassiné Owen Sinclair. J'admets qu'il y a quinze ans, j'ai eu envie de le tuer, ou moi-même, ou les deux. Mais j'ai réussi à dépasser ce stade – pas indemne, ma créativité n'est pas revenue depuis – mais je m'en suis sorti.

– Nous ne le croyons pas, dit Taylor. Racontez-nous encore votre journée d'hier.

– C'est incroyable, marmonna Kincaid, ôtant ses lunettes pour se frotter les yeux puis passer les mains dans ses cheveux clairsemés. Au moins, donnez-moi une cigarette.

– Navré, nous n'en avons pas, répondit Taylor d'une voix égale, ce qui n'empêcha pas Kate d'y déceler un soupçon de satisfaction. Ni moi, ni mon équipière ne fumons.

– Combien de temps ces questions vont-elles continuer ?

– Jusqu'à la vérité. Vous ne nous avez pas dit grand-chose de vrai, monsieur Kincaid.

– Puisque je vous ai dit tout ce que je savais, dit-il d'un ton las, alors qu'entendez-vous par vérité, par Ponce Pilate ?

– Des faits qui collent, répliqua Kate. Qui suivent un schéma logique. S'il vous plaît, répondez à la question du détective Taylor.

Il frappa la table de ses deux poings.

– C'est une véritable inquisition ! Une inquisition basée sur rien !

Il était fatigué et, sans sa dose de nicotine, il avait les nerfs à vif. Elle décida de l'aiguillonner.

– Il semblerait que nous soyons plus respectueux des droits constitutionnels que vous, monsieur Kincaid. D'après vos dires, les gens que l'on a traînés devant la Commission du sénateur McCarthy ne méritaient aucunement la protection de ces mêmes droits.

– Comment osez-vous me comparer à ces communistes ? glapit-il. Avec ces traîtres qui cherchaient à mettre ce pays à genoux. À ces…

– C'est vrai, coupa Taylor. Nous n'avons là qu'un stupide petit meurtre.

– Ma *réputation*, ragea Kincaid. Savez-vous quelles conséquence cela aura sur ma *réputation* ? Je ne *mérite* pas cela.

– Encore une fois, dit Taylor, dites-nous ce que vous avez fait hier.

Avec un soupir résigné, la tête basse et les épaules encore plus voûtées, Kincaid s'exécuta, d'une voix traînante et bourdonnante. Puis Taylor le questionna sur ses activités durant la fête. Faisant un effort pour ce concentrer sur cet échange, Kate consulta subrepticement sa montre. Seize heures vingt-cinq. Elle se sentait fatiguée, n'ayant pas dormi la nuit précédente. Taylor avait l'air hagard, lui aussi.

– …poison, disait Taylor, ce qui renouvela son attention.

– Je vous ai tout dit, aboya Kincaid en se redressant sur sa chaise. Tout, bordel. Si vous pensez que j'ai tout un attirail de poisons chez moi, je vous mets au défi de le trouver. Allez-y… Fouillez mon appartement, nom de Dieu.

– Vous nous signeriez une autorisation écrite ? demanda Kate en prenant soin de dissimuler toute trace d'émotion dans sa voix.

Du bluff, c'était peut-être du bluff, et ils le coinceraient.

– Oui, répondit-il en lui jetant un regard bref et perçant. Tout ce que j'espère, c'est que cela mettra un terme à cette…

Elle étudia leurs options. En cas de fouille autorisée, il pouvait à tout moment, même au cours de l'intervention proprement dite, se rétracter. Cela les obligerait ensuite à demander un mandat de perquisition. Et ils devraient alors le relâcher, par manque de preuves. Et dans l'intervalle, bien sûr, Kincaid détruirait tout ce qui pourrait lui nuire. Aujourd'hui, songea Kate avec résignation, la procédure observait un équilibre entre investigation criminelle et respect des subtilités juridiques. Dans tous les procès pour crimes majeurs, l'observance des droits constitutionnels par la police étaient soumise à un examen minutieux.

Taylor se levait.

– Ça ne peut pas faire de mal, si vous dites la vérité. Vous passeriez au détecteur de mensonges ? demanda-t-il gaiement.

Kincaid se leva vivement, ajustant sa cravate-cordon.

– Il ne faut pas pousser, détective Taylor.

* * *

Pendant que Napoleon Carter et son équipe inspectaient méticuleusement l'appartement de Dudley Kincaid, Kate et Taylor se relayèrent pour étudier les faits et gestes de celui-ci. Mais après s'être écrié : « On se croirait en Russie communiste sous Staline ! », il était resté assis à son bureau près de la fenêtre du salon, sans même un regard pour la fouille en cours. Il avait mis du papier dans sa machine à écrire et s'était mis à taper à deux doigts, sur un rythme rapide et régulier.

Lorsque Napoleon Carter voulut voir les vêtements qu'il avait portés pour la fête, il se leva, gagna sa chambre et les lui montra du doigt. Il signa avec une indifférence apparente la demande d'autorisation d'emprunter son pantalon et sa chemise. Il consentit à la confiscation des médicaments rangés dans la salle de bains et de la nourriture stockée dans la cuisine. Le visage impassible, il accepta de cracher un peu de salive sur un morceau de gaze en vue d'une analyse.

L'équipe ne trouva rien de particulier, à part une cachette pour des magazines et des cassettes pornographiques dissimulés au fond de la commode de sa chambre. Kate, pressentant que les résultats des analyses toxicologiques ne donneraient rien, demeura sombrement assise dans le salon, malgré le cliquetis de la machine à écrire qui lui tapait sur les nerfs. Elle sentait Kincaid leur échapper en tant que suspect.

– Je devrais remercier la bande de singes que vous êtes, lui dit-il, souriant à sa vieille Underwood sans cesser de taper. Vous avez anéanti mon blocage. J'ai un sujet de scénario. Les mots coulent tout seuls.

Son instinct lui souffla qu'elle ne voulait pas connaître le sujet de ce scénario.

– Cela fait trop longtemps que les historiens, la presse et les auteurs libéraux ont le champ libre, reprit-il avec délectation. Depuis des dizaines d'années, on attend un bon vieux scénario *sincère*. Et n'allez surtout pas croire que je ne pourrai pas le faire produire.

Une fois sorti de chez Kincaid, Kate s'appuya au mur.

– Pour l'instant, j'ai mon compte, Ed, confia-t-elle à Taylor.

Lui ne ferait jamais ce genre d'aveu. Dans leur relation inégale, il préservait jalousement sa fierté masculine. Il émit un long bâillement sonore en guise d'assentiment.

– Ouais et de nouvelles réjouissances nous attendent demain, professa-t-il.

* * *

Une demi-heure plus tard, Kate était de retour à la maison. Elle contempla les livres posés sur la table basse, compagnons patients attendant qu'elle s'y intéresse. Elle se versa un scotch avec glace, espérant ne pas être trop fatiguée pour pouvoir dormir, et repensa à un article lu récemment, où elle avait appris qu'elle avait tout à fait le profil du sujet enclin aux problèmes d'alcool : vie solitaire, absence de relation affective digne de ce nom, métier stressant.

Elle termina son verre, brancha le réveil et se mit au lit pour la première fois depuis le matin de Thanksgiving, c'est-à-dire trente-six heures plus tôt. Elle dormit d'un sommeil agité, perturbé par les images kaléidoscopiques d'yeux injectés de sang, d'un enfant braquant un pistolet contre sa tempe, d'une femme ligotée et bâillonnée à l'aide de pellicules de film. À l'aube, elle sombra dans un sommeil encore plus profond et ces images furent supplantées par la vision érotique d'une femme élégante à l'allure aristocratique dont le visage et le corps mince rayonnaient de force et de confiance.

15

Le matin suivant, elle retrouva Taylor à la Division Wilshire, puis ils se rendirent à l'USC Medical Center.

Dans la salle d'autopsie, des médecins légistes murmuraient autour de Kate dans leur micros. Derrière elle, une scie électrique ouvrant un crâne poussait ses gémissement stridents. Elle se concentra sur les opérations qui se déroulaient devant elle, respirant par la bouche en essayant d'oblitérer son sens olfactif.

Geoff Mitchell portait un tablier de plastique par-dessus sa blouse kaki et deux paires de gants superposées – le sida était très présent dans les esprits. Mais à l'inverse de certains de ses collègues, il officiait sans masque, respirant par la bouche avec l'aisance de l'habitude.

Taylor se tenait près de Kate, les bras croisés sur sa blouse de protection, et faisait passer son poids d'un pied botté à l'autre en observant avec elle ce qui se passait sur la table d'acier immaculée devant eux. Le cadavre d'Owen Sinclair était ouvert. Mitchell examinait et pesait ses organes tout en murmurant dans son micro.

– Curieux, fit-il en levant la tête, le front barré jusqu'à la racine des cheveux par de fines rides. La congestion des intestins est parfaitement compatible avec l'empoisonnement à la strychnine, mais le foie présente une dégénérescence prononcée, avec de multiples hémorragies dans les tissus conjonctifs, et les reins présentent une néphrite.

– Et alors ? demanda Taylor avec un haussement d'épaules traduisant son ignorance.

– Alors cela implique la présence d'un deuxième agent toxique.

Abasourdie et déconcertée par cette information, Kate en oublia de respirer par la bouche et faillit vaciller sous l'assaut des odeurs de produits chimique et de putréfaction qui la cernaient.

– Vous avez une idée de ce que c'est, Mitch ? parvint-elle à articuler.

– Pas encore, répondit le médecin en secouant la tête.

– Écoutez, intervint Taylor. Ce type buvait. Le foie pourrait…

– Ed, son foie présente bel et bien un certain degré de statéose, c'est-à-dire une surcharge graisseuse due à l'abus d'alcool, expliqua patiemment Mitchell. Mais cette dégénérescence est différente. Et typique.

– Merde, commenta Taylor. Il nous manquait plus que ça.

– Nous vous appellerons, annonça Mitchell en guise d'adieu.

Kate haussa les épaules d'un air résigné. Les résultats définitifs de l'autopsie ne seraient pas connus dans l'immédiat car les examens toxicologiques sur les prélèvement tissulaires allaient prendre au minimum deux semaines.

* * *

Fidèle à son rituel post-autopsie, Kate rentra chez elle prendre une douche bien chaude et réconfortante, puis alla respirer un sachet de poivre afin de provoquer un fort éternuement pour expurger de ses sinus les remugles de la salle de dissection. Elle passa ensuite des vêtements propres et reprit le chemin du commissariat, les vitres de la Plymouth grandes ouvertes par cette matinée inhabituellement chaude de novembre.

Elle ralentit l'allure sur Venice Boulevard pour admirer la ligne des jeunes érables bordant le sobre bâtiment de brique de la Division Wilshire. Ils lui renvoyaient l'écho de sa jeunesse passée dans le Michigan, mais sous ce climat inhabituel, ces quelques arbrisseaux chétifs étaient encore couverts de feuilles jaunes teintées de rouge flamme, alors que les grands érables du Michigan étaient déjà dénudés et parsemés de flocons de neige. Elle emprunta l'allée menant au parking derrière le commissariat et salua Sue Powell et son équipier Randy Jarvis, qui rentraient de patrouille.

Le calme régnait dans la salle des détectives. Six d'entre eux travaillaient en manches de chemise à la table des Crimes contre les Personnes et épluchaient des monceaux de documents, tête baissée, en pleine concentration. Taylor était le seul occupant du coin dévolu aux trois équipes des Homicides. Assis à son bureau, des papiers jusqu'aux coudes, le combiné du téléphone plaqué à l'oreille, il bâillait en se frottant les yeux du pouce et de l'index. Elle sortit son carnet, suspendit son sac au dossier de la chaise de son bureau, face à celui de Taylor, et s'y installa. Ses dossiers étaient bien organisés, empilés au cordeau et par ordre de priorité, en tas successifs qui s'alignaient à l'extrémité du plateau. Mais malgré cela, elle éprouvait toujours cette lassitude immense et familière à la pensée qu'il y en aurait toujours d'autres.

Taylor raccrocha le téléphone avec fracas et fit rouler sa chaise jusqu'à elle, le dossier Owen Sinclair en main.

– Le NLETS * nous a envoyé les renseignements sur Sinclair, dit-il. Les noms qu'il a donnés. Je n'ai rien trouvé là-dedans, Kate.

– Revoyons ce que nous avons déjà, suggéra-t-elle en hochant la tête.

Il s'adossa et croisa les doigts derrière la tête.

– Tu peux me croire, c'est Kincaid.

– Je voudrais bien, répondit-elle en soupirant. Mais au cas où les résultats d'analyse sur les Camel seraient positifs, n'importe quel procureur te dira qu'elles auraient pu se trouver là avant, ou y avoir été placées à dessein.

– Nap et ses hommes trouveront quelque chose.

Elle aurait aimé partager sa confiance.

– Certains éléments ne concordent pas, dit-elle en ouvrant son carnet. Nous n'avons relevé aucune incohérence dans la déposition de Kincaid et ça me tracasse.

– Kate, on sait très bien qu'il avait tout préparé en détail. Et que cet enfoiré est malin.

– Alors il n'y aura rien chez lui. Et il serait trop malin pour avoir laissé des mégots dans un cendrier chez la victime.

– Même les malins font des erreurs, répliqua Taylor en haussant les épaules.

– Alors pourquoi aurait-il pris la photo, Ed ? Pourquoi l'aurait-il enlevée du cadre ?

– L'amour, répondit-il avec un sourire et un haussement d'épaules. On sait qu'il est dingue de McCarthy.

– Alors il serait malin dans ses déclarations à la police mais débile au point de laisser traîner des cigarettes ?

Elle secoua la tête.

– Tu crois qu'il y a un lien avec cette histoire de jour férié ? demanda-t-il.

– Comment cela ? fit-elle en l'observant avec intérêt.

– Si Kincaid avait les clefs de chez Sinclair, pourquoi est-ce qu'il a décidé d'attendre le jour de Thanksgiving pour l'empoisonner ?

– Il se fichait sans doute du jour. La grande question demeure : pourquoi ne l'a-t-il pas tout bêtement empoisonné chez lui ? Pourquoi le faire en public, là où chacune des dix personnes présentes aurait pu le voir ?

---

* *National Law Enforcement Teletype Service*, l'un des systèmes d'échange d'informations entre les divers et nombreux services de police US. NdT.

– Facile, répondit Taylor avec fermeté. Pour le plaisir. Tout ça, c'était pour le plaisir. Faire ça sous le nez de tout le monde, ça ajoutait du piment.

– Ed, tu trouves vraiment que c'est le genre de Dudley Kincaid de se faire plaisir ?

– C'est le genre de n'importe qui, répondit-il platement, ce qu'elle interpréta comme un reproche.

– On a beaucoup de travail, dit-elle en consultant la liste inscrite sur son bloc. Interroger Jeremiah Ashton.

– Ouais, mais c'est une perte de temps, déclara Taylor. Il ne dira rien du tout.

– Vérifier les menottes, les magasins qui en vendent, leurs registres. Les disquaires – ce disque d'opéra était encore dans son emballage, ce qui signifie qu'il était neuf. Un vendeur se rappellera peut-être de l'acheteur.

– Le côté chouette du travail de police, grommela Taylor.

– Il faut allez voir ses ex-femmes et ses enfants. Tous les locataires du Beverly Malibu qu'on n'a pas encore eu le temps d'interroger, plus revoir tous ceux qu'on a déjà vus.

Taylor grogna. Kate entendit son nom sur le système d'appel, décrocha son téléphone et annonça ses nom et grade.

– Kate, c'est Joe, du labo, répondit D'Amico.

Son ton était très professionnel, beaucoup de ses collègues ignorant leurs liens d'amitié.

– Comment vas-tu ? demanda-t-elle d'une voix tout aussi neutre.

– Nous avons des résultats dont vous pourriez avoir besoin dès maintenant, Ed et toi. Dans un gobelet en plastique provenant d'un sac poubelle étiqueté *Déchets Benne Fête*, on a relevé des traces de strychnine dans un fond de bourbon. La teneur est de 0,30 gramme, dose fatale selon tous les critères.

Elle transcrivait à toute vitesse.

– Kate, nous avons trouvé autre chose. Dans une bouteille de bourbon de marque Kitchen Counter prise chez la victime. Trioxyde d'arsenic. 2,6 milligrammes.

Elle regarda sans le voir son calepin.

– Nous prévenons le coroner, ajouta D'Amico.

– L'autopsie a eu lieu ce matin, dit-elle mécaniquement, les pensées se bousculant dans sa tête. Sais-tu si… non, ça n'a pas d'importance, j'appellerai Mitchell. Merci Joe. Nous apprécions ton geste.

Elle répéta cette conversation à Taylor tout en composant le numéro de l'USC Medical Center, s'identifia et demanda le Dr Geoff Mitchell.

Il fallut à peine quelques instants pour que celui-ci prenne la communication et annonce d'une voix joviale où perçait l'ironie :

– Je viens tout juste de le recoudre et, non, je n'ai pas encore la réponse.

– Mitch, dit-elle précipitamment, le labo a trouvé… (Elle lui lut ses notes, le nom des poisons et les doses.) Ce trioxyde d'arsenic pourrait-il être le second agent toxique dont vous parliez ?

Il y eut un silence au cours duquel elle imagina le front plissé de Mitchell plongé dans la réflexion.

– Une si petite quantité d'arsenic, médita-t-il, il aurait fallu qu'il en prenne pendant un bon bout de temps pour faire apparaître ces lésions. Mais…

– Combien de temps ?

– Plusieurs mois. Mais Kate, il n'y a aucun signe évident d'amaigrissement…

– Si justement, il a maigri au cours des derniers mois, nous avons un témoignage dans ce sens. Et si les doses étaient assez légères pour ne pas être fatales… Mitch, si on ingérait une quantité semblable pendant une certaine période, quels pourraient être les symptômes quotidiens ?

– Très certainement des gastrites. Des nausées, des diarrhées, peut-être des vomissements occasionnels. Kate, il faudra voir avec les analyses tissulaires…

– Bien entendu, Mitch. Je le sais. Et merci.

Elle raccrocha et rapporta les déclarations du médecin à Taylor.

– Il aimait boire… fit-elle, digérant encore les dernières informations. On l'empoisonnait déjà avant de le tuer, on l'a torturé tous les jours de sa vie pendant des mois et des mois…

Taylor émit un sifflement.

– Bon Dieu, celle-là, on devrait la coller dans les traités de psychiatrie. Kincaid devait en vouloir plus qu'à mort à cet enfoiré.

Le meurtrier d'Owen Sinclair, quel qu'il soit, l'avait haï avec une sauvagerie sans pitié dépassant tout ce qu'elle avait vu dans sa carrière. Et, à moins que Napoleon Carter ne débusque une preuve irréfutable, le tueur n'était pas Dudley Kincaid, elle le sentait au plus profond d'elle-même. Mais alors… qui ?

16

À la sortie du commissariat, Kate prit à l'ouest, préférant les rues en surface à l'autoroute de Santa Monica. Le soir tombait, la fatigue la gagnait et la déprime aussi, à la vue des vitrines de Noël des boutiques où l'on se pressait déjà. Ses pensées furent désagréablement distraites par les reflets éblouissants d'un arbre de Noël perché au sommet d'un immeuble. Elle passa en revue les cinq jours écoulés depuis l'autopsie d'Owen Sinclair. L'entretien avec Jeremiah Ashton restait en souffrance, sa gouvernante hispanique l'avait informée de son accent musical que le Senor s'était absenté depuis octobre pour passer des vacances studieuses en Crète et rentrerait peu après le Jour de l'An. Taylor et Kate devraient attendre son retour sur le sol américain.

Les filles de Sinclair, qui vivaient l'une à New York, l'autre au Texas et la troisième à Chico en Californie, avaient eu peu de rapports avec leur père pendant ces vingt dernières années. Elle se montrèrent choquées par les circonstances de sa mort mais sans manifester beaucoup de chagrin.

– Aucune de nous n'était proche de lui, avait assuré la californienne. Béni soit notre sauveur Jésus-Christ d'avoir amené l'amour dans ma vie car j'ai eu un père abominable. Je ferai mon devoir de chrétienne en venant m'occuper du service funéraire, pourtant, lui n'aurait même pas songé à m'en remercier.

Toutes avaient affirmé ignorer les détails de son témoignage devant la Commission, même si cette controverse avait empoisonné leur enfance.

– Nous avons essayé de laisser tout cela derrière nous, avait déclaré celle qui habitait Houston et parlait du nez.

Des trois ex-femmes de Sinclair, Margaret était morte ; Louise, remariée et veuve depuis longtemps, était en convalescence dans un hôpital de Woodland Hills ; Vivian partageait un appartement exigu et délabré sur Cherokee, à Hollywood, avec une femme plus âgée et handicapée, Gladys. Les deux femmes n'en étaient pas à leur première bière à l'heure où Taylor et son équipière était arrivés pour les interroger, en début d'après-midi le mercredi. Vivian avait affirmé en savoir peu sur le passé politique de son ex-mari :

– Ces saloperies-là, il les a faites avant moi, avait-elle dit.

Elle ne savait pas non plus s'il avait des ennemis.

– Ouais, il en avait des tas y a vingt piges, mais tout le monde s'en branle, maintenant.

Elle avait les bras et les jambes grêles plantés sur un corps en forme de ballon. Son visage sillonné de rides et de cratères témoignaient de son existence. Elle ne posa aucune question sur la mort de celui qui avait été son mari durant neuf ans et ne manifesta d'intérêt qu'à l'égard de son testament.

– À notre connaissance, l'informa Kate, il est mort sans en avoir rédigé.

– Le fric, avait marmonné Vivian d'une voix pâteuse, ce putain de fric. Le temps qu'les avocats s'en mêlent, y reste juste assez pour un pack de bières.

Kate engagea sa voiture personnelle – une Nova – sur La Cienega et retrouva les décorations de Noël. Taylor et elle avaient appelé les numéros du carnet d'adresses de Sinclair. Ceux qui répondirent n'avaient jamais entendu parler du mort, ou bien ne l'avaient pas vu depuis des années. Le ratissage du voisinage du Beverly Malibu n'avait strictement rien donné. L'interrogatoire des locataires absents le jour du meurtre ne leur fournit aucune information supplémentaire, à part des commérages. Les menottes utilisées pour attacher Sinclair à son lit de mort étaient en fait d'un type courant vendu dans les sex-shops ou les magasins d'accessoires de théâtre et, si l'un des occupants de l'immeuble figurait parmi leurs clients, les deux policiers devraient user leurs semelles avant de le découvrir.

Dudley Kincaid demeurait leur suspect n° 1. On analysa sa salive sur une des Camel retrouvée chez Sinclair. Le résultat sembla accréditer leur thèse, mais l'interrogatoire qui s'ensuivit amoindrit la valeur potentielle de cet élément. Il avait plusieurs fois eu l'occasion de fumer chez la victime récemment, avait-il précisé d'un air suffisant. D'ailleurs, il s'était rendu chez Sinclair la semaine précédente pour lui prêter une brochure obtenue grâce à *La Voix de l'Amérique,* une émission de la station de radio KIEV. Le pamphlet devait encore y être. Effectivement, *Comment les Rouges reviennent envahir Hollywood* gisait sous une pile de magazines, dans le salon.

Si Kate avait du mal à considérer sérieusement Kincaid comme suspect n° 1, elle ne trouvait pas de meilleur candidat. Parmi tous ceux qui avaient assisté au repas de Thanksgiving et approché Sinclair, à qui pouvait-on imputer un mobile assez fort pour commettre un meurtre ? La propriétaire, Hazel Turner ?

Mildred Coates, la vieille monteuse ? L'actrice Maxine Marlowe ? L'historien Parker Thomas ? Paula Grant ?

Dorothy Brennan, relativement nouvelle dans l'immeuble, ne comptait pour ainsi dire pas. Un second entretien leur avait fourni des renseignements complémentaires sur son passé et ils avaient obtenu parallèlement une copie de son contrat de travail chez Dayton Room Dividers, son dernier employeur. Les éléments qui y figuraient étaient cohérents : elle avait vécu à la même adresse à Silverlake pendant les quatorze dernières années, son veuvage datait de 1974, et elle avait tenu une série d'emplois de bureau.

Quant à Paula Grant... Kate se rendait justement chez elle. Elle n'avait pas téléphoné pour prévenir de son arrivée et n'avait pris conscience de son intention d'y aller qu'une fois à bord de sa voiture, garée sur le parking de la Division Wilshire.

* * *

Hazel Turner se tenait dans l'étroit halo de lumière dispensée par l'ampoule sur le seuil du Beverly Malibu et cueillait une fleur dans les buissons jumeaux d'oiseaux de paradis. Elle agrippa Kate par la manche de sa veste.

– Il faut qu'on sache ce qui se passe. C'est Dudley ? C'est pour ça que vous l'avez embarqué ? Pourquoi vous l'avez relâché, alors ?

Kate essaya de la calmer :

– Nous enquêtons toujours, Hazel. Et nous ne pouvons arrêter personne sans preuves suffisantes.

– C'est bien naturel, répliqua Hazel. Mais tout le monde est très nerveux, vous savez.

– Oui, dit Kate gentiment. Nous faisons de notre mieux.

Elle longea le hall du premier étage, s'arrêta devant chez Paula Grant, hésita, puis continua jusqu'à l'appartement de Sinclair. Elle contempla les scellés sur la porte comme elle aurait consulté des instruments de divination, puis rebroussa chemin, rajusta sa veste et sonna chez Paula Grant.

Il ne se passa rien durant de longs instants, puis une voix qui ne ressemblait pas à celle de l'ancienne scripte fit :

– Oui ?

– C'est Kate. Kate Delafield.

Elle entendit un bruit de verrou qu'on pousse et Paula Grant apparut, un sourire convenu aux lèvres, le regard perdu dans le vague derrière Kate. Un long kimono de soie couleur crème retenu par une ceinture vert de jade enveloppait sa silhouette gracile et élégante.

– Je suis vraiment navrée, balbutia Kate, confuse et désorientée, se sentant toute bête.

– Entrez, ma chère, invita Paula avec une douceur veloutée que Kate n'avait encore jamais perçue dans les tons graves de sa voix.

Une main fraîche prit celle de Kate et l'entraîna dans la pièce. Kate entra dans le salon plongé dans la pénombre où flottait un parfum de lavande et de cire fondue. Sur la table basse, de petits cierges à la flamme vacillante dans des bougeoirs en cristal formaient un cercle lui-même entouré de plusieurs photographies et de deux verres à vin en argent dotés d'un très long pied.

Les cierges, les photos, le vin, la robe. Une cérémonie. Kate s'était immiscée dans l'intimité absolue d'une cérémonie.

– Je... j'aurais dû appeler.

Kate trébuchait sur les mots et se faisait l'effet d'une intruse, au même titre qu'un cambrioleur.

– Ce n'est rien, assura Paula de sa voix de velours. Je savais que vous comprendriez, sinon je n'aurais pas ouvert. Asseyez-vous là.

Elle fit un geste en direction du canapé, face au cercle de bougies, de photos et de verres.

Kate aurait voulu être ailleurs. Ignorant quel comportement adopter, elle alla s'asseoir avec précaution à l'endroit désigné. Son regard se porta involontairement sur les photos. Toutes représentaient la même blonde aux cheveux bouclés, à divers âges allant de l'adolescence à une petite soixantaine d'années.

– Mon Alice, dit Paula. Aujourd'hui... est un anniversaire.

– Je vois, parvint à dire Kate.

– Cela fait maintenant cinq ans qu'elle est partie.

Anne aussi. Kate hocha la tête.

– Nous étions la première l'une pour l'autre, reprit Paula dans un souffle. Il n'y en a pas eu d'autre avant elle. Pour moi, elle était la seule, pour toujours.

Kate s'était débarrassée des affaires d'Anne. Elle se remettait doucement d'Anne. Elle apprenait à vivre sans Anne. Elle ne dit rien. Paula ne demandait pas un colloque, elle voulait parler.

– Moi aussi, j'ai été la première et la seule pour Alice. Comme les cygnes, nous nous sommes rencontrées pour la vie. Pour toujours. Comme les cygnes.

Kate commença à se lever. Elle voulait sortir d'ici. Tout de suite.

– Vous avez des questions importantes, je le sais, dit Paula qui s'était assise près d'elle. Je comprends et Alice aurait compris elle aussi. Puis-je vous aider ?

Le travail. Oui, voilà, le travail, dont elle s'était servi comme prétexte à sa visite. Elle sortit de son sac la photocopie d'un document informatique et énonça avec difficulté :

– Cette liste est... ce sont les gens qu'Owen Sinclair a dénoncés. Connaissez-vous l'un d'entre eux ?

Paula posa la feuille à plat sur la table basse, au pied d'un petit cierge, et la lissa d'un doigt qui projeta sur le papier une ombre vacillante.

– Cher, très cher Sam Ornitz, murmura-t-elle. Et, oui, Lester Cole. Adrian Scott... Ring Lardner, Jr... Dalton Trumbo... Kate, les cinq premiers faisaient partie des Dix de Hollywood, ils sont allés en prison pour avoir défié la Commission.

Kate hocha la tête. Ce document provenait du dossier envoyé par le FBI. Elle sentit les larmes monter dans sa gorge et les ravala.

– John Garfield, vous le connaissez, bien sûr. Et Gail Sondergaard, l'actrice. Et Howard Da Silva. David Lang faisait des dessins animés. Marguerite Roberts était scénariste, elle est âgée et très malade. D'après ce qu'on m'a dit la dernière fois que j'ai entendu parler d'elle, elle vit à Santa Barbara...

En même temps que Paula, Kate lut les derniers noms de la liste :

John Robert Campbell
Randall Marlowe Reese
Alistair Todd Smythe
Gillian Anne Smythe
Martin Brooks Smythe
Meaghan Dorothea Smythe
Robert Michael Tonelli
Louise Brenda Tonelli

– Alistair Smythe, cela me dit quelque chose, dit Paula. Mais les autres, rien du tout.

– Il a été identifié comme acteur.

– Ah. Oui. Mais au théâtre. Un protégé de Chaplin. Je crois qu'Alistair Smythe avait sa propre troupe à Hollywood, dans les années cinquante.

– Merci, dit Kate en se levant prestement. Je suis tout à fait navrée de vous avoir dérangée.

Elle parvint à s'enfuir de cet appartement et échapper à cette femme dans la vie de laquelle il n'y avait pas de place pour elle.

Paula la raccompagna à la porte. Kate se retourna pour lui souhaiter bonne nuit et vit dans ses yeux que Paula n'avait pas vraiment pris conscience de sa présence.

* * *

Kate traversa Beverly Hills à vive allure par Wilshire Boulevard. Les éclairages publics étaient décorés de sapins et de rennes. De l'autre côte du boulevard, des bonshommes de neige et des patineurs en carton étalaient leurs lumières éblouissantes devant des cheminées fumantes.

Le pire jour de sa vie, et de loin, avait été celui de l'enterrement d'Anne, celui où elle était définitivement partie. Mais cette soirée n'arrivait pas loin derrière.

17

Kate referma la porte de son appartement et y demeura un moment appuyée. Puis elle laissa tomber le courrier sur la table basse et alla dans la chambre troquer ses vêtements contre un jean délavé et un grand pull.

Elle jeta un coup d'œil apathique aux plats surgelés du compartiment congélateur et sortit un bac à glace. Elle allait se servir un scotch, mettre de la musique et réfléchir à son dîner. Lena Horne, c'était un soir à passer du Lena Horne.

L'interphone sonna. Sa montre indiquait dix-neuf heures trente. Un témoin de Jéhovah ? Encore un jeune qui vendait des abonnements de presse ? Elle pressa le bouton de communication de l'appareil :

– Oui ?

– C'est Aimee Grant. Je pourrais vous voir une minute ?

Aimee Grant ? Qu'est-ce qui... Elle appuya sur la commande d'ouverture.

La jeune femme portait une veste marron foncé en cuir souple aux épaulettes surdimensionnées, un pantalon noir large rentré dans des bottines. Dans l'embrasure de la porte d'entrée, elle avait l'air encore plus jeune que dans le souvenir de Kate.

– Désolée de vous déranger, dit-elle avec un regard qui se posait partout sauf sur le visage de Kate.

– Pas de problème, répondit Kate en s'écartant pour la laisser entrer. Comment avez-vous su où j'habitais ?

– Vous avez laissé vos coordonnées téléphoniques chez ma tante, expliqua Aimee avec un haussement d'épaules, l'air penaud. Je travaille pour un cabinet d'avocats, j'ai cherché dans le bottin croisé des adresses et numéros de téléphone. Ensuite, je suis venue et j'ai regardé sur les boîtes aux lettres.

Kate hocha la tête. Il n'y avait plus d'intimité, de nos jours. Elle ne demanda pas à Aimee pourquoi elle n'avait pas passé un simple coup de fil, elle non plus n'avait pas prévenu Paula Grant en début de soirée. Peut-être Aimee recherchait-elle un contact visuel, tout comme elle, et n'avait pas voulu prendre le risque d'un refus.

– Asseyez-vous, dit-elle sur un ton chaleureux et hospitalier, ne voulant pas voir cette visite tourner au désastre, comme son intrusion chez Paula Grant.

– C'est sympa, ici, fit Aimee. J'aime bien tout ce bois.

– Merci, répondit Kate, sans parvenir à se rappeler la dernière fois qu'elle avait reçu un visiteur. J'allais prendre un scotch. Vous m'accompagnez ? C'est tout ce que j'ai à vous proposer.

– Oui, oui.

– Avec de l'eau ?

– Ce que vous avez.

À son retour, Aimee avait posé sa veste sur une chaise et examinait à genoux une cassette. Son pull bleu amena une autre image dans l'esprit de Kate, celle de la minceur austère de Paula Grant. La jeunesse épanouie du corps d'Aimee n'offrait aucune ressemblance, à part les épaules très droites.

– Keely Smith, dit Aimee. Vous avez des trucs bien, mais elle, je ne la connais pas.

Elle rangea la cassette et, tête baissée, parcourut un circuit sinueux pour rejoindre Kate sur le canapé. Tenant son verre à deux mains, elle l'observa un instant avant de boire une gorgée. Son expression n'avait pas changé, mais on voyait qu'elle frissonnait un peu.

– Vous préféreriez peut-être un scotch à l'eau, suggéra Kate avec un sourire.

Aimee leva enfin les yeux vers elle.

– Vous avez un sourire magnifique, vous savez. (Ses lèvres formaient une ligne tendue.) En fait, je n'ai pas besoin de boire.

Que voulait-elle donc ? Pourquoi était-elle venue ici ?

– Vous habitez dans les environs, non ? demanda Kate pour la mettre à l'aise.

– Brentwood, répondit Aimee avec un geste vague de la main. On partage un appartement à trois. Impossible de payer le loyer autrement.

Kate hocha la tête pour l'encourager à poursuivre. Cette jeune femme, quelle que soit la raison de sa présence ici, lui apportait une distraction bienvenue.

– Qui sont les autres ?

– Cheryl et Jennifer. Joanie est partie.

Elle ramassa un des livres que Joe D'Amico avait prêtés à Kate pour l'étudier. Elle le reposa et rejeta ses cheveux en arrière d'un mouvement de tête. Leurs regards se rencontrèrent. Aimee détourna le sien.

– On était ensemble, et puis j'ai découvert qu'elle se shootait. Ça ne vous ennuie pas que je vous raconte ça ?

– Pas du tout, assura Kate en secouant la tête.

– Parce que vous êtes flic et tout et tout... Je ne peux pas raconter ces trucs-là à ma tante. Joanie changeait d'endroit pour se piquer, alors je ne le voyais pas.

– Oui, certains camés font ça.

– Et son comportement, des fois... Je pensais que c'était de la mauvaise humeur. (Elle haussa les épaules.) Qu'est-ce que j'ai été bête.

– Mais non. Les drogués apprennent à tromper leur monde.

– Ouais, enfin, je me suis aperçue qu'elle avait couché avec un million de gens, même des hommes. J'ai passé le test du sida. Vous avez déjà attendu le résultat d'un test du sida ?

– Non, mais j'en connais qui ont vécu ça.

– Vous êtes sûre de ne pas l'avoir ? Beaucoup de gens se racontent des histoires.

– Pas moi, répondit Kate d'une voix égale.

La sécurité constituait le seul bon côté du désert de sa vie sentimentale, ces dernières années.

Le visage lisse d'Aimee s'ombra soudain de quelques lignes naissantes.

– Je ne peux pas supporter l'idée de perdre des gens que j'aime. J'ai du mal à supporter la présence de Houston.

Kate parvint à dissimuler sa surprise et son désarroi.

– Toute cette intelligence, reprit Aimee. Sans parler de sa beauté. Ce n'est pas bien, et pas juste. Vous saviez qu'il était chercheur chez Cal Tech ?

Kate se souvint de l'extrême minceur du jeune Noir, de sa dignité, de la vaillance, et secoua la tête.

– Comment va-t-il ?

– Mieux. Il a eu une pneumonie, mais ses médicaments ont l'air de lui faire du bien.

– Et Cyril Crane, il... va bien, dit Kate, réussissant à tourner sa phrase en une affirmation teintée d'espoir.

– A priori. J'aime beaucoup M. Crane.

Kate approuva de la tête, partageant cette opinion. Aimee la regarda et elle fut saisie par la vulnérabilité des yeux bleu violet, qui avaient la même forme, vit-elle soudain, que ceux de Paula Grant.

– J'ai besoin d'aide, murmura la jeune femme. Ce type mort... je revois sans arrêt son visage. Je n'arrive pas à dormir sans qaalude. Je suis désolée, je sais que vous êtes flic, mais c'est la seule manière d'arriver à le faire sortir de mon esprit un moment. (Sa voix était à peine audible.) Vous aussi, vous l'avez vu. Cette figure, ces yeux pleins de sang... et vous avez fait plus que le voir. J'ai besoin de savoir, c'est important... Comment arrivez-vous... Qu'est-ce que vous faites ?

Kate sentit une brèche périlleuse s'ouvrir dans ses défenses. Elle ramassa son verre, puis le reposa, sachant que la force et la chaleur de l'alcool l'affaibliraient davantage.

– J'ai démarré ma carrière dans la police au service des jeunes délinquants, dit-elle. (Les mots semblaient couler tout seuls.) J'ai vu des enfants brisés, des jeunes abîmés, handicapés par la vie. J'ai entendu beaucoup d'histoires atroces, j'ai vu tant de souffrance. Et pour finir, je me suis sentie... totalement impuissante.

– Si j'étais une de ces gosses, dit doucement Aimee, j'aimerais tomber sur une femme-flic comme vous.

– Pas sûr, rétorqua Kate en secouant la tête. Certains policiers sont formidables avec ces jeunes et ils ont l'air bien plus efficaces que moi. L'autre jour, j'ai revu une victime d'agression sexuelle... elle a été violée dans la rue, à quatorze ans, il y a sept ans. Comparé à d'autres, son agresseur était un « gentil » violeur. J'ai fait mon possible pour m'occuper d'elle, mais Francine avait toujours le même regard que la nuit du viol. Un regard hanté.

Kate ne pouvait trouver les mots pour dépeindre la vacuité des yeux sombres qui ressemblaient tant aux cratères d'obus du

Vietnam. Elle ne pouvait exprimer sa tristesse, ni sa certitude que Francine Pritchett emporterait ce vide dans la tombe.

– Cette fille a redonné un sens à mon travail aux Homicides, reprit-elle. Les victimes d'assassinat ne me blessent pas. Les morts ne me disent pas ce que cela signifie pour eux, et je ne peux pas leur nuire. Aimee… cela vous aiderait peut-être de vous dire qu'au moment où nous l'avons vu, vous et moi, tout était terminé pour lui, quoi qu'il ait pu endurer.

Aimee soupira et hocha la tête.

– Oui mais vous, soupira Aimee en hochant la tête, vous pouvez trouver le coupable.

– Oui.

Kate reprit son verre et but une gorgée. Elle avait soudain besoin de la chaleur du breuvage, pour s'ouvrir davantage.

– Je supporte de regarder la victime d'un homicide parce que mon devoir est clair et net. Je dois faire mon possible pour conserver à cette personne son ultime dignité et garantir, même dans la mort, ses droits fondamentaux. Je dois rechercher le meurtrier d'Owen Sinclair, sans compter les efforts ni le temps pour y parvenir.

– Détective Delafield, dit Aimee comme si elle examinait chaque syllabe. Vous êtes très spéciale.

Déstabilisée par le regard direct de son interlocutrice et son admiration non dissimulée, Kate voulut se détourner l'attention de sa personne.

– Que faites-vous dans ce cabinet d'avocats ?

– Je suis juriste. Droit du spectacle.

– Intéressant, dit Kate d'une voix qui ne lui parut pas venir d'elle-même.

Elle reprit une gorgée de scotch. Aimee continuait de parler, mais elle avait du mal à se concentrer sur les mots, les yeux rivés sur les mains de la jeune femme. Elle se souvint de sa première entrevue avec Paula et de la réflexion qu'elle s'était faite à propos de la similitude de forme et de finesse entre les mains de la tante et de la nièce. Elle se souvint de la fraîcheur de celle qui, plus tôt dans la soirée, avait pris la sienne pour la conduire au sanctuaire dédiée à une autre.

– …revoir les contrats et faire des recherches…

Kate s'obligea à relever les yeux. L'éclat de deux petits diamants sur les lobes délicats dissimulés par la chevelure sombre d'Aimee retint son attention. Elle avait le même port de tête que Paula. La même courbure des lèvres.

– ...agents et des comptables pour le compte de sociétés assez connues comme...

Le nez patricien. Les sourcils droits et brossés. La texture délicate des cheveux. La fermeté du cou, la peau lisse.

Kate baissa le regard sur son verre dans sa main. Il n'y avait donc pas d'échappatoire à Paula ? Même la voix douce possédait certaines inflexions, certains échos du timbre de Paula.

C'était fou. Trois ans plus tôt, elle s'était sentie attirée par une femme qui lui rappelait Anne, alors qu'Ellen O'Neill ne lui ressemblait bien sûr pas le moins du monde. Pourquoi se laissait-elle une fois de plus aller à l'irrationalité ? Au nom du ciel, que lui arrivait-il ? Les paroles d'une chanson à demi oubliée flottèrent dans son esprit. Elles parlaient de l'absence de l'être aimé qui vous poussait à aimer la personne qui se trouvait là. Kate baissa la tête et ferma les yeux.

Elle s'aperçut qu'Aimee s'était levée.

– J'ai l'impression que la journée a été longue, pour vous. Désolée de m'être imposée.

Aimee reprenait sa veste. Aimee s'en allait. Elle ne pouvait pas partir. Kate n'était pas encore prête à la laisser partir, à se retrouver seule. Elle la suivit jusqu'à la porte, cherchant un moyen de la retenir.

Aimee se retourna, face à elle. Kate se sentit hypnotisée par ses yeux, par la beauté et la profondeur de leur couleur. *Elle est belle*, réalisa-t-elle avec un choc.

Aimee prit sa main dans la sienne. La main d'Aimee, qui ressemblait à celle de Paula. Mais chaude. Si chaude...

– Merci, murmura la jeune femme. Venir ici m'a réconfortée...

Elle drapa sa veste sur ses épaules et étreignit Kate.

– Merci, répéta-t-elle. Tu es si...

La chaleur, la douceur du corps d'Aimee la pénétrèrent instantanément. Elle la prit dans ses bras. Les yeux clos, elle pressa sa joue contre le visage d'Aimee pour respirer le parfum doux de ses cheveux. Elle effleura de ses lèvres la peau fine et lisse des pommettes. Ses bras se tendirent. Aimee les lui prit pour les éloigner. Dévisageant Kate avec des yeux arrondis de stupéfaction, elle tâtonna derrière elle, trouva la poignée de la porte, l'ouvrit, et s'en fut.

18

Kate fit glisser un panneau de la fenêtre du salon et contempla d'un œil morose la masse fournie vert bleuté du pin sylvestre qui arrivait à hauteur de son appartement, au premier étage. Cet arbre était l'agrément qui l'avait décidée à louer cet appartement. La ramure épanouie des branchages toujours verts formait un écran aux regards de l'immeuble d'habitation voisin et lui rappelait son Michigan natif.

Elle tendit l'oreille, dans l'attente d'un claquement de portière suivi d'un bruit de moteur au démarrage, d'un crissement de pneus et du vrombissement décroissant d'une voiture, mais seule lui parvint la rumeur habituelle de la circulation sur Montana Avenue, semblable au ressac de l'océan, accompagnée du chant des criquets, des stridulations d'un merle moqueur et de la voix de Nat King Cole qui chantait *The Christmas Song* dans un appartement tout proche.

Tout ce qu'elle avait fait ce soir avait tourné au désastre. Engourdie par un sentiment de tristesse, elle s'appuya au rebord de la fenêtre, incapable de regarder le salon vide.

L'interphone bourdonna.

Comme une automate, elle alla déclencher l'ouverture de l'immeuble, ouvrit la porte de l'appartement et attendit, pétrifiée, qu'on frappe.

Aimee entra, ferma la porte, et laissa tomber au sol sa veste qu'elle portait jetée sur l'épaule.

– J'ignorais que tu avais remarqué mon existence, dit-elle posément. Je suis très attirée par toi, mais je n'étais pas venue pour ça, ce soir. Alors, j'ai eu besoin d'une minute. Pour... changer la voiture de place.

Elle plongea son regard bleu violet dans celui de Kate et se rapprocha de plus en plus tout en faisant glisser ses mains le long de ses bras.

Puis Kate sentit son visage blotti entre son cou et son épaule et enfouit le sien dans la douceur parfumée des cheveux d'Aimee. Adossée à la porte, elle l'attira tout contre elle. La chaleur du corps de la jeune femme alluma un feu qui se propagea à une vitesse exponentielle dans tout son être.

Aimee lui prit le visage entre les mains, sa bouche vint presser la sienne avec douceur et tendresse. Kate ne put s'en tenir à la douceur, elle enlaça son dos et ses hanches, pressa son corps et ses cuisses contre elle. La bouche d'Aimee se fit possessive, sa langue fit monter des vagues de désir et une chaleur intense bien particulière le long des jambes de Kate. La profondeur du baiser fit naître en elle une faiblesse stupéfiante.

Aimee glissa ses mains sous son pull, prit un sein et fit courir sa paume sur le mamelon. Elle rompit le baiser.

– On devrait peut-être aller au lit, dit-elle.

Ce n'était pas une question. Elle ôta ses bottines d'une ruade et se déshabilla à la hâte dans le couloir. Dans l'obscurité de la chambre, elle lui arracha ses vêtements. Les mains sur ses épaules, elle l'allongea sur le lit et coucha son corps nu sur le sien.

Kate savait qu'il lui fallait reprendre le contrôle que cette femme avait pris sur elle. Mais une entité avait pris possession d'elle, la réduisant à l'impuissance sous le corps voluptueux qu'elle tenait dans ses bras et la douceur indicible des seins qui se fondaient aux siens, la peau veloutée des cuisses nichées entre les siennes, le satiné des lèvres pressées contre les siennes, la langue dont les ondulations augmentaient sans cesse son impression d'impuissance.

Jamais une femme ne lui avait fait cela la première, songeat-elle sombrement un moment plus tard, gémissant de plaisir lorsque la main d'Aimee prit son entrecuisse en coupe, que ses doigts la trouvèrent et se mirent à la caresser lentement. Jamais elle n'avait joui la première avec une femme. Mais ses hanches roulaient avec une intensité grandissante sous ces doigts tandis que l'orgasme prenait forme et fondait en elle.

Puis le corps d'Aimee revint sur elle, le triangle sombre et soyeux que Kate n'était parvenue qu'à effleurer plaqué entre ses jambes. Les mains d'Aimee se refermèrent sur ses seins, sa respiration s'entrecoupa et ses hanches se cambrèrent et se tendirent, ses fesses fermes et contractées sous les paumes de Kate.

C'était ainsi que Kate avait toujours joui après avoir mené l'autre à l'orgasme…

Les hanches d'Aimee se tendirent une dernière fois et s'immobilisèrent. Puis elle s'effondra en gémissant. Son corps se fit fondant et moelleux sur celui de Kate. Ses cheveux soyeux balayèrent les joues de son amante tandis qu'elle enfouissait son visage dans l'oreiller, au-dessus de son épaule.

Kate accentua son étreinte, le souffle entrecoupé du désir engendré par le frottement érotique prolongé entre ses jambes.

Avec un murmure comblé, Aimee promena ses lèvres sur les seins de Kate. Sa main descendit bientôt le long de ses jambes. Comme elle le ferait encore et encore cette nuit-là.

* * *

Dans la pénombre du petit matin, Kate se dégagea de la douceur veloutée du corps endormi d'Aimee. Elle gagna la salle de bains et passa sous la douche. Le jet d'eau fraîche qui glissait sur elle resta sans effet sur la chaleur irradiant sa peau. Ses seins étaient gonflés et alourdis. Ses mamelons délicieusement endoloris résonnaient encore des attentions reçues tout au long de la nuit.

Jamais auparavant une femme n'avait pris autant de plaisir aussi longtemps avec ses seins. Jamais auparavant Kate n'avait connu pareille extase une nuit entière. Jamais elle n'aurait cru cela possible. Jamais elle n'en avait éprouvé l'envie. Ou le besoin. Cette nuit avait apporté trop de « jamais auparavant ». S'enveloppant de sa serviette elle retourna dans la chambre.

Aimee était réveillée. Allongée sur le dos, ses cheveux noirs répandus sur l'oreiller, les yeux rivés sur Kate, elle s'assit et secoua la tête pour rejeter quelques mèches venues barrer son visage. Sans cesser de contempler Kate, elle remonta pudiquement le drap sur ses seins, une lueur espiègle dans le regard.

– Viens là une minute.

– Il faut que je m'habille pour aller travailler, répondit Kate. (Elle eut du mal à reconnaître sa propre voix.)

– Je sais, répliqua Aimee en rejetant le drap.

Kate avança vers le lit, comme mue par hypnose, des fourmillements aigus dans les mamelons, un désir irrépressible enflant en elle.

Aimee s'assit au bord du lit et défit la serviette qui tomba au sol. Elle se laissa glisser à genoux. Ses mains chaudes empoignèrent les hanches de Kate.

– Et si je te goûtais, dit-elle, ce qui n'avait rien d'une question.

La bouche d'Aimee ôta toute force aux genoux de Kate. Elle les appuya contre le matelas et saisit d'une main la tête de lit pour s'y soutenir. Le corps tremblant, elle rejeta la tête en arrière. *Je ne m'en relèverai jamais…*

La sonnerie du téléphone retentit.

Évidemment, il fallait répondre, mais seul un temps d'arrêt dans les ondulations paralysantes de la langue d'Aimee le lui permit. Elle lui prit le visage entre les mains pour éloigner sa bouche.

– Ne réponds pas, gronda Aimee.

Kate fit à grand peine le pas qui la séparait de la table de nuit, décrocha le combiné et s'aperçut qu'elle n'avait plus de voix.

– Kate ? Vous êtes là, Kate ?

Elle reconnut le lieutenant Rodriguez, l'officier de permanence.

– Oui, coassa-t-elle. (Elle s'éclaircit la gorge.) Oui, lieutenant.

– Kate, vous allez bien ?

– Très bien. J'ai peut-être… une petite laryngite.

Elle n'osa pas regarder Aimee, de nouveau assise sur le lit.

– J'ai besoin de vous et Ed. Un accident mortel sur Olympic et Fairfax.

– Bien monsieur. Tout de suite.

Elle raccrocha et se pencha pour ramasser la serviette, avec un sentiment de honte naissant. Sans regarder Aimee, elle s'éloigna du lit et alla ouvrir la commode.

– Il faut que je parte. Immédiatement.

– J'ai cru comprendre. Moi aussi ?

– Toi ? fit-elle sans comprendre. Tu dois aller travailler ?

– À neuf heures.

Ayant déjà enfilé slip et soutien-gorge, Kate se sentait un peu plus en sécurité, mais pas encore suffisamment. Sa vulnérabilité sexuelle vis-à-vis d'Aimee Grant dépassait son entendement. Mais au moins, elle recouvrait ses esprits. Dans le placard, elle prit au hasard un pantalon sur un cintre et le passa.

Aimee se leva et s'approcha d'elle. Son corps sensuel luisait d'une lueur pâle. Elle l'embrassa sur la joue.

– Bonjour toi, dit-elle, puis elle fila vers la salle de bains.

Kate s'adossa aux portes accordéon du placard, l'esprit et le corps pris dans un tourbillon.

Elle acheva de s'habiller. Aimee n'était toujours pas ressortie de la salle de bains. Elle frappa à la porte.

– Claque la porte en partant, d'accord ?

– D'accord. Tu seras là, ce soir ?

– Oui. (Puis, comme rien d'autre ne venait, elle ajouta :) Prends du café, ce que tu veux. Laisse ton numéro, je t'appellerai, d'accord ?

– D'accord.

Kate s'enfuit.

* * *

La journée fut étrange. Une part d'elle-même revivait cette nuit extraordinaire, tandis que l'autre s'acquittait de ses tâches avec un détachement compétent et précis.

La fatalité avait frappé un jeune hispanique dont la Corvair avait été éperonnée par la Ford Bronco d'un jeune homme grassouillet tellement défoncé qu'il frisait le coma. La boîte à gants de la camionnette était bourrée de paquets de crack. Kate avait consacré sa matinée et une partie de l'après-midi à prendre la déposition des témoins et placer le suspect en détention pour conduite sous stupéfiants, homicide involontaire et possession de drogue avec intention d'en revendre. Ensuite, en compagnie de Taylor et munie de photographies des locataires fournies par Hazel et prises lors de précédentes agapes, elle avait poursuivi ses visites aux sex-shops qui vendaient les menottes ayant servi au meurtre d'Owen Sinclair.

En rentrant chez elle, Kate avisa sur la table basse un morceau de papier comportant un numéro de téléphone, inscrit en gros chiffres. Elle se rendit à la cuisine pour y jeter un coup d'œil curieux. Si Aimee avait mangé ou bu quelque chose, rien ne l'indiquait. Elle-même n'avait rien mangé depuis la veille. Elle avait pris un thé glacé en guise de déjeuner, et Taylor, avec un rire étonné mais compatissant, avait déclaré qu'à tous les coups elle couvait une grippe.

Elle gagna la chambre et sourit en voyant le lit fait. La scène de leur nuit passionnée arborait un air de virginale innocence.

Des images qui n'avaient rien de virginal s'immiscèrent dans son esprit. Celles de la victime du matin, écrasée par une portière de voiture rouge de sang mêlé de lambeaux de chair. Elle avait besoin d'une bonne douche. Oui, avant toute chose, il lui fallait une bonne douche.

Elle s'enveloppa d'un peignoir en éponge. Ses seins lui semblaient toujours un peu enflés. Mais elle éprouvait encore la même excitation, comme si on avait pincé une corde en elle sans discontinuer depuis la nuit dernière. Elle retourna dans la cuisine se verser un scotch avant d'appeler Aimee.

L'interphone bourdonna.

Ça ne pouvait pas être…

– Oui ? fit-elle.

– Salut, c'est moi.

Aimee, toujours vêtue de sa veste en cuir, un sac d'épicerie dans les bras, passa en coup de vent devant elle en direction de la cuisine.

– Je me suis dit que je pourrais nous faire à dîner, dit-elle en ouvrant le réfrigérateur. Tu devrais balancer ces saloperies. Tu manges très mal.

Bras croisés, Kate s'adossa au placard et observa avec une gêne teintée d'amusement Aimee sortir du sac des pâtes, des steaks hachés, des boîtes de sauce, du pain français et une grande bouteille d'eau gazeuse. La jeune femme était d'une beauté stupéfiante. Et il était tout aussi stupéfiant que Taylor l'ait remarqué avant elle. Mais elle était tellement focalisée sur Paula. Et, oui, les deux femmes se ressemblaient vraiment...

Quand elle eut fini, Aimee se tourna vers elle et l'inspecta ouvertement tout en retirant sa veste. Kate se sentit soudain vulnérable, excessivement consciente de sa nudité sous le peignoir et des vibrations accrues de sa corde intérieure.

Aimee jeta sa veste de côté. Avec un demi sourire, elle fit courir ses doigts dans les cheveux de Kate.

– J'adore les cheveux mouillés.

Ses mains se posèrent sur ses épaules, puis sur le revers de son peignoir.

– Le tissu éponge aussi.

Sans sourire, elle plongea son regard dans celui de Kate et glissa ses mains chaudes sous le peignoir, puis sur ses seins.

Elle dénoua la ceinture, écarta les pans du vêtement, puis porta ses paumes à sa bouche, les humecta et les ramena sur les seins de Kate, passant et repassant sur les mamelons. Sa bouche prit celle de Kate.

Beaucoup plus tard, quand le corps de Kate ne fut plus qu'une onde de désir sous ses doigts, elle rompit le baiser.

– Tu ne veux pas que je finisse ce que j'ai commencé ce matin, dit-elle, sans une once d'interrogation dans la voix.

Et elle s'agenouilla. La respiration de Kate s'entrecoupa. Elle s'agrippa au rebord du comptoir pour ne pas tomber. Comme ce matin, chaque caresse de la langue augmentait son plaisir et drainait toute la force de ses jambes. Elle tâtonna à l'aveuglette et sa main se referma sur la poignée du placard au-dessus de sa tête. Paralysée, elle oscillait sans cesse au bord de l'orgasme, appelant désespérément la délivrance qui lui échappait, sans parvenir à user de ses mains pour diriger la tête d'Aimee. Elle dut balbutier son attente :

– Plus haut... là. Plus vite...

Elle se tendit, tremblante, cambrée par la jouissance. Elle entendit – ou plutôt perçut – un son extasié monter de la gorge d'Aimee.

La jeune femme s'essuya la bouche sur le peignoir, se releva, les paupières lourdes et les joues en feu, puis referma et renoua le vêtement.

– Tu as faim, maintenant ? demanda-t-elle.

Kate lâcha la poignée du placard, laissa son souffle ralentir et ses forces refluer dans ses jambes.

– Non, et toi ? parvint-elle à dire en attrapant une feuille d'essuie-tout.

Elle était incroyablement mouillée.

– Oui. Je vais reprendre la même chose, répondit Aimee en lui prenant le morceau d'essuie-tout. Je te veux toute mouillée. Allons au lit, d'accord, affirma-t-elle en conduisant Kate par la ceinture hors de la cuisine.

Dans la chambre, elle couvrit de son corps nu celui de Kate et l'embrassa longuement, profondément. Avec de petits gémissements, elle pivota et se jeta sur la moiteur de l'entre-jambes de Kate. Plus tard, elle alla prendre une serviette pour l'essuyer avec douceur.

Sa bouche inonda de nouveau Kate et une fois de plus, Aimee plongea dans son humidité, longtemps, intensément. Kate aurait voulu que l'osmose de leurs deux corps ne cesse jamais.

19

Le cri « C'est ouvert ! » salua Kate lorsqu'elle frappa à la porte. Avec un soupir de désapprobation, elle entra chez Maggie Schaeffer puis verrouilla la porte d'entrée. Combien de fois devrait-elle lui faire la leçon pour sa négligence en matière de sécurité ?

Assise devant la cheminée où brûlait un feu, Maggie serrait entre ses mains une énorme tasse. Une odeur de café et de pain grillé embaumait la maison.

– Quel temps de merde, grommela-t-elle.

Ce matin, elle portait un pantalon gris passé et un pull de même couleur, concession aux températures inhabituellement basses qui régnaient cette semaine en Californie du Sud. Kate ne se rappelait pas avoir vu Maggie autrement vêtue qu'en pantalon ou short de coton et tee-shirts ornés de messages du genre LE SEIGNEUR AIME LES GOUDOUS. Elle habitait la San Fernando Valley car les étés caniculaires lui réussissaient et elle était parvenue à s'acheter ce deux-pièces en stuc dans un rue délabrée de Pacoima dont la grande cour pourvue d'une piscine agrémentée d'une jolie véranda constituait l'atout majeur. Elle y avait ajouté le barbecue en briques dont elle se servait les deux soirs où elle ne travaillait pas au Nightwood Bar.

– Tu cherches à perdre une côte ? s'enquit-elle, le regard perçant, mais d'une voix douce.

Kate sourit. Elle ne s'habituait toujours pas à cette voix douce et féminine en décalage avec son visage mûr et sa forte carrure.

– J'ai un peu maigri, concéda-t-elle.

Au cours des dix jours écoulés depuis la première visite d'Aimee, elle avait perdu quatre kilos.

– Regrossis, ça te va mieux. Qui voudrait d'une fliquesse décharnée ? Il y a du café, des bagels grillés et du fromage à tartiner dans la cuisine. Prends le plus gras, ajouta-t-elle en ricanant comme Kate entrait dans la minuscule cuisine.

– Alors, comment ça va au Nightwood Bar ? demanda Kate en s'asseyant sur le confortable canapé, avec une tasse de café et un bagel.

– Hier soir, répondit son amie les mains tendues vers l'âtre pour les réchauffer, Patton a décidé d'organiser un vote pour élire la meilleure chanson du juke-box. Elle ramasse les bulletins inscrits sur des serviettes et c'est les Shirelles qui gagnent. Ensuite, elle veut qu'on chante toutes ensemble. Elle divise les clientes en groupes harmoniques et choisit même cinq filles pour les sha-la-la. (Elle s'interrompit pour allumer une Pall Mall.) Si tu n'as jamais vu trente-cinq goudous bramer *Will You Still Love Me Tomorrow*, alors tu n'as jamais rien vu.

– Désolée d'avoir raté ça, dit Kate en riant.

– Moi aussi. Où étais-tu, ces derniers temps ?

– Heu, j'ai rencontré quelqu'un, répondit Kate, soudain rappelée au sérieux par le but de sa visite.

Le sourire de Maggie s'effaça.

– Pourquoi ai-je le sentiment que cette bonne nouvelle est une mauvaise nouvelle ?

– C'est une gosse, Maggie, répondit Kate en secouant la tête. Un bébé. Je n'ai rien à faire avec elle. Je ne sais pas comment c'est arrivé. Ni comment m'en sortir.

Une couronne de fumée de Pall Mall vint coiffer les cheveux blanc jaune de Maggie.

– Quelle âge a-t-elle ? demanda-t-elle, le visage impassible.

– Vingt-cinq ans.

– Oh, nom d'un chien, Kate, dit Maggie d'un air dégoûté en faisant tomber ses cendres dans la cheminée. Je pensais qu'elle en avait douze.

– Vingt-cinq, c'est déjà bien assez grave, affirma Kate avec morosité, reposant sur la table café et bagel pour se pelotonner sur le canapé.

– Et tu trouves ça jeune, toi ?

– Allez, Maggie. Réfléchis. Où était-elle quand Kennedy s'est fait descendre ? Elle est née un mois plus tôt. Et elle avait cinq ans à la mort de Bobby Kennedy. Pour elle, Tchernobyl, c'est de l'histoire. L'explosion de Challenger aussi.

– Elle a bien de la chance, marmonna Maggie. (Elle tourna la tête en direction des flammes, étendit ses jambes sur le tapis usé brun jaune.) Tu aurais peut-être préféré qu'elle ait connu Hiroshima ? Ou Auschwitz ?

– Je n'ai rien à faire avec un témoin majeur dans une affaire de meurtre, déclara Kate.

– C'est moche, la vie, dit Maggie avec un haussement d'épaules. Si tu sortais un peu plus, tu n'en serais pas réduite à rencontrer des filles à côté de tes cadavres.

– Maggie, fit Kate avec un soupir, il faut que je sache pourquoi je n'arrive pas à... m'en dépêtrer.

– T'en dépêtrer pourquoi ?

– C'est une môme, répéta Kate, découragée.

Elle était venue avec la certitude qu'il lui fallait parler à cette femme dont l'intelligence et la clairvoyance lui inspirait confiance, cette femme qui était devenue, au cours des deux ans et demi écoulés, son amie.

– Qu'est-ce qu'elle fait dans la vie ?

– Elle est juriste. À Century City.

– Ça n'a rien de puéril. Et ça vous fait un point commun, non ? Des professions alliées.

– Elle fait du droit du spectacle, dit Kate en secouant la tête. Et tu sais bien que je n'ai pas le droit de parler de mon travail. Comment le pourrais-je ?

Elle reprit sa tasse, but une gorgée et huma le parfum du café. La veille, elle était allée avec Taylor dans un appartement mis à sac, sur Hauser. Son occupant gisait, battu à mort, sur son assiette encore chaude, la poitrine littéralement cuite sur une plaque électrique. Elle en avait encore la puanteur dans les narines.

– Personne ne peut comprendre, à part un flic.

– C'est ce que tu crois, rétorqua Maggie sans aménité. Mais, vous discutez, toutes les deux ?

– Oui, dit Kate en se dandinant sur le canapé. Enfin... pas beaucoup.

– Ah. Maintenant, je comprends les kilos en moins. Katie, tu ferais mieux de déménager ton four et ton frigo dans la chambre. Ou d'installer un lit de camp dans la cuisine.

Agacée par la légèreté de Maggie, Kate avala une autre gorgée de café. Le breuvage était aussi fort et brûlant que celui du commissariat.

– Vous parlez, entre deux orgasmes ? reprit Maggie. Ou est-ce qu'elle se contente de jouer avec son hochet ?

– Arrête de te foutre de moi.

– Ai-je l'air de me gausser ? répliqua Maggie en se frottant le menton d'une main. J'essaie simplement de comprendre ce qui te gêne là-dedans.

– Je ne vois pas ce qu'elle me trouve.

– Bien sûr que non. (Maggie soupira.) Cela fait partie de ton charme.

Les épaules courbées, fixant son café, Kate dit :

– Je ne fais pas beaucoup d'auto-analyse, Maggie. Cela m'ôte mes moyens. Il y a... des choses auxquelles je ne peux pas me permettre de penser. Cela dit, ajouta-t-elle d'un air songeur, je me demande si mon travail a quelque chose à voir là-dedans. Avec Aimee. Ma vie entière tourne autour de la mort. D'abord celle de mes parents. Le Vietnam. Et ensuite...

– Quoi, le Vietnam ? Pourquoi tu n'en parles jamais ?

– Je ne suis pas prête, répondit Kate platement. Toi aussi tu éludes certaines périodes de ta vie.

– Continue, fit Maggie avec un geste de la main.

– Ensuite, il y a eu Anne. Cela fait cinq ans et deux mois qu'elle est morte, et c'est toujours...

Elle haussa les épaules. Elle ne pouvait décrire ce gouffre dans sa vie qu'un voile superficiel recouvrait à peine.

– Et puis, il y a mon métier : tous les jours, je suis confrontée à la mort. Et puis il y a mon âge. Est-ce le fait de côtoyer sans cesse la mort qui fait que je suis obsédée par une fille aussi jeune ? Peut-être...

Elle marqua une pause en se demandant en quoi tout ceci pouvait expliquer son attirance pour Paula Grant, tellement plus proche qu'elle de la fin étant donné son âge ? Mais Kate n'avait pas l'intention de parler de Paula.

– Si je suis avec Aimee, c'est peut-être qu'inconsciemment, je sais que j'ai moins de risques de voir la mort me la prendre.

– Non mais, écoute-toi, Kate, dit Maggie avec brusquerie. Alors tout ça voudrait dire que tu ne retrouveras jamais le sourire ? Que tu ne t'amuseras plus jamais ? Si la vie est si moche, merde, va rejoindre tes criminels en cellule !

Kate sirota son café en réfléchissant à ces paroles. Maggie n'en avait pas terminé et elle le savait.

– Tu viens d'énumérer un tas de raisons, reprit Maggie. Mais je ne vois toujours pas le problème. D'accord, elle a quinze ans de moins que toi. Et alors ?

– Elle… hésita Kate, récusant plusieurs termes avant d'en trouver un. Elle est agressive.

– Ah.

– Elle… n'est pas mon genre. Les femmes comme elle… n'ont jamais été mon genre. Je ne comprends pas comment elle a fait de moi une… Je ne sais pas ce qui m'arrive.

Sa tension se relâchait un peu, maintenant qu'elle abordait le vrai sujet. Elle posa le pied sur une ottomane en forme de champignon. Sous ses paupières lourdes, les yeux sombres de Maggie l'observaient à travers un nuage de fumée.

– De quoi a-t-elle l'air ?

– Jeune.

– À quoi s'intéresse-t-elle ? questionna Maggie d'un air exaspéré.

– Elle lit beaucoup, des essais, surtout, sur des tas de sujets différents. Elle adore la musique.

– Bon, c'est un bon point. Toi aussi.

– Oui, enfin, moi j'aime des trucs comme Ella et Sarah, elle aime U2 et Guns 'n Roses.

– Une jeune femme saine, qui aime ce qui se fait de mieux actuellement, commenta Maggie. Ne joue pas les blasées, Kate.

– Elle passe des cassettes. Ça ne me dérange pas. Elle aime le sport. Surtout le golf.

– Le golf ? Elle aime ce jeu débile de vieux Blancs ?

– Non, ce jeu débile de jolies filles. Elle suit les compétitions féminines avec assiduité.

Maggie haussa les épaules avec indifférence.

– Ouais, dans les bars, les goudous regarde toujours, quand ça passe à la télé. Elle est comment, physiquement ?

– Brune. Avec des yeux de la même couleur qu'Elizabeth Taylor, répondit Kate d'une voix lugubre. Elle est belle à crever.

– Mince, je suis désolée pour toi, Kate, quel dommage.

– Ce n'est pas drôle, Maggie. Avec elle, j'ai l'impression d'être malsaine. Elle… elle…

Kate ne parvenait pas à s'obliger à expliquer sa dépendance vis-à-vis du magnétisme sexuel d'Aimee. Elle fouilla dans son sac, en sortit son portefeuille, la photo qu'Aimee lui avait donnée, et la tendit à Maggie.

– Bon sang, fit celle-ci. On dirait Candice Bergen en brune.

– C'est faux, aboya Kate.

– Pardonne-moi d'avoir proféré pareille insulte, railla Maggie en lui jetant un coup d'œil par-dessus la photo.

– Mon équipier prétend la même chose, marmonna Kate.

– Oh, je ne voudrais pas avoir l'air d'aimer partager les avis de Monsieur-le-détective-fort-en-gueule-Taylor, dit Maggie en lui rendant son bien. Mais elle ne fait pas très camionneuse.

– Non, répondit Kate, mal à l'aise. C'est vrai.

– Elle t'a demandée en mariage ?

– Sois sérieuse.

– De venir habiter avec toi ?

– Non.

– De l'entretenir ?

– Elle a ramené à manger, l'autre jour, répondit Kate avec un sourire, en secouant la tête. Et des plantes, aussi. Le salon paraît plus gai.

– Bon, elle aimerait peut-être se marier avec moi, alors. Maintenant que nous cernons ce qui te préoccupe vraiment, ajouta Maggie en se penchant sur sa visiteuse, dis-moi ce que *femme* * signifie vraiment pour toi.

– Qui ne maîtrise pas, répondit Kate d'une voix tendue.

– En supposant que j'accepte ta définition, ce qui n'est pas le cas, Aimee t'oblige-t-elle à te promener en tablier de dentelle, dis-moi ?

Kate ne put réprimer un sourire.

– Et as-tu perdu de ta virilité au travail ? Pleures-tu sur tes cadavres ?

---

* En français dans le texte. NdT.

– Pas encore, répondit Kate avec un rire nerveux, mais soulagée de voir la conversation prendre le tour qu'il fallait.

– Deviens-tu déférente avec le veau qui te tient lieu de collègue ?

– Non. Et Taylor n'est pas si mal.

– Patton prétend que son odeur imprègne encore le plancher du Nightwood Bar.

– Taylor n'est pas si mal. Je pourrais avoir pire, comme équipier.

– Comme c'est déprimant. Kate, faut-il que tu contrôles absolument tous les aspects de ta vie ?

– Pas toi ?

– J'ai eu des relations où j'étais *femme* *.

Kate détailla le corps et le visage rude de Maggie.

– Ah, bon, fit-elle.

– Mais oui, dit Maggie avec un sourire. Le monde a beaucoup changé depuis les années soixante, Kate. Les jeunes filles ont des idées différentes, aujourd'hui. Si tu sortais un peu plus…

– J'ai couché avec assez de femmes, rétorqua Kate. Peut-être pas des légions, mais…

– La première qui m'a traitée comme une *femme* *, c'est celle avec laquelle je suis restée le plus longtemps. Deux ans. J'ai été surprise, évidemment. Et perturbée, aussi. J'étais une camionneuse qui se respectait, et voilà que Chrissie voulait jouer les archets sur mon violon. Mais je vais te dire, Kate, après avoir passé des années à jouer les tigres dans la rue, ce fut un soulagement de rentrer le soir à la maison dans le rôle du petit chat dans les draps. Maintenant, mon comportement diffère suivant les partenaires et parfois, il arrive que nous échangions les rôles. J'aime expérimenter toutes les facettes de la nature féminine. (Elle jeta sa Pall Mall au feu.) Tu veux vraiment savoir ce qui se passe chez toi, Kate ?

– J'écoute, grand sage, répondit Kate avec un sourire timide.

– Les imbéciles donnent des explications, une femme sage ne prend pas ce risque. Dis-moi, nonobstant sa façon d'être avec toi, tu te sens bien avec elle ?

– Oui… Très bien.

Même si elle l'avait voulu, Kate n'aurait pas su décrire l'abandon, le nirvana des dix dernières nuits.

---

* En français dans le texte. NdT.

– Tu découvres une nouvelle facette de toi-même. Une nouvelle phase de ta vie de femme. C'est tout, Kate, rien de plus. Qu'est-ce que tu lui offres à Noël ?

– À Noël ? répéta Kate, le regard vide, déstabilisée par ce changement de sujet.

– À Noël, confirma Maggie en regardant le calendrier de sa montre. On est le treize, aujourd'hui, il te reste onze jours pour faire tes courses.

– Je ferais mieux de m'y mettre. (Kate se leva pour la rejoindre près du feu et lui prendre sa tasse.) Je vais te resservir. Merci, dit-elle, posant sa main libre sur son épaule.

Maggie couvrit la main de la détective de ses mains rudes.

– Elle a de la chance, tu sais, railla-t-elle. Tu atteins le point culminant de ta sexualité. Je suis sûre qu'elle s'amuse beaucoup avec toi.

Kate fila vers la cuisine.

– Pourquoi n'amènerais-tu pas ta belle jeune femme au bar, un de ces soirs ?

Kate fit volte-face, un sourire aux lèvres :

– Pourquoi voudrais-je amener une fille qui ressemble à Candice Bergen au Nightwood Bar ?

20

Après avoir laissé Maggie, Kate prit Laurel Canyon pour rentrer en ville. Elle éprouva le besoin de passer par Arnaz Drive, ce qui la conduisit au Beverly Malibu. Elle gara sa Nova de l'autre côté de la rue.

À la lumière crue du soleil, le bâtiment de stuc beige semblait moins voyant que la nuit. Il faisait figure de voisin tout simple, pauvre mais respectable, par rapport aux bâtisses plus récentes et plus imposantes ornées de décorations de Noël de bon goût. Les immeubles à plus de trois niveaux étaient interdits dans ce quartier et un jour, un promoteur achèterait le Beverly Malibu, le rénoverait ou le démolirait pour lui adjoindre ce si rentable étage supplémentaire.

Kate le scruta comme si elle pouvait dénouer le nœud de son mystère à force de concentration. La veille, les résultats des tests tissulaires pratiqués sur Owen Sinclair avaient confirmé la présence d'arsenic en plus de la strychnine, l'agent fatal. Cela faisait maintenant dix-sept jours que l'un des dix locataires de cet immeuble avait mis un terme à la vie d'un homme d'une manière si féroce que seule la haine et la vengeance pouvaient en être le mobile.

Kate sortit son carnet pour y inscrire, par ordre croissant de motivations, le nom des participants à la fête, observant une pause entre chacun afin de réfléchir pour la énième fois à un élément qu'elle aurait pu omettre. Elle n'inscrivit pas le nom d'Aimee.

Houston. Aucun mobile apparent, et plein de problèmes personnels.

Dorothy Brennan. La plus récente des locataires, une existence tragique. Sa curiosité à propos de Sinclair avait déclenché la dispute de la fête. Rien dans son vécu n'indiquait de mobile.

Paula Grant. Tolérance méprisante à l'égard la victime. À l'inverse des autres suspects, elle avait souffert indirectement, et son amante décédée aussi, de la liste noire. La musique incessante de la victime constituait un mobile, mais seulement d'un point de vue psychotique. Et de toute manière, pouvait-elle envisager sérieusement la culpabilité de Paula ?

Hazel Turner. Détestait la victime. Sa présence avait semé la zizanie dans son immeuble. Mobile insuffisant pour passer au meurtre, surtout aussi brutal que celui-ci.

Maxine Marlowe. Actrice de cinéma égocentrique autrefois intimement liée à Sinclair. Il avait obtenu ce qu'il voulait avant de la laisser tomber. Avait pu ruminer cette humiliation sexuelle durant des années et laisser dégénérer sa rage…

Parker Thomas. Dégoût méprisant à l'égard du mort, dû à de profondes dissensions idéologiques. Cause répétée de guerres au cours de l'histoire du monde, mais était-ce un mobile assez sérieux pour assassiner cet individu ?

Cyril Crane. Mobile idéologique, lui aussi. Sinclair avait dénoncé deux de ses amis gays. Mais ils étaient morts depuis plus de trente ans.

Elle fit rebondir la pointe de son stylo devant le nom de Cyril Crane. Le FBI avait sur lui un dossier clos en 1975, année de la dissolution de la Commission des Activités Anti-Américaines en tant que commission du Congrès. Apolitique, Cyril Crane avait tout de même un dossier au FBI, en raison de son homosexualité.

Aucun occupant du Beverly Malibu ne faisait partie des personnes dénoncées par Sinclair, mais Taylor avait malgré cela procédé à des vérifications auprès du FBI. Mildred Coates figurait dans le dossier d'Andrew Coates, tenu pour communiste notoire. Paula Constance Grant avait un dossier classé secret, ce qui valait également pour Alice Rose Goldstein. Kate s'était douté qu'en raison de leurs liens avec Paul Robeson, les deux femmes avaient fait l'objet d'une enquête au FBI au temps du maccarthysme, mais voir leur nom et celui de Cyril Crane encore inscrits sur le listing informatique l'avait indignée, tant d'un point de vue personnel que patriotique, ce qu'elle avait eu bien du mal à cacher à Taylor.

Elle revint à la liste établie en page précédente de son carnet. Taylor avait aussi vérifié le dossier des huit personnes citées par Sinclair que Paula n'avait pu identifier. John Robert Campbell et Randall Marlowe Reese s'étaient suicidés, l'un en 1954, l'autre en 1958. Alistair Todd Smythe était mort en 1974. Des cinq restant, Martin Brooks Smythe et Gillian Jean Smythe avaient fui en Angleterre en 1952. Leur dossier demeurait ouvert, mais ils ne faisaient plus l'objet d'une surveillance active, ni eux, ni Meaghan Dorothea Smythe, Robert Michael Tonelli, ou Louise Brenda Tonelli, et ce depuis 1975.

Mildred Coates. Owen Sinclair symbolisait-il les mouchards qui avaient anéanti son mari et sa carrière ? Mobile très puissant. Néanmoins, si Mildred Coates semblait capable de meurtre au plan affectif, elle en paraissait physiquement incapable. Ceci étant, on avait préalablement affaibli Sinclair avec le poison administré au cours de la fête et Kate avait enquêté deux ans auparavant sur un meurtre commis en définitive par une femme de faible constitution...

Dudley Kincaid. Toujours suspect numéro un. Taylor ne voulait pas en démordre. Il s'était fait volé son scénario par Sinclair, qu'il rendait de surcroît responsable de son blocage. Blocage qui avait disparu avec le décès de celui-ci.

Kate rumina le cas Dudley Kincaid, cet homme dont la perception du monde ne s'affichait plus qu'en noir et blanc, suivant un schéma moralisateur. Sa psychose l'avait-elle conduit à penser qu'il recouvrerait ses moyens à la seule condition que Sinclair expie son péché ?

Elle soupira. Taylor avait peut-être et même sans doute raison de croire que le scénariste était leur homme. Mais tous les mobiles et toutes les probabilités du monde ne suffiraient pas à le faire condamner, ni personne d'autre sur sa liste de suspects. Taylor et elle avaient besoin de faits tangibles formant une chaîne de preuves aboutissant au meurtrier. Et pour l'instant, ils n'avaient rien.

Elle descendit de voiture, jeta un coup d'œil morne à sa tenue et traversa la rue en tirant sur son pull par-dessus son pantalon. Avec un peu de chance, Paula Grant ne la verrait pas.

Hazel Turner la fit entrer dans l'immeuble et la rejoignit dans le hall.

– Vous maigrissez à vue d'œil, dit-elle sur un ton désapprobateur en lui prenant la main.

– Je ne suis pas en service, Hazel, répondit Kate avec un sourire. Je passais dans le coin et je me suis dit que je pourrais faire un saut pour vous dire que nous travaillons toujours sur l'affaire. Nous…

– J'ai fait un ragoût de bœuf, coupa Hazel en la guidant par la main jusque chez elle. Asseyez-vous, ma petite. Je vais faire des boulettes de pâte pour aller avec.

– Hazel, c'est très gentil, mais je viens de manger.

Le salon sombre encombré de meubles offrait un confort douillet. Kate huma les odeurs séduisantes provenant de la cuisine. Son appétit semblait revenir.

– Comment ça va, ici ?

– Très mal. Comment ça pourrait aller puisque vous n'avez arrêté personne ? Vous faites de votre mieux, je le sais, dit Hazel avec un geste de la main pour prévenir la tentative d'explication de Kate. Je vais nous faire du café. Après, j'aurai une question à vous poser.

Kate s'installa confortablement sur le canapé en velours jaune côtelé et observa le petit arbre de Noël argenté posé sur la table basse entre les urnes vertes qui l'encadraient à angle droit.

– Bonjour, Jerome, dit-elle. C'est sympa de vous voir tous ensemble.

La chatte persane vint renifler une jambe de son pantalon et se mit à frotter son museau sur le tissu en ronronnant.

– Salut, Précieuse, dit Kate.

Elle se pencha pour caresser la fourrure blanche et douce en pensant à la rivière soyeuse des cheveux d'Aimee où elle faisait courir ses doigts.

Perdue dans sa volumineuse robe d'intérieur orange, Hazel revint avec un plateau chargé de deux tasses et d'une assiette de cookies aux pépites de chocolat.

– Premièrement, cet appartement, au premier. J'en ai besoin.

Kate prit une tasse et un cookie.

– J'en suis consciente, Hazel. Mais pour le moment, je ne peux pas faire enlever les scellés.

– Cyril est venu me voir avant-hier, dit la propriétaire en s'asseyant dans le fauteuil à oreilles, face à Kate. Depuis, on n'arrête pas d'en parler, avec Jerome. Cyril fait partie d'un groupe qui cherche des loyers qui coûtent pas les yeux de la tête. Pour des malades du sida. (Elle lança à Kate un regard sévère.) Je veux en mettre deux là-haut. Jerome et moi, on est d'accord. C'est une honte, ce qui arrive à ces pauvres gens.

Surprise, Kate but un peu de café et étudia la logeuse, se demandant si Houston faisait partie des locataires potentiels. Elle se souvint des propos du jeune homme au sujet de Hazel : « Quand on trouve que le *Journal d'Anne Franck* est le meilleur livre du monde, on ne peut pas être entièrement mauvais. »

– Si rien n'était arrivé à Owen, il habiterait encore ici et me paierait encore son loyer de rien du tout, grâce à cette saleté de contrôle des prix, reprit Hazel, le regard assombri derrière ses lunettes à monture d'acier. Tout bien réfléchi, je ne perdrais pas un sou si les amis de Cyril prenaient sa place au même prix.

– Vous courez le risque de perdre certains de vos locataires, Hazel. Ceux qui ne voudront pas de... de vos nouveaux locataires.

– Lorraine Rothberg m'a déjà dit que ça lui plaisait pas. (Elle prit un paquet de Kent sur la table basse et le secoua pour en sortir une cigarette.) Je lui ai répondu qu'elle pouvait partir, je me servirai aussi de son appartement. Je lui ai dit, ajouta-t-elle avec un regard furieux, que j'aurais jamais cru qu'on pouvait être assez bête pour sortir une ânerie pareille quand on s'appelle Rothberg. (Elle alluma sa cigarette.) Vous pensez que je pourrai récupérer l'appartement d'Owen vers le 31 décembre ? Ce serait bien de commencer l'année avec des nouveaux, ici.

– Je ferai de mon mieux, promit Kate. Hazel, vous et Jerome êtes des gens vraiment bien, dit-elle en montrant les urnes.

– Question suivante, dit Hazel avec brusquerie, avant de se radoucir tout aussi vite. Vous auriez peut-être le cœur à venir passer un moment ici le jour de Noël ?

– Le jour de Noël ? Ici ? s'exclama Kate, sans comprendre.

– Avec quelques locataires, on organise un autre repas. On a l'impression que vous n'arrêterez jamais personne, vous autres, alors on peut pas laisser planer ce nuage sur nos têtes. Tout le monde ne s'aime pas et on se dispute des fois, mais on était un peu comme une famille, avant. Je pense que mes locataires se sentiraient mieux de savoir que quelqu'un de la police sera à la prochaine fête. Rien qu'un petit moment, plaida-t-elle de ses yeux bleus.

Kate se sentit à la fois touchée et intriguée par cette requête.

– Qui sera là, à votre avis ?

– Les mêmes que la dernière fois. Tous ceux qui ont de la famille seront avec elle ce jour-là. Nous autres, on reste ici, et on a bien le droit de fêter Noël sans avoir peur.

Kate étudia l'idée. Un détective, se rappela-t-elle, se doit d'user de sa présence physique, de sa perspicacité et des méthodes d'enquête. Taylor et elle n'aboutissaient à rien avec ces méthodes. L'observation des occupants de l'immeuble réunis lui montrerait peut-être une nouvelle voie à suivre ? Et il y avait la cerise sur le gâteau : Aimee lui avait déjà fait part de son désir de passer une partie de cette journée avec Paula. Kate aurait donc une bonne excuse pour justifier sa présence. Autre cerise sur le gâteau, elle pourrait plus aisément décliner les invitations répétées de son collègue.

– Je pense que ce serait une bonne idée, Hazel.

Elle mordit dans l'épais et moelleux cookie au chocolat.

* * *

L'après-midi s'était assombri, une brume froide soufflait du Pacifique. On se croirait vraiment à Noël, songea Kate tandis que sa voiture filait dans les rues fastueusement décorées de Beverly Hills. Un caprice lui fit emprunter Rodeo Drive.

La foule encombrait les secteurs les plus chics du quartier, dont de nombreux touristes, appareil photo autour du cou. Des myriades de petites ampoules blanches éclairaient la rue. Chaque boutique, chaque arbre, chaque arbuste formaient une masse scintillante magnifiée par les reflets des vitrines. Les arbrisseaux sculptés alignés sur l'étroite bande médiane de la route étaient ornés de nœuds rouges, et la bande proprement dite de poinsettias. Toutes les vitrines de Giorgio's et les arbres qui les bordaient étincelaient de mille feux. Au bout de Rodeo Drive, des illuminations soulignaient les contours de l'imposant Beverly Wilshire Hotel.

Devant Kate, une Jaguar rouge décapotable quittait son stationnement. Une place libre sur Rodeo Drive, à quelques jours de Noël ? Un miracle. Peut-être un présage. Le sourire aux lèvres, elle se gara.

Dans la vitrine élégante et spacieuse de chez Gucci, elle contempla toute une série d'articles de maroquinerie, parés pour la plupart des deux G entrelacés de la marque. GG... comme les deux Grant. Comme les deux femmes entremêlées dans son...

Elle examina une fois de plus sa mise. Après tout, elle ne semblait pas plus déplacée que celle de beaucoup d'autres promeneurs. Redressant les épaules, Kate franchit l'entrée en marbre du magasin.

Une cohue envahissait la moquette beige de l'établissement bruissant de conversations mercantiles et embaumant les effluves précieuses du cuir et du parfum. Elle déambula parmi les clients agglutinés, se demandant si ses moyens lui permettraient d'acheter un quelconque objet portant le fameux entrelacs. Un sweat-shirt sur un rayon attira son regard. Il était blanc, avec un étonnant motif abstrait vert sur le devant, et les deux G. Elle regarda l'étiquette : 195 dollars.

– Pour un sweat-shirt, murmura-t-elle.

Dans la pièce suivante, elle repéra l'omniprésence d'agents de sécurité, qui surveillaient discrètement mais attentivement les lieux dans leur costume passe-partout. Elle fut attirée par une vitrine où étaient exposés des porte-clefs décoratifs, pour la plupart vert, bleu ou rouge brillant. Il y en avait d'autres qui reproduisaient simplement le sigle GG doré. Ce serait parfait. Mais le prix devait être astronomique...

– Puis-je vous être utile ? s'enquit une femme, près d'elle.

– Combien coûte celui-là ?

– Trente dollars.

C'est tout ? faillit-elle dire.

– Je vais le prendre.

La vendeuse, cheveux châtains, robe verte et foulard noué autour du cou, la contempla.

– Nous allons vous faire un paquet cadeau, murmura-t-elle, sans quitter le visage de Kate de ses yeux gris et directs.

– Merci.

– Mais je vous en prie.

Quelques minutes plus tard, un minuscule sac Gucci à la main, ridiculement satisfaite d'elle-même, Kate remontait dans sa voiture. Elle trouverait un autre cadeau pour Aimee dans les boutiques de Santa Monica. Au moment où elle faisait démarrer la Nova, elle vit une Volkswagen Rabbit garée juste devant elle. CRÈVE, BRANCHÉ DE MERDE, disait l'autocollant sur le pare-chocs. Elle éclata de rire.

21

Kate arriva dans le hall du Beverly Malibu à 14 heures, comme convenu.

– Joyeux Noël, lança-t-elle à Hazel, humant un arôme de dinde rôtie qui lui rappela les Noël heureux du passé.

– Joyeux Noël, ma petite, roucoula Hazel en lui prenant le bras. Détendez-vous, maintenant, tout le monde sait que vous êtes là. Vous êtes toute belle.

Après moult atermoiements, Kate avait fait l'acquisition d'un pantalon de crêpe gris et d'une veste en soie à motifs cachemire dans des tons marron et gris.

– Sur toi, c'est superbe, avait murmuré Aimee le matin, puis elle avait ajouté en caressant la veste d'un geste sensuel : on dirait…

Sa phrase était restée en suspens.

– Vous aussi Hazel, vous êtes belle, assura Kate à la logeuse vêtue d'une tunique longue jusqu'aux pieds, rose avec des fleurs blanches et jaunes.

Elle jeta un coup d'œil dans la salle commune. Debout près d'un plan de travail chargé d'un grand saladier de punch, Paula discutait avec Aimee et Parker Thomas, qui semblait plus chétif que dans son souvenir avec sa barbe bien taillée et un pull en V rouge vif passé sur une chemise blanche et une cravate à carreaux.

Elle laissa son regard s'attarder sur Paula. Svelte et élégante dans une veste noire et une longue, longue jupe verte, elle s'adressait à Parker Thomas, la main qui tenait une cigarette décrivant des arcs, l'autre, pâle et fine, posée sur le bras de l'historien. Kate s'aperçut qu'Aimee l'observait. Elle lui sourit furtivement et se sentit coupable d'avoir pris plaisir à contempler Paula. Surtout après ce matin… et surtout alors qu'Aimee était si belle, son épaisse chevelure sombre et brillante tranchant avec son chemisier crème. Toutes les deux, pensa-t-elle, elles sont toutes les deux si...

Elle détourna le regard pour étudier la salle. Il fallait impérativement qu'elle se concentre.

Mildred Coates était assise à la longue table, en perles et robe noire, avec Dorothy Brennan, à peine plus colorée dans son haut gris et sa jupe bleu marine. Elles écoutaient avec un plaisir évident Cyril Crane, qui se prélassait entre elles deux, rasé de frais, d'une beauté suave, star jusqu'au bout des ongles dans sa chemise de brocart or et son pantalon brun clair. Houston, Kate le savait, passait quelques semaines avec des amis à Santa Barbara. Maxine Marlowe n'était pas encore parue, ni Dudley Kincaid. Ils viendraient, Hazel l'avait garanti.

Kate entra dans la pièce d'un air volontairement détaché.

– Joyeux Noël à tous, dit-elle.

Un cœur de souhaits identiques lui répondit. Cyril Crane se leva et lui serra la main. Parker Thomas l'imita. Sa pipe meerschaum envoyait des volutes dans l'atmosphère empuantie par l'odeur de cigarette. Dorothy Brennan lui prit une main entre les deux siennes.

– Je suis absolument ravie que vous soyez là, dit-elle de sa voix légèrement métallique.

Avec un sourire, Kate répondit à la pression chaleureuse et amicale des mains de Dorothy et à ses paroles. Et Paula ? Aimee lui avait plus d'une fois affirmé que sa tante approuvait leur relation, mais en la voyant s'avancer vers elle, elle éprouva un étrange sentiment de culpabilité, une légère appréhension.

– Heureuse de vous revoir, détective Delafield, dit Paula sur un ton formel.

Kate eut à peine le temps de sentir la main fraîche dans la sienne. Le regard noisette était indéchiffrable.

– Tout le plaisir est pour moi, murmura-t-elle.

– Prenez du punch, proposa Aimee en lui tendant une tasse remplie d'un liquide brun rouge.

– Alcoolisé ? demanda Kate d'une voix tranquille en acceptant la tasse.

– À peine.

Les yeux sombres qui croisèrent les siens était si chargés d'intimité qu'elle se sentit comme passée aux rayons X sous le regard de Paula. Aimee et Kate étaient déjà allées au restaurant ensemble, mais sans personne de leur connaissance.

Tôt ce matin, elle avait ouvert puis enfilé le cadeau d'Aimee, une luxueuse robe d'intérieur blanche brodée à ses initiales. Aimee avait déballé la veste-gilet bleu vif que Kate lui avait trouvée, puis le paquet renfermant le porte-clefs Gucci. Kate y avait attaché une clef de son appartement. L'amour qu'elles avaient fait ensuite – Aimee l'avait longuement et ardemment possédée – était encore palpable entre elles.

– Venez goûter mes disps de légumes, dit Hazel en la prenant par le bras.

Kate se laissa conduire. Elle ne pouvait laisser Aimee la distraire, ni Paula la perturber.

– Servez-vous de tout, ma petite, dit Hazel. Je vais chercher notre belle dinde.

Kate prit le temps de se servir en amuse-gueule tout en observant la salle commune. Les quatre urnes trônaient sur la télévision qui diffusait, son éteint, *Miracle sur la 34e Rue*. Elle écouta les conversations entre deux gorgées de punch aromatisé aux airelles – le froid et les nuages, le tremblement de terre en Arménie, l'explosion du vol 103 de la Pan Am au-dessus de l'Écosse.

– Emballez-moi tout ce cirque et emmenez-le dans la rue, pavoisa Maxine Marlowe depuis le seuil de la pièce.

Bras dessus, bras dessous avec Dudley Kincaid, l'actrice fit son entrée dans un frou-frou de taffetas rouge décolleté aux épaules. Elle se dirigea droit sur Kate, ajoutant son parfum écœurant à la fumée environnante.

– Notre protectrice, déclara-t-elle en guise de salut moqueur.

L'odeur du gin parvint aux narines de Kate. Manifestement, Maxine s'était prémunie des rigueurs de cette réunion.

Sa bouche rouge vif s'étalait en un large sourire sur le visage au maquillage criard. Elle tendit une main dont le majeur s'ornait sur toute la longueur d'une phalange d'une émeraude énorme. Kate tendit prudemment la main. Maxine l'effleura du bout des doigts. Puis elle dégagea son bras de l'étreinte de Dudley Kincaid et s'éloigna en ricanant.

Le scénariste dévisagea froidement Kate derrière ses triple foyer cerclés d'acier.

– Je suppose que vous avez laissé vos menottes à la maison pour Noël, dit-il.

Elle lui rendit son regard, remarquant au passage les pellicules sur les épaulettes de sa veste marron foncé, et entendit sur sa droite le rire discret d'Aimee et le gloussement sonore de Maxine Marlowe.

– Reste près d'elle, Dudley, mon chou, lança l'actrice. Souviens-toi de ce qui est arrivé au dernier homme que j'ai escorté ici.

Dorothy Brennan se leva de table pour se servir quelques olives sur le plateau d'amuse-gueule.

– Joyeux Noël, monsieur Kincaid. Goûtez donc ce délicieux punch. Votre scénario avance-t-il ?

– J'ai terminé la première partie et c'est du solide, répondit-il avec un sourire radieux, sortant ses Camel et une boîte d'allumettes de sa poche de veste. Merci de me le demander.

– Pouvez-vous nous dire de quoi il s'agit si ça ne vous ennuie pas de parler de votre travail ?

Kate entendit un soupir exaspéré. Sans savoir pourquoi, elle eut la certitude qu'il venait de Paula. Kincaid gratta une allumette.

– Ça parle du Hollywood d'aujourd'hui et de celui des années cinquante, dit-il en allumant sa cigarette. Et de la corruption – plus grande encore que ce que nous redoutions à l'époque. Mon personnage principal est un héros moral, un homme à principes…

– Ah oui, le héros moral, répéta Parker, appuyé contre le plan de travail, en tirant sur sa pipe. On a toujours besoin d'un héros moral qui se bat envers et contre tout… pour justifier ses actes inadmissibles.

Si Dorothy Brennan avait voulu désamorcer avec tact une confrontation entre elle et Kincaid, se dit Kate, elle avait finalement jeté une allumette dans un baril de pétrole.

– Certains d'entre nous essaient de vivre selon des critères moraux plus élevés que d'autres, répliqua Kincaid sur un ton acide.

– Et certains d'entre nous pensent que ces critères moraux supérieurs résident dans le premier amendement de la Constitution, dit Cyril Crane en se balançant sur sa chaise.

– Oh, bordel de merde ! lâcha Maxine Marlowe, plongeant une carotte dans la sauce et la croquant comme s'il s'était agi du doigt de l'un des convives.

– Les gens comme vous se sont toujours cachés derrière le premier amendement, dit le scénariste à Crane. Vous et vos copains de l'ACLU *, vous vous servez de la liberté et de la démocratie pour les saper. Vous…

* Union Américaine pour la Protection des Libertés Civiles. NdT.

– Les gens comme vous, coupa Parker Thomas, pensent que le patriotisme consiste à marcher au pas derrière la police de la pensée.

– Pauvre abruti de gauchiste, répondit Kincaid en tournant le dos pour se servir une louche de punch.

– On dirait que j'ai remis ça, marmonna Dorothy alors que Kincaid revenait vers la table en sirotant son punch.

– Vous connaissiez le sujet de son travail, dit Mildred Coates d'une voix vibrante de colère, je vous l'avais dit.

– C'était par politesse, protesta Dorothy, les mains en l'air. J'essayais de rétablir la paix...

– ...Adolf Hitler, le grand Oliver North et Dudley Kincaid, claironnait Parker Thomas, tous disaient la même chose : « L'amour de la patrie justifie tout. »

– Venez tous là, enjoignit Hazel avec sévérité, déposant le plat sur la table. Regardez-moi cette superbe dinde. C'est Noël. Assez avec vos histoires de politique, elles nous rendent tous malades à crever. Que quelqu'un s'occupe un peu de découper. Je reviens tout de suite avec les légumes.

– Je viens vous aider, dit Aimee en lui emboîtant le pas.

– Hazel a raison, déclara Paula avec emphase, les bras croisés.

Kincaid dévisageait Parker Thomas, la moustache hérissée de colère.

– Comment osez-vous comparer le Colonel North et moi-même à Adolf Hitler.

– Peut-être à cause de votre moustache à la Hitler, Dudley, répondit Thomas, ses yeux verts fixés sur lui, en haussant les épaules.

Maxine Marlowe ramassa le couteau à découper et le tendit à Dorothy Brennan.

– Tenez, dit-elle, vous êtes la seule à qui je confierais un couteau, puis elle éclata d'un rire dur qui résonna dans la pièce.

Dorothy Brennan obéit et découpa sans difficulté une cuisse, avant de s'attaquer au blanc.

– Aidez-moi à servir, s'il vous plaît, ma chère, dit-elle à Mildred Coates, occupée à dévisager Dudley Kincaid, une main portée à la gorge.

Mildred secoua la tête, ôta ses lunettes et son sonotone et les posa doucement sur la table, le visage crispé et chagriné.

– Tiens, mon ami, dit Maxine. (Elle posa du bout de la fourchette un morceau de dinde dans une assiette qu'elle tendit à

Kincaid.) Voilà du blanc bien tendre. Tu n'en as pas mangé depuis des mois, je parie. Sinon des années.

Il prit l'assiette et la reposa bruyamment sur la table.

– Quand la défense du pays est en jeu, un Américain digne de ce nom comprend le sens du mot patriotisme. Vous, fit-il en agitant l'index en direction de Thomas, vous trahiriez cette nation au nom de vos idées erronées de simple d'esprit qui…

– C'est vous, le simple d'esprit, cingla Cyril Crane. À quand remonte la dernière fois qu'un Américain a trahi ce pays pour autre chose que du fric ?

– Là, mon chou, dit Maxine en lui donnant une assiette garnie de dinde, colle-toi ça dans le bec et mâche lentement.

Le visage de Crane s'éclaira subitement d'un sourire charmant. Il accepta l'assiette et s'installa à table.

– Merci, Maxine chérie.

– Allons, tout le monde, plaida Hazel en reparaissant dans la pièce, Aimee sur ses talons, les bras chargés de plateaux. Voilà les belles garnitures, du jus, de la sauce aux airelles, des patates douces confites, des petits pains, des petits pois frais et de la salade en gelée. Mangeons et oublions toutes ces bêt…

– On ne reconnaît que les ennemis visibles, grinça Kincaid. Nous avions essayé de nettoyer cette ville, mais voilà que des Norman Laer, des Fonda et des Hayden sortent de leur trou. Et il y a…

– Lucille Ball, coupa Cyril Crane, entre deux bouchées.

– *Lucille Ball* ? s'étonna Aimee en riant comme s'il s'agissait d'une absurdité.

– Une naïve, rétorqua Kincaid.

– Membre officiel du parti communiste, s'enthousiasma Thomas en vidant sa pipe dans le cendrier. Je prends un pilon, Dorothy.

– Je pensais que tu connaissais ce point d'histoire, dit Paula à Aimee. Elle s'est inscrite au parti dans sa jeunesse, comme beaucoup. Ils ont essayé d'étouffer la chose, mais la Commission l'avait blanchie et ça s'est su. D'autres ont vu leur vie détruite pour moins que ça, mais c'était la chouchoute de l'Amérique. Appelons cela le triomphe de la célébrité sur la politique.

– La Commission n'a fait que détruire des vies, affirma Cyril Crane. À part cela, elle n'a jamais rien accompli.

– C'est du révisionnisme de gauche, railla Kincaid. Nous n'avons pu que commencer le travail. Joe McCarthy a été brisé par une conspiration gauchiste.

Kate entendit le frou-frou de Maxine Marlowe s'approcher d'elle.

– Ma chérie, vous aurez bien l'amabilité de me prêter votre arme, non ?

– Pauvres ignares, dit Kincaid. (Il s'assit à table et tira sans entrain son assiette devant lui.) Je ne vois même pas pourquoi je me donne autant de peine.

– Nous non plus, commenta Paula. Vous ne ferez changer personne d'avis dans cette pièce. N'est-ce pas, détective Delafield ?

Kate sursauta en entendant son nom dans la bouche de Paula, mais elle se reprit immédiatement et sourit. Elle n'était pas en position de dire qu'elle trouvait Kincaid poseur, arrogant et pudibond.

– La presse et la police ne sont pas autorisées à exprimer leur point de vue, répondit-elle avec légèreté.

Quelques rires soulagés fusèrent et l'atmosphère parut s'alléger. Mildred Coates remit ses lunettes.

– Voilà qui est mieux, dit Hazel. Maintenant, mangeons de bon cœur.

– À la paix, proposa Dorothy Brennan d'une voix douce en levant son verre. Où que nous puissions la trouver.

– À la paix, renchérit Kate avant de goûter son punch, imitée par tous les autres.

Dudley Kincaid émit alors un bruit, vacilla et renversa son verre sur la nappe en papier. Il montra du doigt le breuvage répandu, essaya de parler, tituba et bascula en avant.

– Mon Dieu, c'est une farce ? interrogea Aimee d'une voix tremblante.

Stupéfaite, Kate se leva tandis que Kincaid, proférant des sons inarticulés, une main plaquée sur la gorge, s'écroulait à genoux. Elle poussa Cyril Crane de côté avec vigueur pour courir s'agenouiller près de lui et le prit par les épaules. Il tenta une fois de plus de parler, la tête agitée de soubresauts. Ses lunettes tombèrent au sol. La sueur perlait sur son visage.

– Paula, faites le 911, ordonna Kate. Et appelez une ambulance.

Elle entendit des bruits de pas précipités et des cris consternés tout autour d'elle. Elle manœuvra Kincaid par les épaules pour l'allonger. Il cherchait sa respiration et son haleine dégageait une odeur d'amande amère très distincte. Au désespoir, elle desserra sa cravate, déboutonna sa chemise, tâta son pouls à la gorge. Il était rapide mais ténu.

– Ça va aller, l'encouragea-t-elle.

Mais ses yeux effarés et arrondis lui disaient qu'il savait la vérité. Sa respiration entrecoupée cessa, son corps s'agita de spasmes terribles, ses talons battirent le sol, puis il ne bougea plus. Son regard bleu devint fixe et aveugle.

– Mon Dieu, oh mon Dieu, entendit-elle sangloter Aimee.

– Aimee, j'ai besoin de renforts. Dites-le à Paula.

Elle avait échoué. Elle était venue remplir son rôle de policier à la requête de Hazel, et elle avait échoué. Il n'y avait désormais plus rien à faire que préserver en l'état ce lieu de mort et rechercher un double meurtrier. Son sentiment de futilité se mua en une boule de rage blanche. Elle releva la tête.

Hazel avait reculé contre le poste de télévision, les quatre urnes vertes serrées contre la poitrine. Parker Thomas se tenait courbé sur le plan de travail, le visage enfoui dans les bras, la main de Maxine Marlowe posée sur son dos. Elle avait les yeux fixés sur Kate, le visage blême malgré son maquillage. Cyril Crane guidait Mildred Coates hors de la pièce, effondrée sur son bras.

Le regard de Kate se figea sur Dorothy Brennan. Ses yeux sombres, rivés sur Dudley Kincaid, était grands ouverts et brillaient d'une lueur fiévreuse. Son large visage formait un masque sauvage, avec ses lèvres retroussées sur les gencives.

– Maxine, aidez-moi. (Kate employa le prénom de l'actrice pour donner davantage d'autorité à ses paroles.) Hazel, il me faut votre appartement. Je veux tout le monde là-bas dans les plus brefs délais. Je compte sur vous deux pour ne laisser personne parler à qui que ce soit.

– C'est comme si c'était fait, sœurette.

Maxine prit Parker Thomas et Dorothy Brennan chacun par un bras. Celle-ci trébucha mais se rattrapa tandis que Maxine la tirait vers la porte. Son regard fiévreux fixait toujours Dudley Kincaid.

Hazel prit la direction de la porte, serrant ses urnes, le visage mouillé de larmes.

– Il faut que vous trouviez celui qui fait ça, murmura sa voix rocailleuse

– Oui, Hazel, répondit Kate. Je sais.

22

Taylor arriva une heure plus tard. L'expression funèbre de son visage contrastait vivement avec le tissus écossais festif de sa veste neuve de Noël.

Kate avait retrouvé sa contenance, ayant compris qu'elle n'aurait rien pu faire pour sauver Dudley Kincaid.

– Joyeux Noël, dit-elle d'une voix désabusée.

– C'est ça, ouais. Suicide, hein ?

Il pencha sa masse imposante au-dessus du cadavre et jeta à sa collègue un regard à la dérobée.

– Raté, dit-elle.

– Merde ! fit-il avec un long soupir. Nous avons donc sept suspects. On attend encore six jours fériés et on embarque le survivant.

Elle répondit par un sourire convenu. Taylor poussa un nouveau soupir, se redressa et sortit son calepin. Kate prit place en bout de table à côté de lui, loin du cadavre et, sans consulter les nombreuses notes qu'elle avait prises pendant que les agents isolaient l'immeuble, relata en détail tout ce dont elle se souvenait de la fête, chaque bribe de conversation, les circonstances de la mort de Kincaid, puis attendit patiemment que Taylor enregistre son témoignage, dans l'espoir qu'il lui pose une question tirant de sa mémoire un élément qui échappait à sa conscience. Elle remit délibérément à plus tard son récit des réactions de Dorothy Brennan.

– Le cyanure était là-dedans, dit-elle en montrant du doigt une ampoule en plastique sous la table, entourée à la craie blanche.

– Le cyanure ?

– Je le suppose. Son haleine sentait l'amande et il est mort en moins d'une minute. Les locataires sont chez Hazel. Je leur ai tous dit leurs droits et je leur ai fait vider leurs poches. Mildred Coates était la seule à avoir un sac à main et elle m'a autorisée à le fouiller. Nous les avons tous fouillé au corps, avec Hansen… (Même Paula et Aimee, laquelle s'y était soumise avec raideur, songea-t-elle.) Nous n'avons rien trouvé. Pas surprenant. Pour Sinclair, nous n'avions pas retrouvé de récipient pour la strychnine. Cette fois, elle n'a pas pris le risque de se faire prendre avec un flacon sur elle, ni d'utiliser une capsule qui aurait pu lui laisser des traces sur les doigts.

– Elle ? Comment ça ?

Kate enroula ses bras autour de ses épaules.

– Ed, aussi sûr que nous sommes assis là, c'est Dorothy Brennan qui a tué Owen Sinclair et Dudley Kincaid.

– Pourquoi ? fit-il, bouche bée.

– Je n'en ai aucune idée, avoua-t-elle, n'ayant pas d'autre possibilité. Elle peut être simplement folle… névrosée.

Taylor baissa le nez sur son calepin en mâchonnant ses lèvres. Kate ne pouvait pas lui reprocher son incrédulité. Au cours de leurs deux entretiens avec Dorothy Brennan, celle-ci avait paru faire preuve d'un calme convaincant, de chaleur maternelle et de bons sens.

– Je n'ai pas la moindre preuve, admit Kate, mais je suis sûre que c'est elle.

– Dis-moi ce que tu as, alors.

Il lui demandait de le convaincre. Elle ouvrit son carnet.

– Dorothy Brennan n'a pas commis l'erreur de servir elle-même du punch à Dudley Kincaid…

Contrairement à Aimee, qui l'avait servie avec amour. Aimee… qui attendait en sécurité avec Paula que Kate en ait terminé et la rejoigne.

– …mais elle a insisté pour qu'il y goûte. (D'un geste, elle désigna le saladier posé derrière eux.) Il est parfumé aux airelles. C'est parfait pour masquer un poison puissant, exactement comme le bourbon de Sinclair avec la strychnine. Elle connaissait le sujet du scénario de Kincaid, mais elle le lui a demandé quand même, sachant très bien qu'elle allait déclencher une dispute qui ferait diversion. Pareil que quand elle a tué Sinclair. Il buvait du bourbon, alors aucun problème pour lui administrer le poison. Mais comme elle ne pouvait pas être certaine que Kincaid boirait du punch, elle s'en est assurée en portant un toast. Au moment où Kincaid s'est écroulé, elle a jeté l'ampoule. On la passera au laser, mais l'expérience de l'appartement de Sinclair nous a appris qu'elle est trop intelligente pour laisser des empreintes.

Kate s'interrompit, guettant une réponse sur le visage de Taylor.

– Jusque-là, je te suis, dit-il.

– Ed, tous les magasins où nous sommes allés pour les menottes et la musique d'opéra ne nous ont menés nulle part parce que Brennan habite ici depuis neuf mois seulement, pas assez pour être sur les photos que Hazel nous a prêtées.

– Possible, dit-il en hochant la tête, ce qui conforta Kate dans ses arguments.

– Elle lui a volé les clefs à sa fête du 4 juillet. De temps en temps, elle venait mettre de l'arsenic dans son bourbon, sachant très bien quand le faire, puisque Paula nous a dit que Sinclair ne partait jamais de chez lui sans claquer la porte à la faire sortir de ses gonds. Et Hazel nous a dit que Brennan était toujours à fouiner dans l'immeuble.

Les yeux mi-clos, Taylor tapotait son stylo sur son calepin.

– Sinclair est remonté chez lui après la fête, il s'est mis en caleçon et au lit. Même s'il était assez malade pour demander du secours, le fil du téléphone était coupé, elle l'avait fait avant, car elle est arrivée à la fête après lui. Ensuite, elle est entrée chez lui. C'est une femme solide, elle pouvait le tenir pour lui menotter les poignets et l'attacher à la tête de lit. Et elle avait l'avantage de la surprise. Cette chaise près du lit, nous savons qu'elle a servi à le regarder mourir. Nous n'avons pas trouvé de cendrier dans la chambre. Tous nos suspects sont des fumeurs, sauf Hazel, qu'on ne peut considérer comme telle, et Dorothy Brennan.

– Kate, commença-t-il en se dandinant sur sa chaise, ce que tu me racontes est bien joli, mais ce ne sont que…

– De pures conjectures. (Elle prit une profonde inspiration avant de poursuivre.) Après la mort de Kincaid, je l'ai observée. Ed, on aurait dit un animal près de sa proie. Jubilant devant sa mort. On aurait dit un… (Elle ne trouvait pas le mot juste.)

– Kate, c'est un coup d'intuition féminine ?

Elle s'affaissa sur sa chaise. Taylor gratta sa calvitie.

– Mettons que je suis l'avocat de Dorothy Brennan, dit-il.

– Ed, je t'ai dit que je n'avais pas de preuves, dit-elle entre ses dents serrées.

– Ouais, mais je te parle pas de preuves, répliqua Taylor, le doigt tendu vers l'ampoule en plastique. Regarde, l'ampoule était près d'elle. L'avocat de Brennan dirait que Kincaid s'en est servi contre lui-même et l'a jetée.

Kate fit un effort pour contenir sa colère naissante et un sentiment de trahison de la part de son équipier.

– Il ne s'est pas suicidé. J'étais là. Je l'ai vu mourir. Cet homme est mort dans mes bras.

– Ouais, c'est dur, Kate. J'y pensais en venant. (Ses yeux marron pleins de compassion se détournèrent du visage de sa collègue pour se poser sur le cadavre de Kincaid.) Des macchabées, j'en ai vu des tonnes, mais toujours après les faits.

Il réagissait à la charge émotionnelle des paroles de Kate, pas à sa logique.

– Il n'avait manifesté aucun symptôme de suicide, ni en paroles, ni en actes, argua-t-elle. Rien ne le laissait présager.

– Kate, dit Taylor avec une étrange douceur, pense aux cas de suicides que nous avons traités où la famille disait la même chose. Kincaid était bizarre, admets-le. Tu as peut-être mal interprété ce que tu as vu.

La fureur empêcha Kate de répondre.

– Du calme, partenaire, fit-il avec un geste apaisant. Tu vois ta théorie tenir le coup devant le D. A.* ? Tu te vois arrêter Dorothy Brennan sur la base de l'expression de son visage ?

– Bien sûr que non, murmura-t-elle.

– Bon, d'accord, gardons l'esprit ouvert à tous les aspects de cette affaire. Allons parler aux autres pour essayer de récolter des arguments tangibles.

– Nous commencerons avec Paula Grant, dit-elle avec un signe d'assentiment de la tête.

Et avec Aimee. Elle pourrait ainsi les laisser aller se réconforter mutuellement.

– Gardons Dorothy Brennan pour la fin. Tu poseras toutes les question, comme ça, je n'influencerai personne avec mes observations. Il faut entendre ce que les autres ont vu.

Taylor soupira.

– J'ai l'impression qu'il va falloir embarquer tout le monde au poste, cette fois-ci.

Kate avait déjà écarté cette perspective. Inutile de soumettre les habitants du Beverly Malibu à une épreuve supplémentaire, Dorothy Brennan mise à part.

– Descendons des chaises dans la buanderie, on s'en servira de salle d'interrogatoire.

– D'accord, bonne idée. Très jolie veste, dit-il en signe de paix.

– La tienne est super chouette, dit-elle, acceptant le compliment.

– T'es vraiment canon, ces jours-ci, Kate. Qu'est-ce qui t'arrive ?

Elle jongla un instant avec cette question.

– Un nouveau programme de gym, répondit-elle.

* * *

---

* District attorney, équivalent du procureur. NdT.

– Aimee se repose, dit Paula, une main posée sur le bras de Kate, une lueur d'excuse dans son regard intense, sur un ton impersonnel que Kate sut être destiné à Taylor. S'il vous plaît, attendez demain pour lui parler. Hazel lui a donné un calmant, il vaut mieux qu'elle passe la nuit ici à mon avis.

– Bien sûr, répondit Kate sur le même ton, mais déçue.

Aimee avait choisi de rester là. Elle refusait tout contact avec Kate, sempiternellement liée aux catastrophes et à la fatalité. *Pour elle, je suis la Mort.*

– Aimee est si jeune, reprit Paula avec douceur, toujours pour protéger Kate. L'un des bénéfices de l'âge est de comprendre à quel point la vie est ténue. Au moins, toute cette affaire est terminée, maintenant.

– Terminée, Paula ? questionna Taylor.

Kate lança à Paula un regard consterné.

– Eh bien... oui. C'est fini, non ? (Elle s'assit sur une des chaises de table à jouer fournies par Hazel.) Vous avez arrêté Dudley...

– Non madame, on l'avait emmené pour l'interroger. Nous n'avions pas assez de preuves contre lui.

– Peu importe. La vérité, c'est qu'il a tué Owen, n'est-ce pas ? Nous connaissons tous l'histoire du scénario volé. Et aujourd'hui, il s'est tué. Il s'est bien tué, dites ?

– Pour le moment, nous devons considérer sa mort comme suspecte, dit Taylor en évitant le regard de Kate.

– Bien sûr. C'est la raison pour laquelle nous avons été fouillés. Nous le comprenons tous.

Paula répondit aux questions de Taylor brièvement, avec lassitude, son visage pâle appuyé au mur blanc de la petite pièce. Elle ne fournit aucun détail nouveau susceptible d'étayer les observations préalables de Kate.

– Quand M. Kincaid est tombé, demanda Taylor, avez-vous noté quoi que ce soit d'étrange chez les autres participants, un comportement bizarre ?

– Hormis l'horreur ? Qu'aurait-il pu y avoir d'autre ?

– Son suicide vous semble-t-il étrange ? demanda encore Taylor.

– Étrange, répéta Paula d'un air écœuré. Cet homme était un excentrique aigri, un fossile intellectuel. Votre équipière pourra vous le confirmer, après la conversation qui a eu lieu aujourd'hui, ajouta-t-elle avec un geste de la main vers Kate.

Ils firent venir Mildred Coates.

– C'était si affreux, dit-elle d'une voix tremblante et pleine de larmes, en arrivant sur le seuil de la pièce. Je suis complètement bouleversée.

Sa déposition fut brève. Elle affirma n'avoir rien remarqué d'inhabituel, et ils la laissèrent partir.

Parker Thomas se laissa choir sur une chaise, tout en faisant courir ses doigts dans sa barbe.

– Il a reçu un châtiment terrible, affirma-t-il, les yeux clos. Je parierais qu'il est mort certain de s'être vengé de toute les blessures – réelles ou imaginaires – que chacun d'entre nous a pu lui infliger.

Thomas se montra aussi étonné que Paula quand on lui demanda s'il avait noté un comportement bizarre chez les autres.

Cyril Crane aussi. Il se déclara persuadé que Kincaid s'était vengé de Sinclair avant de choisir la réunion de Noël pour « imprimer de manière indélébile sa misérable petite personne dans le souvenir de chacun d'entre nous ici ».

Maxine Marlowe croisa ses genoux rondouillards, faisant tourner sans arrêt son émeraude autour de son doigt. Sa voix dure résonnait dans la pièce carrelée, si pâteuse que Kate soupçonna Hazel de lui avoir donné un calmant à elle aussi.

– Dudley-la-chiffe. Il en a jamais eu de sa vie. Dudley-la-chiffe a dû s'empoisonner. Il pouvait même pas tenir un flingue dans sa main, et encore moins ce que vous savez.

Hazel Turner, ultime espoir de Kate, lui dit :

– Au début, vous savez, j'ai cru qu'on l'avait tué comme Owen. Mais maintenant j'ai réfléchi et je vois bien que Dorothy a raison.

– Dorothy ? s'écrièrent en chœur les deux policiers.

– Ben… oui. Elle nous a dit que Dudley s'était fait ça lui-même. Évidemment, elle a raison. Et c'est un vrai réconfort. Dorothy est une femme bien.

– Autant pour les témoignages objectifs, dit Kate à Taylor tandis que Hansen ramenait Hazel chez elle.

– Ouais, répondit-il, dépité. On va l'interroger, cette garce.

– J'aimerais revoir son appartement, dit Kate. Nous allons l'interroger là-haut.

Mais l'équipe du labo était arrivée et le lieutenant Bodwin aussi. Il consulta Kate et Taylor avant de faire une déclaration à la presse, peu nombreuse en ce soir de Noël. Il était d'avis de faire intervenir à nouveau le bureau du coroner, pour faire établir officiellement les causes de ce second décès survenu au Beverly Malibu, plus ambigu que le premier.

– Bien monsieur, dit Kate d'une voix égale.

* * *

Dorothy Brennan précéda les deux policiers dans son salon d'un pas lourd et traînant.

– Puis-je vous offrir du thé ? Du café ?

– Rien, madame, répondit Taylor en prenant place sur le canapé, près de Kate.

Dorothy Brennan s'installa dans le fauteuil danois moderne. Kate fit rapidement le tour de la pièce du regard et la trouva changée. Le désordre douillet qui régnait lors de ses deux précédentes visites avait disparu. Plus de magazines ni de papiers disséminés à droite à gauche. Les livres d'emprunt omniprésents s'élevaient en une pile nette sur le bureau en formica gris. La table où s'étaient trouvées les photos de famille de Dorothy Brennan était désormais vide.

Taylor l'avait lui aussi remarqué.

– Les photos, dit-il avec un geste en direction de la table.

– Noël n'est pas un bon jour pour regarder les photos de mes enfants.

– Oui, madame, désolé.

Kate croisa les bras. Dorothy Brennan venait de prendre un ascendant psychologique sur lui.

– Pourriez-vous nous décrire ce que vous avez vu aujourd'hui, durant la fête ? demanda-t-il.

D'une voix grave et révérencieuse, comme si elle était à l'église, Dorothy Brennan relata les événements de la journée de façon aussi détaillée que Kate l'avait fait elle-même et s'admonesta à nouveau pour avoir été à l'origine de la dispute avec Kincaid.

– Mais ce que j'ai fait n'a rien changé, conclut-elle. Il s'est suicidé, je l'ai vu.

– Vous l'avez vu ? insista Taylor, tandis que Kate la dévisageait.

Dorothy Brennan surprit son regard. Ses yeux noirs soutinrent l'échange et fouillèrent ceux de la détective avec froideur et perspicacité, comme un projecteur de surveillance dans une cour de prison. Puis elle détourna le regard, libérant Kate de son étau glacial. *Cette femme est un monstre*, songea celle-ci. Cette certitude la pénétra jusqu'à la moelle des os.

– Je l'ai vu laisser tomber une ampoule par terre, juste au moment où il buvait son punch, déclara calmement Dorothy Brennan, le visage impassible.

Kate fit un gros effort pour garder sa contenance et formuler prudemment sa question :

– Savez-vous si un autre témoin a vu la même chose ?

Dorothy Brennan la scruta de ses yeux noirs à demi fermés.

– Et vous ?

– Ma collègue ne peut pas vous répondre, intervint Taylor. Pourriez-vous lui répondre ?

– Je l'ignore. Nous portions un toast. C'est un pur hasard si je l'ai regardé à ce moment-là.

Bien sûr que tu le regardais. Kate étudia son visage. Il était paisible, les joues à peine colorées. Il exprimait une plénitude semblable à celle qui suit le plaisir sexuel.

– Ma collègue vous avait fait rassembler chez Hazel Turner et vous avait ordonné de ne pas communiquer entre vous. Pourquoi avez-vous dit à tout le monde que M. Kincaid s'était suicidé ? interrogea Taylor.

– Parce que c'est un fait. Il était de mon devoir de le dire, ils étaient tous pétrifiés à l'idée d'avoir un nouveau meurtre sur les bras.

Taylor prit note en hochant la tête et lui posa ensuite une série de questions sur ses accointances avec le mort. Puis il se tourna vers Kate et demanda :

– Autre chose ?

– Pas pour l'instant, répondit-elle, les yeux fixés sur Dorothy Brennan.

Cette fois encore, le regard sombre soutint le sien, tranquille et serein.

Kate sortit d'un pas raide de l'immeuble, Taylor sur les talons.

– Tu as vu comment elle me regardait ? dit-elle en lui faisant face. Tu as vu ?

– Quand ? Qu'est-ce que tu veux dire ? demanda-t-il d'un air parfaitement sidéré.

Elle eut envie de le pulvériser.

– Elle l'a fait, Ed. Aussi sûr que le soleil se lèvera demain, c'est elle. Tu as entendu tous ces détails sur la fête ? Elle en a vu autant que moi. Tu as entendu sur quel ton elle a tout décrit ?

C'est une meurtrière qui aime tuer. Elle observe et mémorise chaque instant de ses meurtres.

– Collègue, dit-il doucement en hochant la tête, si tu le dis, ça me va. Mais on n'est pas dans *Arabesques*. On ne peut rien faire sans preuve, ni l'embarquer sans C. P.

Cause probable. Kate sentit la fraîcheur du soir traverser la soie de sa veste. Elle ne bougea pas, les jointures de ses poings blanchies de frustration. Cause probable. Elle savait que cette femme avait commis deux meurtres vicieux par plaisir, mais sa conviction ne valait rien, malgré sa fonction et son grade. Ce qu'elle avait vu sur le visage de Dorothy Brennan et dans ses yeux, la théorie qu'elle avait échafaudée sur la manière dont les meurtres avaient été commis, rien de tout cela ne constituait de cause probable. La cause probable était une paire de menottes passée aux poignets de la police par les tribunaux, mais elle devait dicter chacune des actions de Kate, sous peine de voir même l'affaire la plus évidente finir sur la liste des procès non aboutis pour vice de procédure.

– Tu penses que j'ai tort, n'est-ce pas, Ed ? demanda-t-elle avec douceur.

– Non. Je te crois parce que tu le crois. Mais j'ai du mal à imaginer cette femme en train de tuer.

– J'ai raison, Ed. Et si nous ne trouvons pas le moyen de l'arrêter, d'autres habitants du Beverly Malibu vont mourir.

23

Kate arriva chez elle aux petites heures du jour, encore plus déprimée par la perspective de la chambre vide qui l'attendait pour la première fois depuis vingt-deux jours qu'Aimee était venue la trouver.

Mais la chambre n'était pas vide. Folle de joie, elle s'assit au bord du lit. Aimee roula sur le côté pour fixer sur elle des yeux ensommeillés. Kate se pencha pour l'embrasser sur le front.

– Je suis si heureuse de te voir là, dit-elle simplement.

– Il fallait que j'essaie ma nouvelle clef, murmura Aimee en prenant son visage entre ses mains toutes chaudes. Qu'est-ce... tout va bien ?

– Nous… travaillons encore. Je n'ai que quelques heures, il faut que je reparte.

Elle ne voulait rien lui dire pour le moment au sujet de Dorothy Brennan. Mais elle allait la protéger de cette femme, d'une manière ou d'une autre. Et Paula aussi.

– Tout va bien, je t'assure.

Aimee se retourna dans sa position initiale.

– Viens près de moi, je veux te prendre dans mes bras.

Après sa douche, Kate demeura allongée les quatre heures suivantes, bercée par la chaleur du corps d'Aimee sans être toutefois apaisée. À cinq heures, malgré ses protestations inarticulées, Kate se dégagea doucement de son étreinte et se leva. Elle enfila la robe d'intérieur qu'Aimee lui avait offerte pour Noël et emporta une tasse de café au salon.

Elle s'assit dans un fauteuil pour consulter ses notes sur les meurtres Sinclair et Kincaid, s'obligea à se concentrer et passa en revue les faits, étudiant la moindre annotation concernant Dorothy Brennan.

Brennan avait soixante-trois ans, elle avait occupé une série d'emplois ordinaires et avait vécu avec la mère de son mari après le décès de ce dernier, survenu quatorze ans plus tôt. Une de ses filles s'était tiré très jeune une balle dans la tête, son fils avait fait une overdose et son autre fille s'était exilée en Angleterre.

Les enfants Brennan. Leurs photos ne se trouvaient plus sur la table, la veille… Kate fouilla sa mémoire pour tenter de visualiser les portraits de famille aperçus lors de son premier entretien avec la suspecte. Non, décida-t-elle, le père des enfants n'apparaissait nulle part. L'époux de Dorothy Brennan.

Le mari. *La famille de mon mari est anglaise*, avait dit Brennan. Elle avait vécu en compagnie de la mère anglaise de son mari… Une de ses filles était partie vivre en Angleterre. L'Angleterre…

Kate se reporta à la fin du carnet, à la liste des noms livrés par Sinclair à la Commission des Activités Anti-Américaines :

John Robert Campbell
Randall Marlowe Reese
Alistair Todd Smythe
Gillian Anne Smythe
Martin Brooks Smythe
Meaghan Dorothea Smythe
Robert Michael Tonelli
Louise Brenda Tonelli

– Dorothy Brennan. Brennan, murmura-t-elle dans le salon silencieux. Kate Delafield, tu es une imbécile, dit-elle alors tout haut.

Elle retourna dans la chambre, s'habilla à la hâte et sans bruit. Puis elle écrivit un mot pour Aimee, lui disant qu'elle téléphonerait dès que possible. Trente-cinq minutes plus tard, elle arrivait sur le parking de la Division Wilshire.

Deux heures après, la confirmation arrivait par télétype. À partir des empreintes relevées auprès des occupants du Beverly Malibu et faxées au FBI, celles de Dorothy Brennan s'avérèrent positives. Elle s'appelait en réalité Meaghan Dorothea Smythe, épouse d'Alistair Smythe. Tous deux faisaient partie de ceux qu'avait dénoncés Sinclair à la Commission.

* * *

– Je ne comprends toujours pas, se plaignit Taylor en montant dans la Plymouth pour se rendre au Beverly Malibu. D'accord, elle est devenue cinglée et elle s'est vengée de Sinclair de la pire façon possible. Mais pourquoi tuer Dudley Kincaid en plus ?

– Elle a peut-être voulu faire croire à son suicide pour se couvrir du meurtre de Sinclair. Mais j'en doute. Si l'intelligence de cette femme est meurtrière, sa folie l'est aussi. Pour moi, elle l'a tué parce qu'il était de droite et soutenait Sinclair. Ma présence a pu éventuellement la pousser à le tuer vite au lieu de le torturer comme Sinclair.

– Bigre, marmonna Taylor, je suis bien content de ne pas lui avoir dit que je vote républicain.

Elle lui sourit et fit démarrer la voiture. Ils passeraient bientôt les menottes à cette tueuse psychotique pour l'éloigner du Beverly Malibu.

– Paula Grant m'a dit qu'Alistair Smythe était acteur. Dorothy Brennan n'avait pas de photo de lui sur la table du salon parce qu'elle ne voulait pas prendre le risque qu'on le reconnaisse.

– Ça aussi c'est bizarre, Kate. Pourquoi Sinclair ne l'a-t-il pas reconnue, elle ?

– Je ne comprends pas non plus, Ed, avoua-t-elle. D'après les photos du FBI, elle n'a pas beaucoup changé depuis le temps. Mais son physique est si ordinaire...

– Le cadre brisé avec le portrait manquant de McCarthy...

– Elle a dû le défigurer, dit Kate.

– Ouais. Ou elle s'en est servi comme papier toilette. Dire qu'on avait cette histoire de nom sous le nez dès le départ, grommela Taylor, giflant la bande de sa ceinture de sécurité puis croisant les bras d'un air dégoûté. Quel con je fais.

– Quelle conne *je* fais, corrigea Kate en prenant Venice Boulevard, suivie par deux voitures pies. J'ai supposé que Brennan avait gardé le nom de son mari après sa mort. Je suis flic depuis trop longtemps pour faire encore des suppositions. Mais elle a fait une grosse erreur en me disant que sa belle-famille était anglaise. Nous aurions dû faire attention. Comment pouvait-elle s'appeler Brennan alors que les parents de son mari étaient anglais l'un et l'autre ?

– Ouais, et moi, j'ai bien foiré sur ce coup-là, Kate, renchérit Taylor. Avec ma mère irlandaise et les films de Walter Brennan qui ont bercé ma jeunesse.

– Toi ? Delafield est un nom anglais. C'est moi qui aurais dû savoir que Brennan était irlandais.

* * *

Dorothy Brennan s'était envolée du Beverly Malibu.

– Comment je pourrais savoir quand elle est partie ? répondit Hazel d'un air hésitant à leurs questions pressantes. Et tous ces policiers, c'est pourquoi ? Les voisins doivent se dire que le Beverly Malibu, c'est pire que l'Iran. Je me suis levée à six heures comme d'habitude et il y avait cette enveloppe à ma porte, avec un mot dedans et deux billets de cent dollars.

Kate examina le mot :

Ma chère Hazel,

Je dois partir. Une affaire urgente m'attend. Je vous prie de rendre mes livres à la bibliothèque et d'appeler Enterprise Rent pour qu'ils reprennent leurs meubles. Tout le reste est à donner ou à jeter. J'espère que l'argent ci-joint vous dédommagera du dérangement. Chère Hazel au bon cœur, je vous souhaite longue vie et bonne santé, comme à tous ceux du Beverly Malibu.

Dorothy Brennan

– Vous saviez qu'elle louait ses meubles ? demanda Taylor à Hazel.

– Mon petit, je vous l'ai déjà dit, je sais tout ce qui se passe dans mon immeuble.

– Vous n'avez pas pensé que c'était suffisamment étrange pour nous le dire ?

– Vous trouvez ça plus bizarre que ce que font mes autres locataires ? D'ailleurs, Dorothy ne ferait pas de mal à une mouche.

– Hazel, nous aurons besoin d'aller voir chez elle, dit Kate.

Une affaire urgente m'attend, disait la note. La dernière fois qu'ils avaient parlé à Dorothy Brennan, l'appartement était bien rangé. Les livres empilés, plus de photos des enfants... Elle avait fait ses bagages avant d'assassiner Dudley Kincaid. Il fallait qu'ils trouvent cette femme, et vite.

– Ma petite, dit la propriétaire en l'agrippant par le bras, vous avez fait sceller l'appartement d'Owen. Ensuite celui de Dudley et la salle commune. Maintenant l'appartement de Dorothy. Le contrôle des prix vaut encore mieux que vous autres, de la police.

– Ne vous en faites pas, Hazel, la rassura Kate en lui tapotant la main. Nous allons bientôt vous rendre votre bien.

* * *

Peu après le lancement du mandat d'arrêt contre Meaghan Dorothea Smythe alias Dorothy Brennan, recherchée pour deux homicides, peut-être armée, considérée comme excessivement dangereuse, sa Honda Civic beige 1982 fut retrouvée chez un marchand d'occasions de La Brea, vendue contre une somme en liquide le 22 décembre de la semaine précédente.

À part les photos de ses enfants, presque rien n'avait disparu de son appartement, pas même les articles de toilette élémentaires.

– On dirait qu'elle s'est barrée avec son sac et rien d'autre, marmonna Taylor à Kate tandis qu'ils fouillaient les pièces désertées où régnait l'atmosphère stérile des chambres d'hôtel.

– Et peut-être son sac à poisons, suggéra Kate.

En attendant le résultat des analyses d'une poignée de médicaments délivrés sans ordonnance et de quelques aliments, ils n'avaient trouvé aucune trace d'un agent toxique incontestable.

– Nous avons son ancienne adresse à Silverlake, dit-elle. Il faut aller y faire un tour.

24

Kate et Taylor se garèrent sur Hyperion, devant une haie d'arbustes serrés les uns contres les autres où s'inscrivaient en gros caractères des chiffres peints en blanc. Une barrière fermée par un loquet les mena à un escalier en ciment puis à une butte herbeuse inondée de soleil et enfin à une maison en stuc de style ranch surplombant une partie de Silverlake et un groupe d'immeubles du centre-ville dont les toits se perdaient dans la brume.

Une femme mince aux cheveux blancs, en pantalon de velours maculé de terre et grosse chemise de travail en coton aux manches retroussées aux coudes était agenouillée devant l'un des quatre parterres de fleurs alignés devant la bâtisse et se livrait à un désherbage actif. Elle aperçut les deux arrivants, s'assit sur les talons, ôta ses gants de jardinage, se releva péniblement, les gants dans une main, son outil dans l'autre.

Kate lui montra sa plaque, imitée par Taylor.

– Détective Delafield, dit-elle, et voici mon équipier, le détective Taylor, du LAPD.

La femme se raidit, ses yeux bleu pâle examinèrent Kate, puis se posèrent sur Taylor avec une hostilité manifeste.

– Quoi encore ? Qu'est-ce que vous voulez ?

– Pourrions-nous connaître votre identité ? demanda Kate avec courtoisie.

– Que voulez-vous ? (Le ton était glacial.)

– Nous enquêtons sur un double meurtre, répliqua Kate. D'après nos informations, la personne que nous suspectons a vécu ici un certain nombre d'années.

La femme lâcha son outil qui tomba sur la terre meuble et bien nettoyée avec un bruit sourd. Elle se mit à fouetter lentement une de ses cuisses avec ses gants, sans cesser de dévisager les deux policiers. Kate attendit, observant la peau pâle et presque transparente de son visage, le long nez fin, la chair flétrie sous les pommettes saillantes, la petite bouche au dessin affiné plutôt qu'altéré par les années. Une vitalité intense se lisait sur ses traits. Un visage de vraie croyante, aurait dit son père s'il avait dû le décrire.

– Je veux bien vous parler à vous, déclara la femme avec un geste en direction de Kate.

– Nous...
– À vous ou à personne.
Cette femme péremptoire pouvait leur fournir des informations utiles. Voire vitales.
– Je te retrouve à la voiture, dit Kate à Taylor.
– Non. Je ne veux pas de lui dans les parages.
Kate acquiesça d'un haussement d'épaules.
– Je t'appellerai quand j'aurai terminé, dit-elle.
Les mains à hauteur de la taille, Taylor ajusta son holster sous sa veste vert pomme, jeta un rapide coup d'œil à la femme, hocha la tête d'un air morne à l'intention de sa collègue et tourna les talons. Kate savait qu'il ne s'éloignerait pas et resterait en contact radio avec le chef de la Division en cas de besoin.
La femme le regarda redescendre d'un pas lourd le chemin dallé jusqu'aux marches de ciment et dit à Kate :
– Un homme dans la police, je peux comprendre, les hommes sont au mieux des animaux domestiques. Mais pourquoi vous êtes-vous alliée à ces porte-flingues ?
– Parfois, je me le demande aussi, répondit l'intéressée.
La femme eut un fugitif sourire d'autant plus radieux qu'inattendu.
– Un jour, vous vous pencherez peut-être sur la question.
– Qui êtes-vous ? demanda Kate en sortant son carnet.
– Rangez ça. Je refuse de parler si on rapporte mes propos. Je m'appelle Gillian Smythe, ajouta-t-elle, voyant son interlocutrice obtempérer.
Kate ne put dissimuler que ce nom lui était familier. Gillian Anne Smythe, épouse de Martin Brooks Smythe. Ils s'étaient enfuis en Angleterre en 1952. Que faisait-elle ici et maintenant ? Cachait-elle Dorothy Brennan ? Elle ressentit un picotement entre les omoplates et balaya la maison du regard.
– Depuis combien de temps vivez-vous ici ?
– Deux mois et demi. J'ai essayé de rentrer d'Angleterre à la mort de Maman Smythe, ma belle-mère, il y a neuf mois. Je suis telle que vous me voyez, détective Delafield. Une femme de soixante-douze ans affligée d'une bonne dose d'arthrite. Vous trouvez que j'ai l'air dangereux ?
– Non, répondit Kate comme il se devait.
– Votre pays a mis six mois à prendre une décision. À ma descente d'avion, j'ai subi un interrogatoire de plusieurs heures avec les gorilles des services d'immigration pour savoir si j'allais lancer une insurrection communiste dans la minute. J'ai hâte de

quitter ce beau pays de la liberté d'expression et du droit d'assemblée.

Les propos étaient amers, mais le visage demeurait serein.

– Pour quelle raison êtes-vous ici aujourd'hui ? demanda Kate.

– Pour liquider la propriété de ma belle-mère. Ma belle-sœur m'a tout laissé sur les bras. J'ai vendu la maison.

– Quelles sont vos relations avec Meaghan Dorothea Smythe ?

– C'est la belle-sœur en question. La femme du frère de mon mari.

– Je vois. Et depuis combien de temps ne l'avez-vous pas vue ?

Gillian Smythe désigna un sac en toile couvert de mauvaises herbes arrachées.

– J'ai du jardinage à finir. Vous pourriez peut-être m'aider pendant que je réponds à vos questions.

Cette phrase rappela à Kate les affirmations formulées comme des questions d'Aimee. Elle sourit. Quelques traces de terre sur son pantalon ne seraient pas trop cher payé.

– Je suis à votre disposition. Êtes-vous seule ici, madame Smythe ?

– Je vous en prie, appelez-moi Gillian. Bien sûr que je suis seule, qui pourrait-il y avoir d'autre ?

– Juste le temps de poser ma veste là-bas, dit Kate en montrant du doigt une véranda située sur le côté de la maison.

Cela lui permettrait de jauger les lieux. La maison de stuc beige séparée de ses voisines par une haute palissade et des citrus était sombre et calme. Aucun bruit de radio ou de télévision n'en sortait. Kate jeta un coup d'œil à travers la porte vitrée de la véranda et ne distingua que quelques meubles. Observant Gillian Smythe, à nouveau absorbée par son désherbage, elle ôta sa veste, défit son holster et le posa sur la table, sous la veste. Elle glissa son revolver dans son sac et retourna auprès de Gillian Smythe, ramassant *en route* * un sac de toile pour s'y agenouiller.

– Les hémérocalles ont trop poussé. Je vais les séparer et les transplanter.

D'une main experte, à l'aide de son plantoir, Gillian faisait des trous au milieu du massif de fleurs dont elle avait nettoyé la terre.

– Dorothy a toujours été une jardinière enragée. Les fleurs ont souffert du manque de soins, dit-elle.

---

* En français dans le texte. NdT.

– Depuis combien de temps ne l'avez-vous pas vue ? demanda Kate pour la deuxième fois, puis elle posa son sac de toile sur l'herbe, devant le massif de fleurs, et s'agenouilla, son sac à côté d'elle. L'odeur riche de la terre fraîchement retournée et réchauffée par le soleil l'enveloppa.

– Trente-six ans, répondit Gillian. Depuis 1952.

– Vous ne l'avez jamais revue ? s'étonna Kate en la regardant.

– En photo, seulement. Alistair et Dorothy ne nous ont jamais pardonnés d'être partis. Surtout Dorothy. La blessure s'est encore approfondie quand leur fille Colleen est venue nous rejoindre. Martin et moi avons veillé à maintenir l'intégrité de notre famille, alors que celle de Dorothy se désagrégeait. Je tiens cela de Colleen et de Maman Smythe quand elle nous rendait visite, c'est-à-dire assez souvent – elle est née en Angleterre, et son mari aussi. (Gillian agita la petite pelle derrière son dos.) C'était sa maison. Dorothy y a vécu avec elle durant des années. Quand Maman Smythe est partie, Dorothy a pris sa part d'héritage et elle est partie, comme ça.

– Partir comme ça semble faire partie de ses habitudes, commenta Kate.

– Qu'est-ce que c'est que cette histoire de double meurtre ?

– Nous avons des raisons de penser qu'elle s'en est rendue coupable, répondit Kate en l'observant.

– Vraiment. Et qui est-elle censée avoir tué ?

– Dudley Kincaid et Owen Sinclair.

– Je vois, dit Gillian sans changer d'expression.

– Connaissez-vous l'un de ces deux noms ?

Gillian égalisait avec son outil les parois des trous qu'elle venait de creuser.

– Détective Delafield, ni vous ni moi ne sommes des imbéciles. Faut-il que nous poursuivions sur ce mode ? Je n'ai jamais entendu parler de Dudley Kincaid.

Elle n'avait pas remis ses gants de jardinage, nota Kate. Anne ne jardinait jamais avec des gants, du temps où elles partageaient la maison de Glendale. Elle aimait sentir la terre sous ses doigts. Aimee voudrait peut-être habiter une maison. Avec un jardin comme celui-ci.

– La mort de Sinclair ne semble pas vous chagriner beaucoup, reprit Kate.

– Effectivement. Celle de M. Kincaid non plus. Je suppose que, là aussi, Dorothy avait ses raisons.

– Ses raisons ? s'exclama Kate, hors d'elle.

– Vous voulez bien ? fit Gillian Smythe en pointant l'index par-dessus les fleurs. J'ai besoin de ce sac de terreau.

Kate se leva, abandonnant son sac à main après un temps d'hésitation. Elle traversa le massif, ramassa l'objet requis, le rapporta et se remit à genoux sur son sac de toile.

– Vous savez sans doute que certains homicides se justifient, affirma Gillian.

– Deux hommes sont morts, madame Smythe...

– Gillian.

– Gillian. (Elle trouvait difficile d'appeler cette femme autoritaire par son prénom.) Dorothy Brennan a délibérément torturé Owen Sinclair...

– Dorothy Brennan ? coupa Gillian, levant un regard bleu pâle inquisiteur vers Kate, qui avait laissé échappé ce nom.

– Elle a adopté cette identité d'emprunt peu de temps après le décès de son mari, expliqua Kate.

– Une identité d'emprunt, dites-vous. Nous l'avons toujours appelée Dorothy. Alistair préférait ce prénom à Meaghan. Ils ont appelé leur premier enfant Dorothy. La petite Dot, comme nous l'appelions tous. Et leur fils s'appelait Brennan. (Le chagrin assombrit son regard.)

– Si je comprends bien, votre famille a beaucoup souffert, avança Kate.

– Détective Delafield, vous ne comprenez rien du tout.

D'un coup de pelle, Gillian Smythe ouvrit le sac et entreprit de remplir à mi-hauteur chaque trou de terreau riche et sombre.

– Votre belle-sœur, s'obstina Kate, a délibérément torturé Owen Sinclair avec du poison pendant plusieurs mois avant de lui administrer une dose fatale. Durant trois heures, elle l'a regardé agoniser d'une mort cauchemardesque.

Gillian plaça sa première bouture dans un trou et tendit une griffe à Kate.

– Je tiens la plante et vous ramenez la terre tout autour, d'accord ? demanda-t-elle sur un ton anodin.

Kate scruta son visage impassible et obéit.

– Dans les années quarante, reprit Gillian, mon mari, Martin, comptait parmi les architectes les plus en vue de cette ville. Mais notre grande fierté était Alistair, le mari de Dorothy. Essayez d'imaginer un comédien doué de l'intensité dramatique d'un acteur classique comme James Earl Jones et aussi prometteur que Laurence Olivier à ses débuts. Alistair Smythe était si pétri de talent que Chaplin l'avait pris sous son aile.

– Il devait être formidable, dit Kate.

L'attitude de Gillian Smythe paraissait inchangée mais moins abrupte, sa voix plus éloquente et ses propos mesurés.

– Chaplin était persuadé qu'Alistair accéderait au rang des Olivier, Gielgud et Barrymore. En 1950, lui et Martin ont acheté le vieux Libra Theater sur Sunset Boulevard, pour permettre à mon beau-frère de créer l'équivalent du Group Theater, version côte est. Vous connaissez le Group Theater ?

Kate posa son outil de jardinage pour étaler la terre à la main. Ce nom lui disait quelque chose.

– Le Group Theater... fit-elle.

– C'est la compagnie new-yorkaise qui a révolutionné l'art dramatique aux États-Unis. Harold Clurman, Lee Strasberg, Clifford Odets, Lee J. Cobb et John Garfield en faisaient partie... Et bien sûr (le ton se durcit), Elia Kazan.

Kate se rappela la photo de Kazan dans la galerie des mouchards, chez Sinclair.

– Les précédents propriétaires du Libra Theater avaient accepté de produire une pièce monstrueusement mauvaise d'Owen Sinclair, si celui-ci trouvait le financement. Je pense qu'il n'aurait jamais été capable de faire vivre un tel projet, mais Alistair a commis l'erreur de rejeter sa pièce et de lui montrer son mépris. Il refusait d'avilir son beau théâtre tout neuf. Voilà pourquoi Sinclair nous a tous dénoncés à la Commission. Il ne nous avait jamais vus de sa vie, à l'exception d'Alistair.

Ainsi donc, c'était pour cela qu'Owen Sinclair n'avait pas reconnu Dorothy Brennan... Kate observa Gillian presser la terre autour des fleurs de ses doigts déformés par l'arthrite.

– Il n'a pas été le seul à se conduire aussi perfidement, poursuivit Gillian. À cette époque, on dénonçait pour de l'argent, par méchanceté, ou un tas de raisons qui n'avaient rien à voir avec la politique.

– Comment a-t-il eu connaissance de vos... idées politiques ?

Même au Vietnam, Kate n'avait pas rencontré de vrais communistes. Gillian Smythe était la première qu'elle approchait.

– À un dîner. J'ignore comment il a réussi à s'y faire inviter. Alistair y assistait avec John Howard Lawson et Lester Cole. Vous vous souvenez peut-être d'eux, ils faisaient partie des Dix de Hollywood. À partir de ce moment, Sinclair a collecté des informations sur notre entourage et a trouvé les armes dont il avait besoin.

– Je suppose qu'il a été le seul à vous dénoncer ?

– Pas du tout. Mais il l'a fait le premier et son geste a été déterminant. Nous étions connus du FBI. Avec toutes leurs manœuvres de surveillance, ils savaient tout sur tout le monde. McCarthy et sa bande n'ont rien découvert que le FBI ne savait déjà. Mais une fois la dénonciation effectuée, le FBI et la Commission s'en servaient comme moyen de pression sur d'autres témoins – des témoins récalcitrants – et ils leur disaient qu'ils avaient été donnés. Certains ont usé de ce prétexte pour se justifier. Au final, les accusations s'accumulaient sur ceux qui avaient été dénoncés...

Kate écoutait intensément tout en continuant de ratisser et de lisser la terre, travaillant en rythme avec Gillian pour replanter chaque plant, le dos et les épaules chauffés par le soleil.

– Martin et moi étions bien plus réalistes qu'Alistair du point de vue politique, peut-être parce que nous étions plus âgés, ou plus cyniques. Avant même que les auditions ne touchent Hollywood, Martin avait prévenu Alistair qu'il y perdrait et son travail et son théâtre. Martin savait que son cabinet d'architecte péricliterait et que seuls resteraient les âmes assez fortes pour braver la surveillance du FBI et leur harcèlement. Nous nous sommes enfuis avec nos deux fils pendant que nous pouvions encore nous en sortir indemnes.

Gillian planta la dernière bouture et attendit que Kate la recouvre.

– Nous les avons suppliés de venir avec nous. Mais Alistair croyait profondément que son avenir et sa destinée résidaient ici. Et Dorothy le soutenait dans cette conviction. Elle pensait que sa confiance en lui-même, ses idées et son talent suffiraient.

Kate entendait les insectes bourdonner autour d'elle et les oiseaux pépier dans les arbres. Agenouillée sur son sac, ratissant la terre à mains nues, elle se sentait bercée, hypnotisée par cet environnement.

– Parlez-moi de Dorothy, dit-elle.

– Une femme pleine de ressource. Au début, je la haïssais profondément de remplir le rôle alors imposé aux femmes avec une joie intense. Ce n'était pas par esprit de sacrifice, elle vénérait Alistair et adorait ses enfants. Elle était née pour son rôle d'épouse nourricière dévouée à un génie artistique. Elle incarne ce pourquoi des hommes pétris de talent épousent des femmes relativement laides.

Kate songea que cette femme désarmante et éloquente constituait la preuve vivante de ses affirmations. Elle semblait tellement mieux convenir à un Alistair Smythe que la prosaïque Dorothy Brennan…

Gillian se leva à demi, puis se rassit.

– Voudriez-vous m'apporter le tuyau.

– Bien sûr, répondit Kate, souriant de cette nouvelle non question.

Gillian ajusta la lance d'arrosage sur faible débit et testa le jet sur l'herbe.

– Ensuite, ces histoires de Commission nous sont tombées sur la tête. (Elle arrosa le massif nouvellement planté petit à petit, avec précaution.) Essayez d'imaginer l'omniprésence du FBI dans votre vie de famille quotidienne. Deux hommes dans une voiture de surveillance garée devant chez vous. Une caméra branchée dans la maison d'en face pour filmer vos visiteurs. Être prise en filature dès que vous mettez un pied dehors. Le téléphone sur écoute, le courrier ouvert. Vos amis, vos voisins, vos relations passées et présentes interrogés. Vos enfants mis en quarantaine parce que les parents des autres refusent de laisser leur progéniture les fréquenter. La trahison partout où vous allez, le sentiment d'être sans cesse traquée, et tout cela à cause de vos opinions…

L'odeur prégnante de la terre mouillée noire et féconde s'éleva.

– C'est difficile à imaginer, dans un pays où c'est censé ne pas se produire, convint Kate tout en pensant que l'isolement et la persécution étaient le lot quotidien des gays et des lesbiennes.

– Même en sécurité en Angleterre, c'était abominable de voir une nation mettre à mal ses plus grandes valeurs. Nous savions que même les appels transatlantiques de Martin à sa mère étaient enregistrés. Alistair ne pouvait pas travailler. Et la sécurité physique de sa famille devint pour lui un tel souci qu'il s'est acheté un pistolet. La petite Dot l'a trouvé… (La voix ferme s'était mise à trembler.)

– Nous ignorions cela, murmura Kate.

– C'était un être tendre qui ne supportait pas de vivre dans un univers où elle se sentait menacée en permanence. Sa mort a brisé Alistair. Son esprit s'est effrité, sa confiance, son amour-propre, son talent, tout. Il a commencé à emprunter de l'argent. À des admirateurs, à des amis, à sa mère. Et puis il a glissé dans l'abîme. Il est devenu infidèle et alcoolique. La petite Dot s'est tuée le jour de Thanksgiving. Colleen nous a dit que par la suite, la période des fêtes avait toujours été particulièrement horrible.

Voilà donc pourquoi Dorothy Brennan avait éliminé Sinclair le jour de Thanksgiving et Kincaid à Noël...

– Alistair est mort en vieillard, à quarante-huit ans. Il ne subsistait plus en lui une once de vitalité ou d'espoir. Leur fils, Brennan, souffrait des mêmes tendances autodestructrices, il a trouvé l'oubli dans la drogue. Malgré toute ses attentions et tout son amour, Dorothy n'a rien pu faire pour empêcher ses deux enfants et son mari de se tuer, ni sa dernière fille de s'enfuir pour préserver son existence et sa santé mentale. Même de là où nous étions, c'était affreux de voir toute l'énergie de Dorothy s'effilocher dans son agonie.

Gillian se lava les mains sous le jet.

– Owen Sinclair a détruit nos vies sans aucun scrupule, puis il a tourné les talons sans un regard.

Elle tendit le tuyau d'arrosage à Kate et s'essuya les mains sur son pantalon de velours.

– Vous disiez qu'il n'a mis que trois heures à mourir ?

Kate prit le tuyau et dirigea le jet sur ses mains.

– Gillian, bien assez de vies ont été détruites. Il faut que ça cesse. Je dois retrouver Dorothy.

– Owen Sinclair a anéanti toutes ses raisons de vivre.

Parce que Alistair Smythe lui avait ôté son dernier espoir, songea Kate. Mais elle dit :

– Vous vouliez savoir comment j'arrivais à exercer mon métier. Je fais ce que je peux pour vivre dans un monde civilisé. La vengeance n'est pas de mon ressort, ni du vôtre, ni de celui de Dorothy.

– Ah non ? Il faut laisser ça à Dieu, n'est-ce pas ? Ce pays a indemnisé les japonais internés durant la Seconde Guerre Mondiale, ne serait-ce que symboliquement. Mais il n'a jamais expié ses fautes envers les gens comme Martin et moi, qui avons été chassés hors de notre pays. Ni envers ceux dont l'existence a été réduite à néant, comme Dorothy et Alistair. Jamais.

– Cette période de notre histoire est une honte nationale, dit Kate, pensant avec tristesse à Mildred Coates et son avenir perdu. C'est une affaire de conscience nationale.

– Pour certains, peut-être. Mais la masse a oublié. Ou elle croit que ces événements sont parfaitement justifiables.

– Gillian, Dorothy n'est plus à même de juger de quoi que ce soit. Elle est folle.

– Bien sûr qu'elle l'est. C'était inévitable.

– Aidez-nous à la retrouver. Elle n'ira probablement pas en prison, elle plaidera sans doute la folie.

– J'en suis certaine. Mais j'ignore où elle est.

– Écoutez-moi, insista Kate, qui ne la croyait pas. Tout ceci dépasse de loin Owen Sinclair et ce qu'il vous a fait à tous. Elle a tué Dudley Kincaid à cause de ses opinions politiques, simplement parce qu'il partageait celles de Sinclair. Ses victimes ne sont plus des personnes. Ce sont des symboles.

– Toute ma vie, j'ai été un symbole, dit calmement Gillian. Voilà ce que mes croyances philosophiques sur l'égalité, la dignité et la fraternité ont fait de moi. Quand on a peur de l'autre, on en fait toujours un symbole. Il est bien plus facile de tuer un symbole qu'un être humain.

Des images de Dorothy Brennan affluèrent dans l'esprit de Kate. Ses yeux noirs étincelants, son visage sauvage.

– Votre belle-sœur est une tueuse en série. Elle a un véritable appétit de meurtre. Elle…

Le bourdonnement du bipeur l'interrompit. Kate repassa son sac sur son épaule.

– Il faut que j'appelle immédiatement, dit-elle, sinon vous allez voir un essaim de policiers débarquer pour savoir ce qui m'empêche de le faire.

– Épargnez-moi vos troupes d'assaut, dit Gillian avec un geste de la main vers la maison. Il y a un téléphone dans la cuisine.

Kate s'adossa au réfrigérateur, le combiné du téléphone mural dans une main, le revolver toujours dissimulé dans son sac dans l'autre. Dorothy Brennan ne se trouvait peut-être pas dans la maison pour l'instant, mais Kate percevait sa présence haineuse, ses ruminations grouillantes.

– Kate, tout va bien là-haut ? demanda Sandy Berenson, le chef de la Division. Ed a de mauvaises vibrations. On a déployé des agents sur Hyperion.

Touchée par l'inquiétude excessive de Taylor et revigorée par les intonations coulantes et laconiques de Berenson, Kate sentit sa tension se relâcher un peu. La famille de la police faisait corps autour d'elle.

– Pas de problème jusque-là, monsieur, répondit-elle. À mon avis, la suspecte n'est pas dans les environs, mais je n'en suis pas tout à fait certaine.

Elle imaginait la masse imposante de Berenson encastrée dans son fauteuil de bureau tourné de côté, les pieds posés sur un tiroir ouvert, les bras croisés, le téléphone coincé sur son épaule dodue.

– Dites à Ed que la femme qu'il a vue s'appelle Gillian Smythe et que nous aurons besoin d'un mandat de perquisition.

Elle comprenait maintenant l'hostilité de Gillian à l'égard de Taylor. Il lui rappelait trop les agents du FBI, leur costumes mal taillés, leurs badges et leurs revolvers.

– Je vais rester encore un peu, poursuivit-elle. Je devrais ressortir dans une vingtaine de minutes, environ.

– Si nous n'avons pas de nouvelles de vous d'ici là…

– Oui monsieur. Merci monsieur.

La cuisine était immaculée, le salon plongé dans la pénombre et le silence, les meubles recouverts de housses. La main toujours posée sur son arme, Kate gagna la porte avec précaution. Même un .38 Smith & Wesson lui semblait un peu illusoire, face à Dorothy Brennan.

Gillian Smythe était assise sur le perron, elle arrosait en pluie fine un autre massif de fleurs. Kate s'assit près d'elle, dans une position qui lui permettait d'observer la porte et les fenêtres de la maison.

– Vous avez dit qu'elle était partie comme ça. A-t-elle encore des effets personnels ici ?

– Une kyrielle de livres de toutes sortes. Il y avait aussi des dizaines de journaux et de magazines conservateurs, ajouta Gillian d'un air dégoûté. Je les ai jetés.

Kate se rappela le *National Review* sur la table basse, la première fois qu'elle avait interrogée Dorothy Brennan chez elle. Dorothy Brennan, qui déclenchait des disputes à propos de politique, mais n'exprimait jamais d'opinion propre… Pourquoi lisait-elle des journaux conservateurs ? *Une affaire urgente m'attend*, disait son mot. Un frisson glacé parcourut Kate.

– Il faut retrouver votre belle-sœur, dit-elle.

– Oui, je suppose. Comme je vous l'ai dit, je n'ai pas la moindre idée de l'endroit où elle peut se trouver.

– Personne ne disparaît en fumée. Nous avons tous un réseau de connaissances et des habitudes de toute une vie qui laissent des traces.

– Ça m'étonnerait que Dorothy soit aussi prévisible. Je vous l'ai dit, elle a de la ressource. Et elle a eu trente-six ans pour réfléchir et mettre tout cela au point. Elle a de l'argent…

– Beaucoup ?

– Maman Smythe savait investir. Plusieurs centaines de milliers de dollars, je dirais.

Ce qui laisse à cette femme ingénieuse une grande liberté d'action, pensa Kate avec un inquiétude grandissante.

– Et ses amis ? Le reste de votre famille ? La sienne ?

– Il me semble qu'elle a des parents éloignés sur la côte est. Des irlandais de Boston. Pour les amis, je ne sais pas. Colleen me disait que ses seuls amis étaient ceux d'Alistair. Certains les ont laissés tomber à l'époque de leurs ennuis, les autres à sa mort. Vous jardinez ? demanda Gillian en se levant pour aller arroser un peu plus loin.

– Non, répondit Kate, heureuse de cette diversion qui laissait son esprit travailler au problème Dorothy Brennan. Mais maintenant, je pense que cela me plairait. Je me demande pourquoi vous vous donnez tout ce mal pour une maison vendue.

– Parce que les deux charmants messieurs qui l'ont achetée sont tombés amoureux du jardin. En Californie je ne jardinais pas non plus, je considérais le climat et la beauté qui régnaient toute l'année comme acquis. Mais depuis, j'ai grossi les rangs des anglaises amatrices de jardins.

Elle s'éloigna encore. Kate la suivit sur la pelouse.

– Ça a été une surprise de trouver le jardin presque inchangé depuis le temps où je venais voir Maman Smythe, il y a trente-six ans. Les iris à barbe sont toujours là-bas. J'en ai transplantés beaucoup la semaine dernière, les pauvres oignons étaient tellement tassés qu'ils poussaient hors de terre. Et là, ce sont les mêmes delphiniums, et le gingembre sauvage. Et la verveine, qui fleurit tout l'été. Et ici… (Sa voix s'adoucit.) le même buisson de lavande anglaise.

Le regard de Kate se posa sur les piques gris vert, hautes de plusieurs dizaines de centimètres et leurs feuilles étroites et duveteuses de même couleur.

– Savez-vous qu'en Amérique la lavande anglaise ne pousse qu'ici, sur la côte ouest ? Quand je suis partie, c'était la fin du printemps, elle était en pleine floraison – un joli buisson de fleurs bleu violet – et j'en ai emporté avec moi. Le parfum a duré des années, je vous assure. Pendant des années, j'ai respiré l'odeur de cette lavande…

– Vous n'avez jamais eu envie de rentrer ? demanda Kate avec douceur.

– Je n'ai nulle part où rentrer, répondit Gillian sur un ton égal. Martin l'a envisagé, pendant les années soixante. Les choses avaient l'air de changer. Mais il est mort. Et vous avez élu Richard Nixon, un des truands qui dirigeaient la Commission des Activités Anti-Américaines. Saviez-vous que Ronald Reagan avait lui aussi fait partie des mouchards ?

– Non, je l'ignorais, répondit Kate.

– Votre presse l'a dit. Je revois les journaux américains. Mais ça n'a rien changé. Et maintenant, vous avez élu George Bush, l'ancien chef de votre KGB.

– Gillian, fit Kate en secouant la tête, la CIA n'est pas le KGB.

– La naïveté des américains serait charmante si elle n'était pas si mortellement dangereuse.

– Quand quittez-vous les États-Unis ? demanda Kate.

– Dans deux semaines, quand la vente sera finalisée.

– Nous avons deux choses à vous demander : votre permission de fouiller la maison et une déclaration signée de ce que vous m'avez dit sur Dorothy à propos des meurtres.

– Hors de question, dit Gillian en tournant le dos.

– Nous obtiendrons un mandat de perquisition.

Et la maison serait surveillée jusqu'au départ de Gillian Smythe, peut-être même encore un peu après.

Gillian fit volte-face, dévisagea Kate un instant, puis ferma les yeux.

– Cet état policier ne me laissera donc jamais de répit ?

– Cet état policier ne peut pas vous forcer à déposer, répondit gentiment Kate. Mais j'aimerais que vous reconsidériez votre décision. Je ne peux pas croire que vous vous sentiez aussi peu concernée que vous en avez l'air par ce qu'elle pourrait faire.

Gillian coupa l'eau au tuyau et secoua les dernières gouttes tombant de la lance.

– Qui sème le vent... murmura-t-elle. Je connais Dorothy. Aussi intelligente que vous soyez, détective Delafield, il vous sera extrêmement difficile de la retrouver. Moi, je rentrerai en Angleterre, en pensant à Dorothy, lâchée comme un virus semant sa rage quelque part au sein de la droite ultra-conservatrice. Je suppose que pendant toutes ces années, je suis devenue aussi folle qu'elle, à ma manière.

– Gillian... pourquoi m'avez-vous parlé ?

Elle eut encore son sourire bref, mais si radieux.

– Pourquoi ai-je transplanté les plantes vivaces ? répondit-elle.

Kate la regarda, avec un sentiment de défaite totale mêlée d'une profonde compassion.

– J'espère que votre famille et vous, trouvez au moins un peu de paix en Angleterre.

– Oui, dans une certaine mesure. Avec cette Margaret Thatcher, l'Angleterre est un pays troublé. Mais il a une histoire, une culture… Et comparé à un pays plus neuf qui a donné tant d'espoir à tant de gens, ses erreurs paraissent plus pardonnables.

Saint Sylvestre

Kate émergea de la cage d'escalier du premier étage et s'arrêta net en voyant Maxine Marlowe. L'actrice portait un haut rouge à paillettes sur une jupe noire et se dandinait sur ses talons aiguilles vers ce qui avait été l'appartement de Lorraine Rothberg. Elle emmenait un plateau à poignées d'argent recouvert d'une nappe.

– C'est moi, les garçons, appela-t-elle.

La porte lui fut ouverte sur le champ.

Kate savait que deux jeunes gens atteints du sida venaient d'emménager et que deux autres occuperaient l'appartement 13 une fois repeint et la moquette changée. L'appartement 13, où trente-sept jours plus tôt la mort d'Owen Sinclair et ses agissements vieux de trente-six ans avaient déclenché une série d'événements qui n'avaient toujours pas trouvé leur épilogue.

Kate sonna chez Paula Grant. À sa surprise, ce fut Houston qui répondit.

– Je m'en allais, dit-il avec un sourire. J'ai entendu la nouvelle. Tout l'immeuble est en effervescence.

– On a eu de la chance. Comment allez-vous ?

– Très bien, merci. Et vous ?

Il avait l'air en forme, pensa-t-elle. Il semblait avoir repris quelques kilos. Elle le contempla d'un air admiratif. Sa chemise fluide rehaussait la beauté sombre de son visage émacié.

– Je reste chez Cyril ce soir, pour voir les matches de demain avec les potes de l'étage.

– Houston le grand amateur de sport, le taquina-t-elle.

Il poussa un soupir moqueur.

– Encore une journée gaspillée à regarder des étalons en pantalon serré. Bonne année.

– À vous aussi, dit Kate avec ardeur.

– Chère Kate, dit Paula de sa voix rauque et basse. Je suis si heureuse de vous voir. Bonne année.

Elle posa un instant sa joue sur celle de Kate, qui lui murmura ses vœux en se demandant si elle parviendrait jamais à dépasser ce sentiment de timidité maladroite en présence de Paula.

Aimee était allongée sur la moquette et feuilletait un livre, en appui sur les coudes. La poche arrière de son jean soulignait la courbe pleine de ses hanches. Elle leva vers Kate son regard dissimulé par un rideau de cheveux noirs, sourit et s'assit.

Comme toujours en la voyant, Kate sentit son pouls s'accélérer. Sa beauté lui faisait un choc à chaque fois. Elle s'agenouilla pour l'enlacer, savoura la chaleur de ses bras, la note subtile de son parfum, la douceur trop brève de ses lèvres.

– Je voulais arriver beaucoup plus tôt, souffla Kate contre la chevelure soyeuse.

– Je sais. (Aimee la relâcha et lui caressa la joue.) Tu as eu une semaine épouvantable.

– Kate, voulez-vous boire quelque chose ? s'enquit Paula. Un peu de vin ?

– Merci, non.

Kate s'assit par terre, près d'Aimee. Ce qu'elle voulait, c'était partir, rentrer chez elle et soumettre son corps et son âme fatigués aux étreintes de la jeune femme.

Paula s'installa sur le canapé et fit un geste de la main en direction de la télévision, branchée sur CNN, le son très bas.

– On en parle dans tous les journaux télévisés.

Si j'avais été moins sotte et plus rapide, se dit Kate avec colère pour la millième fois, tout se serait arrêté ici, au Beverly Malibu.

– Je suis soulagée qu'on l'ait attrapée avant…

La lassitude l'empêcha de poursuivre. Elle était sur la brèche depuis une semaine, et Taylor tout autant. Elle avait travaillé dans l'urgence et la frénésie, de peur que Gillian Smythe n'ait eu raison et que Dorothy Brennan, tueuse calculatrice, n'ait le temps de recommencer plusieurs fois peut-être avant son arrestation.

– Elle avait vraiment réussi à s'approcher de Nixon ? demanda Aimee.

– Non, répondit Kate. Elle nous avait laissé certains indices grâce auxquels nous avons pu travailler. Son type de victime, et celui des jours qu'elle choisissait pour tuer. Nous étions persuadés qu'elle agirait le 31 décembre ou au Jour de l'An. Et elle ignorait que nous connaissions son identité.

Elle ferma les yeux, les reins cambrés sous les mains d'Aimee qui lui massait doucement les épaules.

– Les hommes des Services Secrets de Nixon avaient été prévenus, de même que tous les politiciens conservateurs, les organisations ou personnalités de droite susceptibles de l'intéresser.

– Je te l'avais dit, rappela Aimee à sa tante. Cette femme travaille vingt-cinq heures par jour, sept jours sur sept pour ça.

– Ils ont dit qu'elle était déguisée en infirmière, dit Paula.

– Et elle portait une perruque, confirma Kate d'un hochement de tête.

Les Services Secrets, en état d'alerte, avaient surpris et maîtrisé Dorothy Brennan sans anicroche près de la demeure du New Jersey de l'ancien président et s'étaient saisis de sa trousse médicale, qui contenait assez de plastic pour remodeler en profondeur une bonne partie de cette portion du très chic comté de Bergen.

On a eu de la chance, avait-elle dit à Houston. C'était on ne peut plus vrai. Si la folie de Dorothy Brennan ne l'avait pas dirigée si vite vers une cible aussi éminente, elle aurait pu assassiner tous les Owen Sinclair et les Dudley Kincaid qu'elle aurait voulu. Mais s'en prendre à Richard Nixon... Les Services Secrets sautaient sur tout ce qui bougeait dans leur périmètre.

– Mais comment a-t-elle pu se procurer des explosifs aussi puissants ? interrogea Paula.

– Le FBI l'apprendra, j'en suis sûre. Mais, croyez-moi Paula, dans ce pays, si vous avez de l'argent – et elle en avait – vous pouvez obtenir n'importe quoi. À mon avis, elle les a fait acheter par un de ces groupes survivalistes d'extrême-droite.

– Quelle parfaite ironie, murmura Paula. Je suppose qu'elle sera placée en hôpital psychiatrique ?

– Je le pense, répondit Kate. Au bout du compte.

Paula alluma une cigarette et poussa un soupir.

– Je me demande si notre vie redeviendra normale un jour, dit-elle.

– Normale, peut-être, intervint Aimee. Mais comme avant... Je sais ce qu'a fait Dorothy Brennan. Je l'ai vu. Mais ce qui lui est arrivé, à elle et à tous ceux qu'elle aimait...

Elle reprit son livre. C'était *Scoundrel Time* *, le recueil de mémoires de Lillian Hellman au temps du maccarthysme que lui avait offert Paula à Noël.

---

* Que l'on pourrait traduire par *Le Temps des Crapules*. NdT.

– Écoutez, ordonna-t-elle. Écoutez bien la dernière phrase de cet ouvrage :

> *J'espère être plus en colère aujourd'hui que je ne le serai jamais par la suite ; plus perturbée aujourd'hui que je ne l'étais au moment des faits. J'ai essayé d'éviter, en écrivant ce livre, de tomber dans une attitude moraliste. Mais maintenant, je vais vous parler de morale. Je ne veux plus jamais revivre ces temps où j'ai vu des êtres se métamorphoser en menteurs et en lâches, et d'autres en collaborateurs silencieux et terrifiés. Toutes les raisons invoquées pour justifier leur attitude ne sont que foutaises.*

Aimee chercha une réponse sur le visage de Kate. Réduite au silence par la force brute des mots, par les images de Dorothy Brennan, Gillian Smythe et Mildred Coates, elle hocha la tête.

Aimee se tourna vers sa tante, qui sirotait son vin en l'observant.

– Toi, tu l'as connue, Lillian Hellman.

– Oui, répondit Paula, et je suis heureuse de constater que tu saisis l'impact de ces événements. Tu comprends enfin.

– Être mise à l'épreuve de cette manière, voir son intégrité tout entière…

– La vie nous met chaque jour à l'épreuve, coupa Paula. Pour nous préparer à la plus grande.

Que ferais-je si j'étais confrontée à une épreuve de ce genre ? se demanda Kate.

– J'ai vu Maxine Marlowe avec un plateau dans le couloir, dit-elle, éprouvant le besoin de changer de sujet.

– Elle apportait des douceurs à Tommy et Hernando, dit Paula en reprenant sa cigarette. Nous nous occupons de ces garçons à tour de rôle et c'est celui de Maxine. Elle se pare de ses plus beaux atours, elle minaude tant qu'elle peut et leur raconte une foule d'anecdotes sur sa période de gloire à Hollywood. Ils l'adorent et je les soupçonne de la préférer à nous tous.

– Ce que vous faites tous est merveilleux, affirma Kate.

– Cela n'aura rien de merveilleux quand nous perdrons l'un d'eux, répliqua Paula avec une grimace en écrasant sa cigarette. Et, mon Dieu, Kate, ce sont vraiment des gosses, ils sont si jeunes… Et puis, nous avons un nouveau problème, maintenant. Les voisins ont eu vent de leur présence et ils se plaignent. (Elle leva les mains en l'air et haussa les épaules.) Mais je pense que nous allons gagner cette bataille. Hazel se démène comme une vraie Jeanne D'Arc. Les prendre sous son toit est autrement plus gratifiant au plan humain que de se battre contre le contrôle des prix locatifs.

Kate sourit et secoua la tête, puis se tourna vers Aimee.

– Prête à partir ?

– Et si vous veniez toutes les deux passer le Jour de l'An ici, demain ? demanda Paula. Vous pouvez dormir dans la chambre d'amis cette nuit, si vous voulez.

Certainement pas, pensa Kate, essayant de trouver un argument valable sans y parvenir. Elle ne pourrait jamais coucher avec Aimee dans cet appartement.

– Certainement pas, dit celle-ci en se levant. J'ai à peine vu cette femme de la semaine. On fêtera le nouvel an au lit et on y passera toute la journée de demain.

D'un pas déterminé, elle gagna le couloir menant à la salle de bains.

– Ah, les jeunes ! fit Paula après un silence gêné.

Les yeux rivés sur la moquette, Kate dit dans un murmure :

– Avec elle... on a un peu l'impression d'être sur un radeau dans les rapides.

– Votre relation m'inquiétait beaucoup au départ, dit Paula.

Kate l'interrogea du regard.

– Elle a toujours eu beaucoup trop de facilité à séduire les femmes. Elle se servait de sa beauté pour tomber les filles comme des mouches. Je ne voulais pas vous voir subir le même sort. Je vous aime trop. Je détesterais perdre l'occasion de vivre une nouvelle amitié à cause des méfaits de ma nièce. Mais j'ai l'impression que c'est différent, cette fois : je ne l'ai jamais vue si heureuse. Vous êtes la première femme qu'elle admire. Aujourd'hui, je craindrais plutôt que *vous* ne la fassiez souffrir.

– Je n'en ai pas l'intention, assura Kate en essayant de digérer les propos de Paula.

– Personne ne veut faire souffrir, répliqua Paula.

Aimee revenait justement de la salle de bains. Elle ramassa la veste-gilet que Kate lui avait offerte à Noël et s'en couvrit les épaules.

– Prête, mon amour ?

La radio se mit en route quand Kate tourna la clef de contact. Les premières notes de *Will You Still Love Me Tomorrow* s'élevèrent. Aimee se mit à en fredonner l'air tout en battant la mesure sur le tableau de bord.

– Tu connais cette chanson, s'étonna Kate.

– Évidemment. Tu me crois née d'hier ? (Elle fit courir ses doigts sur la cuisse de Kate.) Si mes calculs sont bons, il y a un truc que je serai en train de faire avec toi au moment où commencera notre première année ensemble.

Son visage était une sculpture en clair-obscur tranchant sur les ombres de la rue. Bientôt, songea Kate. Dans l'obscurité de la chambre, elle posséderait cette offrande de beauté qu'Aimee lui avait donnée. Elle tiendrait le visage d'Aimee dans ses mains…

D'autres traits s'imposèrent à son esprit sans y être invités. L'allure fière et altière de Gillian Smythe. Dans une semaine, elle retournerait à son exil.

– Aimee, dit-elle, je voudrais te dire ce que ta présence à mes côtés ce soir représente pour moi. Avant de rentrer à la maison, il faut que je t'emmène dans un endroit qui compte beaucoup pour moi. Quelques minutes seulement.

Elle sourit à la pensée de Maggie Schaeffer et des clientes du Nightwood Bar.

– Je devrais même pouvoir te faire entendre une version spéciale de *Will You Still Love Me Tomorrow*.

– Sans blague. Où allons-nous ?

Kate fit démarrer la voiture.

– Voir ma famille.

Achevé d'imprimer en août 2001
par l'imprimerie Lienhart à Aubenas
pour le compte de

H&O
ÉDITIONS

20, rue Georges Clemenceau 34290 Montblanc
Tél. 04 67 69 10 30 – Fax 04 67 69 10 52
E. mail : heto@mnet. fr
Internet : www. ho-editions. com

Dépôt légal : septembre 2001

N° d'imprimeur : 3608